BERLAND

Der gelbe Nebel

Fünfter Band der Alexander-Wolkow-Märchenland-Reihe

Alexander Wolkow

Der gelbe Nebel

leiv

Originaltitel: Желты туман

deutschsprachige Lizenzausgabe
13. Auflage 2021 Leipzig
Druck und Bindung:
Internationale Druckagentur Wolfgang Jettenberger
Printed in Europe

ISBN 978-3-928885-06-5
www.leiv-verlag.de

EINLEITUNG

Ein Schlaf von fünf Jahrtausenden

Die schmale und lange Schlucht der Weltumspannenden Berge mündete in einer großen warmen Höhle mit hoher Decke, glatten Wänden und ebenem Boden. In einer Ecke der Höhle befand sich ein großes Ruhelager mit weichem Moos, auf dem eine Frau von riesigem Wuchs in tiefem Schlaf lag.

Das war ein ganz gewöhnlicher Schlaf, der schon viele Jahrhunderte dauerte. Wer hatte die Frau in den Zauberschlaf versenkt? Durch welch böse Taten hatte sie sich eine solche Strafe verdient?

Um zu erfahren, wie und warum das geschah, müssen wir um Tausende Jahre zurückgreifen und uns in die Zeit versetzen, als in dem Land, das später den Namen Zauberland erhielt, der Riese Hurrikap auftauchte.

Hurrikap, ein mächtiger Zauberer, hatte dieses Land durch die Große Wüste und die Weltumspannenden Berge von der übrigen abgetrennt.

Er hatte den Tieren, die dort lebten, die Gabe verliehen, wie Menschen zu sprechen, und die Sonne gezwungen, das ganze Jahr über diesem Land zu scheinen und seine Wälder und Felder ununterbrochen in ihren heißen Strahlen zu baden.

Hurrikap hatte viel Gutes für das Zauberland getan, und die Stämme der kleinen Menschen, die es bevölkerten, lebten froh und glücklich und gingen ihrer friedlichen Arbeit nach.

So vergingen tausend oder zweitausend Jahre. Doch dann brach über die Einwohner des Zauberlandes ein Unheil herein, das kein Ende nehmen wollte. Bald war es ein Sturmwind, der bei heiterem Himmel auf die Siedlungen niederging, Häuser umwarf und die Menschen, die nicht rechtzeitig hinausliefen, tötete oder zu Krüppeln machte; bald war es ein Hochwasser, das die Uferdörfer überschwemmte, bald eine Seuche, die das Vieh befiel und Dutzende Kühe und Schafe dahinraffte.

Hurrikap schlug sein Zauberbuch auf und las darin, dass alle diese Plagen von einer Hexe namens Arachna herrührten, die aus der großen Welt in das Zauberland gekommen war. Sie reichte Hurrikap nur bis zum Bauch, doch das war gar nicht so wenig, denn der Kopf des guten Zauberers reichte bis zu den Wipfeln der höchsten Bäume. Deshalb gehörte auch Arachna zu den Riesen, wenngleich sie nur dreißig Ellen groß war.

Arachna war eine sehr böse Hexe. Gab es einen Tag, an dem sie niemandem Böses zufügen konnte, so war dieser Tag für sie verloren. Wenn sie aber jemandem Unglück bescherte, lachte sie so laut, dass die Bäume in den Hainen zu zittern begannen und ihre Früchte fallen ließen.

Nur einen Menschenschlag verschonte Arachna. Das war ein kleiner Stamm von Zwergen, die sie von der anderen Seite der Berge mitgebracht hatte. Die Zwerge dienten ihr ergeben, wie es schon ihre Ahnen taten, die es der Hexe geschworen hatten. Hätte die Hexe ihre Untertanen aber gekränkt, so hätten diese bestimmt das Weite gesucht und sich über das ganze Land verstreut, und dann hätte sie auch niemand in den dichten Wäldern oder im hohen Gras der Wiesen finden können, denn sie waren nur eine Elle groß und wussten sich geschickt zu verbergen. Die winzigen Menschlein mit ihren langen grauen Bärten und ihre sauber gekleideten

7

Ein Schlaf von fünf Jahrtausenden

Frauen mit den weißen Hauben auf dem Kopf sorgten beflissen für alles, was ihre Herrin brauchte. Sie brieten für sie Ochsen und Hammel, die auf den üppigen Bergwiesen weideten, und backten knusprige Semmeln aus dem Mehl des Weizens, der auf dem fruchtbaren Boden ihres von der Welt abgeschiedenen Tals wuchs. Mit ihren winzigen Pfeilen erlegten sie fette Fasanen und Rebhühner, und sie webten Stoff, den sie blau färbten und aus dem sie für die Hexe neue Gewänder nähten, wenn die alten verschlissen waren.

Für diese unschätzbaren Dienste belohnte Arachna die Zwerge. Ihre Beschwörungen bewirkten, dass die Menschlein 150 Jahre alt wurden, dass Krankheiten ihren Kindern fernblieben, dass ihre Pfeile unfehlbar jedes Wild trafen und ihre Netze viele kleine und große Fische einfingen.

Gutes tat Arachna aber sehr ungern, und wo sie's dennoch tat, entschädigte sie sich dafür, indem sie anderen Menschen allerlei Übel zufügte.

Als Hurrikap das erfuhr, beschloss er, die Hexe unschädlich zu machen. Doch wie er das tun sollte, wusste er zunächst nicht. Am einfachsten schien ihm, seine zentnerschwere Faust auf den Kopf der Hexe niedersausen zu lassen und sie so zu töten. Doch das brachte der gute Riese, der noch nie jemanden getötet hatte, nicht übers Herz. Er war so sanftmütig, dass er laut mit den Füßen scharrte, wenn er über eine Wiese ging, damit Frösche und Käfer und was sonst noch im Gras kroch und hüpfte seinen gewaltigen Stiefeln rechtzeitig ausweichen konnten.

Hurrikap kam der Gedanke, Arachna für lange Zeit einzuschläfern. Er blätterte im Buch der Beschwörungen und fand dort, dass der längste Zauberschlaf, den er über die böse Frau bringen konnte, fünftausend Jahre dauern würde.

„Das wird wohl reichen", murmelte er nachdenklich. „Vielleicht langt auch diese Zeit, damit sie sich's abgewöhnt, Böses zu tun … Da steht aber geschrieben, dass ich all meine Willenskraft aufbieten muss, um Erfolg zu haben, vor allen Dingen aber, dass ich mich neben ihr befinden muss, wenn ich die Beschwörung ausspreche. Wie schaffe ich das nur …?"

Seine Kundschafter, die Vögel und anderen Tiere, sagten ihm, Arachna sei gegen Überraschungen gefeit, denn um sie trieben sich ständig Zwerge herum, die sie vor jeder Gefahr warnten. Außerdem könne die Hexe jede Gestalt annehmen, die sie wolle. Sie könne sich in einen Fuchs oder eine Eule, in einen blühenden Apfelbaum oder einen trocknen Baumstumpf verwandeln. Deshalb sei es ungeheuer schwer, sie zu fangen.

Hurrikap bereitete sich sorgfältig auf die Ausführung seines Plans vor. Er lernte die lange furchtbare Beschwörung auswendig, um sich im gegebenen Augenblick nicht ablenken zu lassen und nicht lange im Zauberbuch suchen zu müssen. Dann rief er alle Tiere des Waldes zu Hilfe. Diese folgten gern seinem Ruf, denn Arachna hatte ihnen viel Böses zugefügt, und sie wünschten nichts sehnlicher, als die Hexe loszuwerden.

Zur festgelegten Zeit umringten unzählige Tiere die Höhle Arachnas. Da waren Bisons und Auerochsen, Löwen, Hyänen, Schakale, Wölfe, Dachse und Hasen, Mäuse und Ratten. In den Zweigen hüpften Beutelratten, Marder und Eichhörnchen, in der Luft kreisten Schwärme von Adlern, Kondoren und Habichten; Elstern schwatzten, Raben krächzten, und schnelle Schwalben schossen hin und her …

Lärm und Geschnatter erfüllte die Luft. Drohend bewegten sich die Tiere auf die Höhle Arachnas zu und kreisten sie ein. Vornan schritt der Riese mit flatterndem Haar und vor Zorn funkelnden Augen. Mit einer Donnerstimme, die den Lärm seiner Kriegsschar übertönte, rief Hurrikap:

„Komm heraus, Arachna! Du sollst dich jetzt für deine Verbrechen verantworten!“

Das Herz der Hexe erbebte vor Schreck. Zuerst dachte sie, es sei besser, sich nicht von der Stelle zu rühren, doch dann fiel ihr ein, dass sie in der Höhle leichter zu fangen sei als draußen. Im nächsten Augenblick flog ein Adler heraus, der in der Menge der Adler vor der Höhle unterzutauchen versuchte. Das gelang ihm jedoch nicht, denn diese Vögel waren sehr wachsam, und sie fielen mit ihren Krallen und Flügeln über den Eindringling her. Da verwandelte sich die Hexe in eine Schwalbe und versuchte, sich in der Schar der umherfliegenden Schwalben zu verbergen. Aber auch diese ließen es nicht an Wachsamkeit fehlen und jagten die Betrügerin fort.

Arachna gab nicht auf. Unter den zahlreichen Mäusen, die wie ein Teppich die Erde bedeckten, tauchte plötzlich eine neue auf, vielleicht die hunderttausendste. Doch schon im nächsten Augenblick wurde sie von einer Wildkatze gepackt, die sie mit ihren Krallen festhielt und mit einer Stimme, die sich vor Freude fast überschlug, miaute:

„Da ist sie, Herr! Ich halte sie!"

Blitzschnell sank Hurrikap, dem die Mäuse Platz machten, auf die Knie und sprach die Beschwörung aus.

Das Wunder geschah! Wo eben noch die kleine Maus war, lag jetzt die riesige Hexe. Ein tiefer Schlaf hatte sie erfasst, aus dem sie erst in fünfzig Jahrhunderten erwachen sollte.

Der Riese dankte den Tieren für ihre Hilfe, und diese zogen sich schnell in ihre Wälder und auf ihre Felder zurück.

Als Hurrikap nachdenklich die Schlafende ansah, hörte er plötzlich eine schwache Stimme. Er kniff die Augen zu, um besser zu sehen, und gewahrte einen Zwerg auf der Brust der Hexe. Es war Antreno, ein Männchen mit grauem Bart, das zu Hurrikap sagte:

„Mächtiger Herr! Du hast unsere Gebieterin eingeschläfert, und wir wagen es nicht, deinen Willen zu bestreiten: Arachna hat wirklich viel Böses getan. Doch zu uns war sie gut, und wir möchten nicht, dass Schakale und Hyänen ihren Körper zerstückeln. Erlaube uns, sie in die Höhle zu tragen und sie dort zu pflegen, bis der Tag kommt, an dem sie wieder erwacht."

Hurrikap lächelte:

„Ihr seid gute kleine Menschlein, und ich lobe euch für eure Sorge. Macht mit eurer Herrin, was ihr wollt, ich hatte gar nicht die Absicht, sie zu töten, wollte sie nur daran hindern, Böses zu tun."

Hurrikap ging zurück in sein Schloss, und die Zwerge machten sich unter der Führung Antrenos an die Arbeit. Trotz ihres kleinen Wuchses waren sie geschickte Meister. Einige von ihnen fertigten einen langen Wagen an, während andere das steinerne Ruhelager in der dunklen Ecke der Höhle herrichteten und mit einer dicken Schicht frischen Mooses bedeckten.

Danach machten sich hunderte Zwerge, Ameisen gleich, am riesigen Körper der schlafenden Herrin zu schaffen. Sie hoben ihn mit Flaschenzügen und Hebeln auf den Wagen, brachten ihn in die Höhle und betteten ihn dort mit viel Mühe auf das Lager.

Die Zwerge wussten nicht, wie lange Arachna schlafen würde, und deshalb sorgten sie dafür, dass alles bereitstehe für die Stunde ihres Erwachens.

Am Kopfende des Lagers stand ein Fass mit Wasser, das oft ausgewechselt wurde, damit es nicht verderbe. Alle drei Tage wurden auf Spießen ein paar Ochsen gebraten, denn es bestand kein Zweifel, dass die Herrin beim Aufwachen Hunger verspüren würde. Da Fleisch aber nicht lange frisch bleibt, aßen es die Zwerge alle paar Tage selbst auf und ersetzten es jedes Mal durch neues. Im Ofen lagen immer frische Semmeln. Um es kurz zu sagen: Wann immer die Hexe auch erwachen würde, sie sollte keinen Grund haben, sich über ihre Diener zu beklagen.

Geschlechter von Zwergen lösten einander ab, die böse Hexe aber lag unverändert in ihrem Zauberschlaf. Hurrikap war nicht der Mann, der Beschwörungen in den Wind streute.

Einmal in hundert Jahren, wenn das blaue Gewand Arachnas schon fadenscheinig wurde, spannen die kleinen Frauen Garn, webten Stoff daraus und nähten ein neues Kleid, das ihre Männer, die Zwerge, mit großer Mühe über den leblosen Körper der Hexe zogen.

Wie die unermüdlichen Wächter auf Sauberkeit in der Höhle achteten! Boden, Decke und Wände wurden täglich gefegt und jede Woche gewaschen. Mücken, Fliegen und Spinnen, die in die Höhle eindrangen, wurden erbarmungslos vernichtet, Mäuse und Ratten mit Schmach verjagt. Zu Häupten der Schlafenden hing ein Fächer, den ein Zwerg Tag und Nacht bewegte, damit die Luft um Arachna niemals stillstehe. Es war die Fürsorge der treuen Zwerge, die es bewirkte, dass Jahrhundert um Jahrhundert spurlos an Arachna vorüberging, die auf ihrem weichen Lager genauso rotbäckig und frisch ruhte, wie in dem Augenblick, als Hurrikap sie eingeschläfert hatte.

Während der Jahrhunderte hatten die Zwerge die Umstände vergessen, unter denen die Hexe eingeschlafen war, und sie meinten, sie habe schon immer so dagelegen und werde so bis ans Ende der Welt weiterschlafen. Die Pflege ihrer Person hatte sich in einen Kult verwandelt, der streng befolgt wurde. Die geringste Abweichung von diesem Kult wurde als Sünde angesehen und von den Ältesten hart bestraft.

Es war, als stünde die Zeit in der Höhle still, obwohl sie sich in der großen Welt jenseits der Berge ständig veränderte. Die Menschheit war vom steinernen Werkzeug zum bronzenen und dann zum eisernen übergegangen. Auf den Meeren fuhren Segelschiffe. Die griechisch-persischen Kriege waren längst vorbei, römische Legionen marschierten durch das eingeschüchterte Europa und zertrampelten alles, was in ihrem Weg lag. Die Epoche der mittelalterlichen Barbarei begann und ging wieder zu Ende, Kolumbus entdeckte Amerika, und die Gefährten Magellans umschifften als Erste unter den Seefahrern die Welt. Luftballons stiegen in den Himmel auf, der erste Raddampfer furchte die Gewässer, die erste, noch plumpe Lokomotive zog ulkige kleine Waggons über stählerne Gleise … Die Hexe aber lag immer noch da in ihrem tiefen Schlaf.

Im Zauberland floss die Geschichte langsam und eintönig dahin. Stämme winziger Menschlein lösten einander ab, es entstanden und zerfielen winzige Staaten, die sich für den Nabel der Welt hielten, königliche Dynastien kamen auf und gingen unter. Das alles verfolgten die Zwerge, die Untertanen der Arachna, sehr genau.

Unsichtbar trieben sie sich im Land herum, spionierten, horchten und merkten sich alles. Der vorsorgliche Hurrikap hatte den Völkern des Zauberlandes das Geheimnis der von ihm erfundenen Schriftsprache verraten, noch lange bevor sie in der großen Welt bekannt wurde, und die Zwerge machten davon Gebrauch, indem sie Chronik führten. Die Kundschafter erzählten den Männern, die jeweils das Amt von Chronisten versahen, alle Neuigkeiten, und diese schrieben sie sorgfältig auf Pergamentrollen, die das kleine Volk mit viel Geschick aus Kalbshaut herzustellen wusste.

Diese Rollen häuften und häuften sich und füllten schließlich einen ganzen Schrank. Sie enthielten einen wahrheitsgetreuen Bericht über alles, was sich in den Jahrtausenden des Zauberschlafs Arachnas ereignet hatte.

Die Zwerge verhielten sich zu der Chronik wie zu einem Heiligtum, und wenn eine abgeschlossene Rolle in den Schrank gelegt wurde, wagte es niemand mehr, sie anzurühren. So lagen die Rollen viele Jahrhunderte ungenutzt da.

ERSTER TEIL

Die Hexe Arachna

Das Erwachen

Es war ein ungewöhnlicher Tag im kleinen Staat der Zwerge. Der Morgen verlief wie gewöhnlich, doch um die Mittagszeit erschütterte ein seltsamer Lärm die Höhle. Einigen kam er wie ein sehr lauter Seufzer vor, anderen wie ein Windstoß oder wie das Gebrüll eines riesigen Tieres. Die Luft in der Höhle geriet in Bewegung, und mehrere Lichter erloschen. Von der Decke fielen kleine Steine, und das Echo des unerklärlichen Lärms drang ins Freie und versetzte die Umgebung in Aufregung.

Die Zwerge, die sich im Tal befanden, liefen so schnell sie konnten zur Höhle, aus der ihnen die erschreckten Wachen entgegenstürzten. Verständnislos fragte man einander:

„Hast du gehört? Was soll das bedeuten? Ist das vielleicht Weltuntergang?"

Nur der weise Kastaglio, der Älteste der Zwerge und ihr Chronist, erriet, was geschehen war. Er erhob den Zeigefinder und rief mit feierlicher Stimme: „Unsere Herrin erwacht!"

Kastaglio hatte recht. Das seltsame Gepolter hatte das Gähnen der erwachenden Hexe verursacht. Dem ersten Gähnen folgten ein zweites und dann noch eins, und von dem Gedröhn erloschen die restlichen Lichter, zerbrachen die kleinen Tische, Stühle und Bettchen der Zwerge und knackte es unheimlich in den Wänden der Höhle.

Endlich war Arachna wach. Ein schlafender Mensch merkt nicht den Lauf der Zeit, und der Hexe schien es, als sei sie eben erst den zahllosen Tieren entronnen, die der mächtige Hurrikap auf sie gehetzt hatte. Nur verstand sie nicht, wohin die Tiere verschwunden waren und warum sie, Arachna, auf dem Ruhelager in ihrer Höhle lag. Sie rief:

„Hallo, ist jemand da? Er komme herein!“

Eine Schar Zwerge unter der Führung Kastaglios betrat zaghaft die Höhle und bahnte sich einen Weg durch die Trümmer.

„Man hole Antreno!“, befahl die Hexe. „Er soll mir erklären, was hier geschehen ist.“

„Einen Mann dieses Namens kennen wir nicht, Herrin“, wagte Kastaglio zu sagen. „In unserem Stamm ist schon lange niemand so genannt worden.“

„Habe ich denn so lange geschlafen?“, fragte Arachna ungläubig.

„Soweit menschliche Erinnerung reicht, hast du viele Jahrhunderte geruht, Herrin“, sagte der alte Zwerg. „Wir wissen nicht, wann und wie du einschliefst und warum dein Schlaf so lange gedauert hat. Aber unsere Pflicht haben wir niemals vergessen und deine Ruhe haben wir gehütet, so gut wir's konnten.“

„Ich danke euch für eure treuen Dienste“, brummelte Arachna. „Hoffentlich gebt ihr mir jetzt was zu essen, ich habe einen Mordshunger.“

Als Esstisch diente Arachna ein hoher abgeplatteter Stein, der seit uralten Zeiten neben der Höhlenöffnung stand. Die Zwerge bestiegen ihn mit langen Leitern und zogen die Speisen mit Flaschenzügen hinauf, die geschickte Meister vor vielen Jahrhunderten gebaut hatten.

Die Hexe aß den ganzen Vorrat auf und verlangte noch mehr. Als sie vier gebratene Ochsen und drei Hammel, siebzehn Fasanen und vierundsechzig Rebhühner mit gut zwei Dutzend Semmeln verspeist und ein volles Fass Wasser ausgetrunken hatte, streichelte sie sich wohlig den Bauch und sagte:

„Nach einem solchen Mahl wird ein Schläfchen wohl nicht schaden."

Sogleich fiel ihr aber ein, dass sie schon allzu lange geschlafen und deshalb ihre Geschäfte vernachlässigt hatte.

„Ich muss erfahren", brummte sie, „wie lange der Schlaf gedauert hat, in den mich nur Hurrikap versenken konnte."

Sie fragte Kastaglio nach dem großen Zauberer, und es war ihr eine Genugtuung zu hören, dass seit vielen Jahrhunderten niemand von einem Zauberer dieses Namens gehört hatte.

Hat sich also verrechnet, der Angeber!", grinste Arachna. „Ist längst nicht mehr auf dieser Welt, ich aber lebe, und jetzt wird mich niemand mehr daran hindern können, in diesem Land nach Herzenslust zu schalten und zu walten."

Kastaglio erzählte ihr von den vielen Schriftrollen im Schrank, in denen die Geschichte des Zauberlandes aufgezeichnet war. Arachna beschloss, die Chronik dieses von der Welt abgeschiedenen winzigen Landes zu studieren, bevor sie Schritte gegen dessen Einwohner unternahm. Es konnte ja sein, dass sich hier in den vergangenen Jahrhunderten ein anderer mächtiger Zauberer niedergelassen hatte, vor dem man sich in Acht nehmen musste.

Die Chronik der Zwerge

Arachna begann zu lesen. Die Pergamentrollen waren nummeriert, und deshalb konnte man die Reihenordnung leicht herausfinden. Die Hexe konnte aber schlecht lesen und kam nur langsam vorwärts.

Die Geschichte der alten Zeit überflog Arachna unaufmerksam. Nur die Schilderung des Chronisten, wie Hurrikap sie eingeschläfert hatte, studierte sie aufmerksam. Der gute Zauberer, las sie, habe den Zwergen erlaubt, den reglosen Körper Arachnas in die Höhle zu schaffen und ihn

zu pflegen, damit er sich viele Jahrhunderte erhielt. Als sie die Stelle mit der Beschreibung las, wie sorgfältig die Zwerge sie vor dem verderblichen Einfluss der Zeit geschützt hatten, regte sich sogar in ihrem steinharten Herzen etwas, was an Dankbarkeit erinnerte.

„Man wird die Zwerge belohnen müssen“, sagte sie zu sich. „Ich werde ihnen gestatten, in meinen Wäldern so viel Wild zu jagen und in meinen Flüssen so viele Fische zu fangen, wie sie wollen …“

Die Geschichte alter Königs- und Kaiserreiche übersprang Arachna, ohne sie zu lesen. „Das Königreich Theoms … Das Kaiserreich Ballanagars … Der mächtige Eroberer Agranat … Wer kümmert sich noch um diese längst versunkenen Schatten?“, brummte sie vor sich hin.

Die Chronik begann sie erst dann zu interessieren, als vom Prinzen Bofaro die Rede war, der vor tausend Jahren im Westlichen Land gelebt hatte. Bofaro wollte seinen Vater entthronen, weil dieser seiner Ansicht nach schon zu lange regierte.

Die böse Frau wunderte sich nicht über die Undankbarkeit des Königssohnes. Auch sie, Arachna, hatte seinerzeit ihrer Mutter alles weggenommen, was sie für den Hexenberuf brauchte.

Nicht genug damit, hatte sie die Untertanen der Mutter, die Zwerge, aus der großen Welt in das Zauberland entführt und die hilflose Alte ihrem Schicksal überlassen.

Arachna las aufmerksam, wie Bofaro und seine Anhänger, die zu ewiger Verbannung in das düstere unterirdische Reich verurteilt worden waren, sich dort einrichteten. Sie förderten Erz, und man nannte sie deshalb die Unterirdischen Erzgräber. Gespannt las die Hexe, wie Bofaro, der erste König des Unterirdischen Reiches, vor seinem Tod alle seine Söhne – es waren sieben an der Zahl – zu Thronfolgern bestimmte, weil er keinen von ihnen kränken wollte. Sie erfuhr, wie nach seinem Ableben die Söhne der Reihe nach regierten, jeder einen Monat lang. Als sie schließlich las, welche Verwirrung daraus entstand, hüpfte sie vor Freude.

‚Sieben Könige! Und jeder mit eigenem Gefolge, eigenen Hofleuten, eigenem Militär, eigenen Gesetzen, die nur einen Monat lang gültig waren, und eigenen Steuern, die das Volk entrichten musste – einfach fabelhaft!‘, dachte sie und lachte so laut dabei, dass die Decke der Höhle zu zittern begann und Steine von ihr herabfielen. Einen Einsturz befürchtend, rannte Arachna hinaus, und als das Gepolter aufhörte, kletterten Zwerge auf Leitern zur Decke hinauf und füllten die Risse mit Zement aus.

„O dieser Bofaro, das muss ein Kerl gewesen sein!“, kreischte die Hexe begeistert. „Ein fröhliches Leben hat er seinen Untertanen beschert, alle Achtung!“

Die Hexe beruhigte sich erst, als sie weiter las, dass die Menschen nach mehreren Jahrhunderten voller Entbehrungen in einem Labyrinth, das die Höhle umgab, zufällig eine Quelle entdeckten, deren Wasser einen jeden, der davon trank, für lange Zeit einschläferte. Wenn diese Menschen erwachten, waren sie wie Säuglinge, die nichts vom Leben wussten und alles neu lernen mussten. Allerdings dauerte die Lehrzeit nur einige Tage.

Bellino, dem weisen Hüter der Zeit, war der Gedanke gekommen, die Meute der Hofleute, Soldaten und Spione und mit ihnen die Könige und ihre Familien für die Zeit einzuschläfern, in der sie nicht regierten. Danach verwandelte sich das Leben der Könige in ein Fest, das sich alle sechs Monate wiederholte, denn der Zauberschlaf zählte nicht, weil er doch wie im Flug verging.

Die Hexe legte eine Rolle nach der anderen beiseite, da sie nichts in ihnen fand, das sie hätte interessieren können. Plötzlich aber nahm eine Geschichte, die sich vor langer Zeit zugetragen hatte, ihre ganze Aufmerksamkeit in Anspruch. Darin stand Folgendes: Jenseits der Weltumspannenden Berge, hinter der Großen Wüste lebten in verschiedenen Gegenden des riesigen Erdteils zwei gute und zwei böse Zauberinnen. Die guten hießen Willina und Stella, die bösen Gingema und Bastinda. Da die Siedlungen der Menschen den Besitzungen der Zauberinnen immer näher rückten, was diesen nicht behagte, schlugen die vier Frauen ihre magischen Bücher auf und entdeckten darin das Zauberland, das ihnen ungemein gefiel.

Die vier Zauberinnen machten sich zur gleichen Zeit auf den Weg, und als sie am neuen Ort zusammentrafen, waren sie unangenehm überrascht.

Sie stritten eine Weile, beschlossen jedoch, nicht Krieg gegeneinander zu führen, sondern das Zauberland unter sich aufzuteilen.

„Schade, dass ich nicht da gewesen bin, als die Schnattermäuler ihr Teilungsgeschäft vornahmen!", brummte Arachna. „Sie hätten was erlebt!"

Die Untertanen der guten Zauberinnen durften ihr friedliches Leben weiterführen, worüber sie sehr glücklich waren, doch um so schlechter erging es den Käuern unter der Herrschaft Gingemas und den Zwinkerern unter der Herrschaft Bastindas.

Was vorher geschah

Noch war die Zeit des Zauberschlafes der Arachna nicht abgelaufen, und die vier Feen regierten ihre Völker so gut oder so schlecht sie konnten. Vierzig Jahre vor dem Erwachen der Hexe ereignete sich jedoch etwas ganz Ungewöhnliches: Während eines Sturms ging im Zentrum des Zauberlandes ein riesiger Luftballon nieder, an dem ein Korb hing, aus dem ein Mann in buntem Anzug mit einem merkwürdigen Hut auf dem Kopf sprang. Der Mann hieß Goodwin, und die Einwohner des Orts hielten ihn für einen großen Zauberer, weil er ihnen gesagt hatte, er sei vom Himmel gekommen und mit der Sonne gut befreundet.

„Als ob wir ohne ihn nicht schon genug Zauberer hätten", brummte die Hexe beim Lesen der Chronik. „Sie befallen uns wie Fliegen den Honig."

Arachna hatte vergessen, dass auch sie ungerufen ins Zauberland gekommen war.

Goodwin erklärte sich zum Herrscher des Mittleren Landes. Unter seiner Regierung wurde eine schöne Stadt erbaut, die den Namen Smaragdenstadt erhielt, weil in ihren Mauern, Dächern und sogar in den Fugen des Straßenpflasters Smaragde eingelassen waren, die herrlich strahlten. Goodwin legte sich den Namen Großer und Schrecklicher Zauberer der Smaragdenstadt zu.

Diese Geschichte fesselte Arachna so sehr, dass sie tagelang über der Chronik saß und sogar die Essenszeiten vergaß, was bei ihrem Appetit höchst erstaunlich war.

Im Zauberland trugen sich dann neue ungewöhnliche Ereignisse zu. Ein Gewitter, das Gingema ausgelöst hatte, brachte von der anderen Seite der Berge einen kleinen Wohnwagen, in dem sich ein Mädchen namens Elli mit ihrem Hündchen Totoschka befand. Der Wohnwagen stürzte auf die böse Gingema herab und zerschmetterte sie. Das Hündchen fand in ihrer Höhle ein Paar Silberschuhe, die es seiner kleinen Herrin brachte.

Am Ort des Vorganges erschien die gute Fee Willina und sagte, wenn Elli es fertigbrächte, die sehnlichsten Wünsche von drei Geschöpfen zu erfüllen, würde der Große Goodwin sie nach Kansas in ihre Heimat zurückführen. Elli zog die Silberschuhe an und machte sich tapfer auf den Weg in die Smaragdenstadt, wohin eine mit gelbem Backstein gepflasterte Straße führte. Das Hündchen lief munter an ihrer Seite.

Elli brauchte nicht lange auf die drei Geschöpfe zu warten, deren sehnlichsten Wünsche sie erfüllen sollte. In einem Weizenfeld nahm sie eine Vogelscheuche von einem Pfahl, einen Strohmann namens Scheuch, der ihr sagte, sein sehnlichster Wunsch sei ein Gehirn.

Man schloss Freundschaft und ging weiter. In einem Wald entdeckten die beiden den Eisernen Holzfäller, der schon ein Jahr dastand und im Regen rostete. Als Elli seine Gelenke ölte und er wieder sprechen konnte, sagte der Mann, sein sehnlichster Wunsch sei ein liebendes Herz.

Das dritte Geschöpf mit einem sehnlichen Wunsch war der feige Löwe, der so schüchtern war, dass er sich selbst vor den kleinsten Tieren fürchtete. Nach seinem Wunsch befragt, sagte er, er sehne sich nach Mut, denn Mut gehe über alles.

Die seltsame Schar überwand viele Hindernisse und gelangte schließlich in die Smaragdenstadt, wo sie Goodwin ihre Wünsche vortrug. Der Große und Schreckliche erklärte ihnen, er werde ihre Wünsche nur dann erfüllen, wenn sie die tückische Bastinda besiegten und ihr die Zauberkraft nähmen.

Das war eine schwere Arbeit, doch die vier schafften es. Bastinda, die sich seit fünfhundert Jahren nicht gewaschen und ihre Zähne niemals geputzt hatte, sollte durch Wasser umkommen. Bei einem Streit mit ihr goss Elli einen Eimer Wasser über sie aus, und die Zauberin zerschmolz wie ein Stück Zucker in einem Glas Tee.

Als Elli und ihre drolligen Freunde siegreich zurückkehrten und von Goodwin die Erfüllung ihrer Wünsche forderten, gestand der Große und Schreckliche, dass er nicht ein Zauberer, sondern ein Betrüger sei, der die Menschen beschwatzte. Er verberge sich in seinem Palast vor den echten Zauberinnen, sagte er, weil er sich schrecklich vor ihnen fürchte.

„Habe mir gleich gedacht, dass da was faul ist“, brummte Arachna verächtlich. „Dieser Angeber, der sich ein Freund der Sonne nennt, kam mir von Anfang an verdächtig vor. Umso besser, dann haben wir einen Feind weniger gegen uns.“

Nebenbei gesagt, war Goodwin, wenngleich ein falscher Zauberer, immerhin erfinderisch genug, um für den Scheuch ein kluges Gehirn aus Sägemehl herzustellen, das er mit Näh- und Stecknadeln mischte. Dem Holzfäller hing Goodwin ein aus Stoffresten genähtes und mit Sägemehl gefülltes Herz in die Brust, und dem Löwen gab er aus einem goldenen Tellerchen eine zischende und schäumende Flüssigkeit zu trinken, die eine Portion Mut enthielt. Die drei Freunde blickten jetzt stolz drein und waren glücklich über die Erfüllung ihrer sehnlichsten Wünsche.

Goodwin hatte es satt, sich vor den Menschen zu verbergen, und er kehrte mit dem Luftballon, mit dem er in das Zauberland gekommen war, nach Kansas zurück. Vor dem Abflug ernannte er den Weisen Scheuch zum Herrscher der Smaragdenstadt. Der Eiserne Holzfäller kehrte zu den Zwinkerern zurück und wurde Herrscher über das Violette Land. Den tapferen Löwen aber wählten die Tiere des Waldes zu ihrem König.

„Wie merkwürdig!“, wunderte sich Arachna, als sie das Ende der Abenteuer von Ellis Freunden las. „Alle bekleiden jetzt hohe Ämter, sind Herrscher und Könige. Und das Mädchen? Was ist aus dem Mädchen geworden?“

Weiter lesend erfuhr die Hexe, dass Elli mithilfe der Zauberschuhe Gingemas nach Kansas zurückgekehrt war.

Arachna rief Kastaglio, der zuletzt die Chronik geführt hatte, und fragte ihn streng:

„Hör mal, Knirps, ist alles, was hier über Elli und ihre Freunde geschrieben steht, wahr oder erfunden? Es klingt wie ein Märchen!"

„Alles, was hier steht, ist die reinste Wahrheit, Herrin, ich schwöre es beim Leben meiner Enkel!", versicherte der Chronist. „Das ist aber längst noch nicht alles, lest nur weiter, Ihr werdet da noch viel erstaunlichere Dinge finden."

Arachna verspeiste drei Ochsen und zwei Hammel und las gespannt weiter. Aus der nächsten Rolle erfuhr sie, dass in den Diensten Gingemas bis zu ihrem Tod ein böser und neidischer Tischler namens Urfin Juice gestanden hatte. Als Gingema durch den Wohnwagen Ellis umkam, ging Urfin in den Wald und lebte dort abgeschieden und in sich gekehrt, ohne jemanden zu lieben oder von jemandem geliebt zu werden.

Einmal trug ein Gewitter Samenkörner einer ganz ungewöhnlichen Pflanze in den Garten Urfins. Die Pflanze besaß eine außerordentliche Lebenskraft. Die Körner wuchsen schnell, bald überwucherte dies Gewächs alle Beete, und als Urfin die Stängel herausriss, sie zerkleinerte und auf Blechen in der Sonne trocknen ließ, verwandelten sie sich in ein Leben spendendes Pulver.

Urfin fertigte viele Holzsoldaten an, die er Holzköpfe nannte, flößte ihnen mithilfe des Pulvers Leben ein und stellte aus ihnen eine mächtige Armee auf, mit der er sich die Käuer und Zwinkerer unterwarf. Auf diese Weise wurde er König des Smaragdenlandes.

Als der Scheuch und der Eiserne Holzfäller in Urfins Gefangenschaft gerieten, weigerten sie sich, seine Macht anzuerkennen, weil er ein Usurpator war. Sie schrieben einen Brief an Elli, den die Krähe Kaggi-Karr nach Kansas brachte und dem Mädchen übergab.

Elli beschloss ihren gefangenen Freunden zu helfen. Sie machte sich in Begleitung ihres Onkels, des Einbeinigen Seemanns Charlie Black, der viele gute Einfälle hatte und sich immer zu helfen wusste, sofort auf den Weg. Mit einem Schiff auf Rädern durchquerten sie die Große Wüste, gingen dann über die Weltumspannenden Berge und gelangten schließlich in das Zauberland.

Der Kampf mit Urfin und seinen Holzsoldaten war lang und beschwerlich, doch Elli und ihre Gefährten trugen den Sieg davon. Urfin Juice wurde zur Verbannung verurteilt. Den Holzsoldaten tauschte man auf Vorschlag des Scheuchs die grimmigen Haudegenfratzen gegen lächelnde Gesichter ein, die vor Frohsinn strahlten, und dadurch verwandelten sie sich in sanftmütige und arbeitsfreudige Diener.

Nach dem Sieg über Urfin kehrten Elli und ihr Onkel in die Heimat zurück.

Als Arachna die Geschichte vom ruhmlosen Ende der glänzenden Karriere Urfins las, empfand sie Mitleid mit ihm, denn der böse und neidische Charakter des Tischlers war ganz nach ihrem Geschmack.

‚Ich werde mir diesen unternehmungsfreudigen Kerl merken', dachte die Hexe.

Arachna interessierte auch das Schicksal Ruf Bilans, des Obersten Staatsministers unter König Urfin I. Bilan hatte das hohe Amt als Lohn dafür erhalten, dass er seine Heimat verraten und den Feinden heimlich das Stadttor geöffnet hatte. Nach dem Sturz Urfins beschloss Ruf Bilan, die verdiente Strafe nicht abzuwarten, sondern in das Unterirdische Land zu fliehen. Auf der Flucht verirrte er sich in einem Labyrinth, wo er auf die Quelle des Schlafwassers stieß. Mit einer Hacke, die zufällig dort lag, schlug er ein Loch in die Wand, die die Quelle umgab, wodurch er den Lauf des Wassers unterbrach, das bald versickerte.

Für dieses schwere Vergehen wurde Bilan von dem damals regierenden König des Unterirdischen Landes zum Lakaien degradiert. Durch das Verschwinden des Schlafwassers war die Ordnung, die seit Jahrhunderten im Unterirdischen Land herrschte, gestört worden. Die Könige, die nach ihrer Regierungszeit jedes Mal ein halbes Jahr schlafen sollten, schlichen nun mit ihren Familien gähnend im Palast umher. Auch die Höflinge, Diener, Soldaten und Spione konnten nicht mehr eingeschläfert werden …

Das arbeitende Volk musste diesen gefräßigen Haufen ernähren, doch da die vorhandenen Lebensmittel nicht ausreichten, brach eine Hungersnot aus. Gerade damals traf Elli im Unterirdischen Land ein.

„Ein patentes Mädchen, diese Elli, bestimmt eine Fee! Mit der werde ich wohl ein Hühnchen rupfen müssen, wenn sie mir in den Weg tritt …!“, murmelte die Hexe.

Elli und ihr Cousin Fred Cunning waren auf dem unterirdischen Fluss mit einem Boot zur Höhle der Sieben Könige gefahren. Ruf Bilan hatte gelogen, als er sagte, Elli könne die Schlafwasserquelle wiederherstellen, deren Versickern so viel Leid über das Unterirdische Land gebracht hatte. Die Könige erklärten, sie würden Elli und ihren Cousin solange gefangen halten, bis das Wasser der Heiligen Quelle wieder da ist.

Von einem Eilboten benachrichtigt, zogen der Scheuch, der Holzfäller und der Löwe aus, Elli und Fred Cunning aus der Gefangenschaft zu befreien. Mit ihnen ging der geschickte Mechaniker Lestar, der eine Brigade Holzköpfe mit Pumpen, Bohrern und anderem Werkzeug mitnahm.

Sie bohrten einen tiefen Schacht, in den sie Rohre versenkten, die bis zu den Wasser führenden Schichten reichten. Als das Schlafwasser wieder hervortrat, wurde den Königen gesagt, das habe Elli durch ihre Zauberkraft bewirkt.

„Ja, so muss es wohl gewesen sein“, murmelte Arachna kopfschüttelnd.

Als das Schlafwasser wieder da war, dachte sich der Weise Scheuch einen schlauen Trick aus. Er ließ alle sieben Könige einschläfern, und als sie erwachten, waren sie wie Säuglinge, die sich an nichts erinnern konnten. Dem einen sagte man, er sei früher Weber, dem anderen, er sei Hufschmied, dem dritten, er sei Bauer gewesen usw. Nach einer kurzen Anlernzeit wurden sie es wirklich und führten von nun an ein rechtschaffenes Arbeitsleben.

So wurde der Herrschaft der sieben Könige ein Ende gesetzt. Die Unterirdischen Erzgräber zogen in die obere Welt unter die wohltuende Sonne des Zauberlandes, wo sie sich Dörfer bauten, Ackerbau trieben und Vieh züchteten.

Beim Lesen dieser Zeilen bekam Arachna schmale Augen, und ihre

Lippen verzogen sich zu einem schiefen Lächeln: ‚So, so, ihr seid frei geworden? Na, wartet nur, ihr werdet es noch bereuen, die sieben Könige gestürzt zu haben! Dafür will ich sorgen!'

In den letzten Tagen ihres Aufenthalts bei den Erzgräbern sah Elli die Königin der Feldmäuse, Ramina, wieder. Diese prophezeite dem Mädchen, es werde niemals in das Zauberland zurückkehren. Der Scheuch und die anderen Freunde Ellis waren sehr betrübt, als sie das hörten, und versprachen, das Mädchen aus der Großen Welt, das den Völkern des Zauberlandes so viel Gutes getan hatte, in ewiger Erinnerung zu behalten.

Elli und Fred wurden in eine auf dem Rücken des zahmen Drachen Oicho angeschnallte Sänfte gesetzt und flogen nach Kansas in ihre Heimat zurück.

Die Hexe fragte den Chronisten:

„Sag, Kastaglio, hat sich die Prophezeiung Raminas bewahrheitet? Ist Elli wirklich nie mehr in das Zauberland zurückgekehrt?"

„Lest nur weiter, Herrin", antwortete der Zwerg ausweichend. „In der Chronik ist alles aufgeschrieben."

Der Feuergott der Marranen

Arachna vertiefte sich wieder in die Chronik, die jetzt davon erzählte, wie Urfin Juice die langweiligen Jahre in seinem einsamen Haus im Land der Käuer verbracht hatte.

Zehn Jahre hatte Urfin in seinem Garten gegraben, als sich etwas zutrug, was sein Leben völlig veränderte. In der Nähe seines Hauses stürzte der Riesenadler Karfax nach einem Kampf mit zwei Rivalen schwer verwundet ab. Der ehemalige König legte Salbe auf die Wunden des Adlers, der bald genas, und die beiden wurden Freunde. Der schlaue Urfin versicherte dem edlen Vogel, er habe nur eins im Sinn: andere Menschen glücklich zu machen. Vorher müsse er aber König eines rückständigen Volkes werden, das in Not und Unwissenheit lebe. Unter seiner Herrschaft würde dieses Volk dann reich und glücklich werden.

Das rückständigste Volk im Zauberland waren die Springer, die in einem abgeschiedenen Tal in den Bergen lebten. Sie nannten sich Marranen und standen hinter den anderen Völkern so weit zurück, dass sie nicht einmal die Verwendung des Feuers kannten. Das machte sich der schlaue Urfin zunutze, der eines Nachts auf dem Rücken seines Riesenadlers in das Land der Marranen geflogen kam. In ein Purpurgewand gehüllt und eine brennende Fackel in der erhobenen Hand, sagte er, er sei der Gott des Feuers, eigens vom Himmel herabgestiegen, um die Menschen glücklich zu machen. Die arglosen Marranen glaubten ihm und unterwarfen sich seiner Herrschaft.

Urfin beschloss, vor allem die Fürsten und die Stammesältesten für sich einzunehmen. Anstelle der Hütten, in denen sie wohnten, ließ er für sie geräumige warme Häuser bauen. Er lehrte die adligen Marranen, auf dem Feuer schmackhafte Gerichte zuzubereiten, gewöhnte sie an Luxus und Schwelgerei, und bald standen sie geschlossen hinter ihm, der ihnen auf Kosten des einfachen Volkes ein ergötzliches Leben bot.

Als das Volk zu murren begann, lenkte Urfin dessen Zorn gegen die Nachbarvölker.

„Nicht hier ist euer Glück“, sagte er zu den Marranen. „Ich will euch aus eurem unfruchtbaren Land hinausführen, damit ihr reiche Täler mit herrlichen Obstgärten und zahllosen Herden fetter Schafe erobert. Wir werden die Zwinkerer und Käuer aus ihren behaglichen Häusern vertreiben und die Schätze der Smaragdenstadt als Beute nehmen!“

Die kampflustigen Marranen folgten dem Ruf mit Begeisterung und brachten eine starke Armee auf die Beine. Urfin nahm den Eiserne Holzfäller gefangen, unterwarf sich die Zwinkerer und führte seine Soldaten in den Krieg gegen das Smaragdenland. Zu dieser Zeit hatten die Holzköpfe unter der Führung des Scheuchs einen breiten Kanal um die Smaragdenstadt gebaut und diese in eine Insel verwandelt.

Urfins Soldaten bauten eine Brücke über den Kanal, erstürmten die Stadt und nahmen sie ein. Der Scheuch, der langbärtige Soldat Din Gior und der Hüter des Tores Faramant gerieten erneut in die Gefangenschaft des dreisten Landräubers, aus der sie wieder von einem Mädchen und einem Jungen aus der Großen Welt befreit wurden. Beim Lesen dieser Stelle frohlockte Arachna:

„Ich wusste ja, dass Ramina sich geirrt hat! Elli ist doch in das Zauberland zurückgekehrt!"

Als sie jedoch weiterlas, verging ihr die gute Stimmung. Das Mädchen war nicht Elli, sondern Ann, ihre um zehn Jahre jüngere Schwester, gewesen. Ann und ihr Freund Tim O'Kelli hatten Elli oft von ihren wunderbaren Abenteuern erzählen hören, und beide hatten lange Zeit von einer Reise in das Zauberland geträumt, bis ihr Traum schließlich in Erfüllung ging. Sie hatten die Große Wüste und die Weltumspannenden Berge auf dem Rücken wunderbarer Maultiere überquert, von denen die Chroniken der Zwerge nichts Genaues zu berichten wussten. Dem Chronisten war nur so viel bekannt, dass diese Tiere sich von Sonnenlicht ernährten. Ann und Tim kamen in das Land der Füchse, wo sie König Nasefein XVI. einen großen Dienst erwiesen, für den er sich dankbar zeigte, indem er dem Mädchen einen Silberreif schenkte, der seinen Träger unsichtbar machen konnte.

Dieser Reif und der Zauberkasten, auf dem man alles sehen konnte, was in der Welt geschah (der Scheuch hatte ihn von der guten Fee Stella geschenkt bekommen), leisteten Ann und Tim unschätzbare Hilfe in ihrem Kampf mit dem schlauen Urfin. Die Kinder befreiten den Holzfäller und die anderen Gefangenen und zogen mit ihnen in das Violette Land, das zu jener Zeit die Herrschaft der Marranen bereits abgeschüttelt hatte.

Urfin unternahm einen Feldzug gegen Ann und ihre Freunde. Als seine Armee sich dem Violetten Palast näherte, trugen gerade zwei Volleyballmannschaften der Zwinkerer das Endspiel um die Landesmeisterschaft aus. (Das Volleyballspiel hatte seinerzeit Tim O'Kelli den Zwinkerern beigebracht.) Die Stimmung der heranrückenden Marranen war sehr kriegerisch. Urfin hatte ihnen erzählt, dass ihre Verwandten und Freunde, die im Violetten Land geblieben waren, um dort die Ordnung aufrechtzuerhalten, von Zwinkerern ermordet, ihre Leichen zerstückelt und den Schweinen zum Fraß vorgeworfen worden waren. Die Marranen schrien nach Rache.

Doch als sie sich in den Todeskampf stürzen wollten, gewahrten viele von ihnen unter den Spielern und Fans Freunde und Brüder, von denen Urfin gesagt hatte, sie seien bestialisch ermordet worden. Sie sahen diese „Ermordeten" lachen, mit Zwinkerern scherzen und ihnen Bälle zuwerfen.

Die Marranen begriffen, dass der „Feuergott" ein Betrüger war, der die Völker gegeneinander aufhetzte, um sie unter seine Herrschaft zu bringen. Als Urfin sich entlarvt sah, floh er wie ein Feigling. Seine ehrgeizigen Pläne waren wieder einmal gescheitert.

„Hat Pech gehabt, der Arme", seufzte Arachna teilnahmsvoll. „Er hatte große Pläne, doch es fehlte ihm an Geschick ..."

Sie las weiter, wie die Soldaten der beiden Armeen sich verbrüderten, gemischte Mannschaften bildeten und ihre Kräfte im Volleyballspiel maßen. Tim und Ann aber kehrten auf den Rücken ihrer Maultiere in die Heimat zurück.

Diese Begebenheit hatte sich vor etwa einem Jahr zugetragen.

Urfin Juice widersteht den Versuchungen

Arachna brauchte mehrere Wochen, um die lange Geschichte von den Ereignissen der letzten Jahrzehnte im Zauberland zu Ende zu lesen. Als es soweit war, verspürte sie einen ungestümen Tatendrang. Es tat ihr bitterleid, dass sie geschlafen hatte, als im Zauberland so viele Wunder geschehen waren.

„Hätte ich nicht geschlafen wie eine dumme Gans, so hätte ich diesen Herrschern gezeigt, was eine Arachna vermag!", seufzte die Hexe.

Der Ehrgeiz spiegelte ihr Bilder vor, in denen sie kaiserliche Purpurgewänder oder zumindest eine königliche Krone trug. Im Geiste sah sie sich als Gebieterin des Zauberlandes, die nicht nur demütigen Statthaltern wie dem Scheuch und dem Eisernen Holzfäller, sondern sogar stolzen Feen wie Willina und Stella Befehle erteilte.

Auf ihren Befehl zogen mehrere Zwerge unter der Führung Kastaglios aus, um Urfin Juice zu suchen und ihn in die Höhle Arachnas zu bringen. Haben sie diesen Auftrag erfüllt? Hat sich der ehemalige König einverstanden erklärt, in den Dienst der Hexe zu treten?

Um das zu erfahren, wollen wir uns um ein Jahr zurückversetzen und nachsehen, was aus dem gestürzten Herrscher geworden war.

Weder die Marranen noch die Zwinkerer wünschten den Tod des Betrügers. Sie begnügten sich damit, den falschen Feuergott mit Schmach davonzujagen. Der ehemals so treue Meister Petz hatte seinen Herrn verlassen, der Holzclown Eot Ling, der ihm so ergeben war, hatte sich im Gewirr verloren, und nur die Eule Guamoko war bei ihm geblieben.

Jetzt saß sie auf Urfins Schulter und flüsterte ihm ins Ohr:

„Lass den Mut nicht sinken! Halt dich stramm …! Wir werden es den Spöttern noch heimzahlen …"

Urfin verstand, dass die Eule schwatzte, dass sie ihn nur aufmuntern wollte, doch er war ihr auch dafür dankbar.

Die Schande bedrückte so sehr sein Herz, dass es zu zerspringen drohte. Er erinnerte sich, wie er einst vor wenigen Monaten auf dem Rücken des Riesenadlers vor den Springern erschienen war, welchen Eindruck sein feuerrotes Gewand und die brennende Fackel in der erhobenen Hand auf sie gemacht und wie diese Toren ihn als Gott anerkannt und ihr Schicksal in seine Hände gelegt hatten.

Was hatte er für sie getan? Er hatte die reichen noch reicher und die Armen noch ärmer gemacht, hatte Gier nach fremdem Eigentum in ihre Herzen gepflanzt und sie in den Krieg gegen ihre Nachbarn getrieben. Jetzt rächte sich das alles an ihm …

Wohin sollte er sich nun wenden? Es gab niemanden im ganzen Zauberland, den Urfin einen Freund hätte nennen können, es gab keinen Zufluchtsort für ihn. Sein bescheidenes Häuschen beim kleinen Dorf Kogida hatte er verbrannt, als er auf Karfax' Rücken zu den Marranen aufbrach. Jetzt ging er mit leeren Händen und leeren Taschen einem ungewissen Schicksal entgegen. Alles, was er besessen hatte, war im Tross der Marranenarmee geblieben: Bettzeug, warme Kleidung, Waffen, Werkzeug …

Sollte er zurückkehren und um Nachsicht bitten? Natürlich würden die großmütigen Marranen ihm seine Habseligkeiten zurückgeben, doch würde er ihren Spott oder, was noch schlimmer war, ihr Mitleid ertragen können …? Nein, das war ausgeschlossen! Urfin biss die Zähne zusammen und beschleunigte seinen Schritt. ‚Nur fort, fort von hier', hämmerte es in seinem Kopf.

‚Noch ist niemand im Zauberland Hungers gestorben!', dachte Urfin. ‚Auf den Bäumen gibt es Obst genug, und Laub für eine Hütte, in der sich übernachten lässt, kann ich mit den Händen sammeln …'

Als er sich etwas beruhigt hatte, fiel ihm ein, dass im Hof seines abgebrannten Hauses ein Keller war, in dem er sein Tischlerwerkzeug aufbewahrt hatte: Äxte und Sägen, Hobel, Meißel und Bohrer. Es war anzunehmen, dass der Brand den Keller verschont hatte, und folglich musste das Werkzeug noch daliegen. Dass die ehrlichen Käuer nichts angerührt hatten, stand außer Zweifel.

‚Ich war zweimal in meinem Leben Tischler und zweimal König gewesen', dachte Urfin mit einem schiefen Lächeln, ‚dann werde ich eben wieder Tischler, zum dritten und letzten Mal …'

Er teilte seinen Entschluss der Eule mit, seiner einzigen Ratgeberin, und diese hieß ihn gut.

„Bleibt uns wohl nichts anderes übrig, Gebieter", sagte die Eule. „Gehen wir zurück in dein Anwesen. Wir werden dort ein neues Haus bauen und darin leben, bis uns wieder was einfällt."

„Ach, Guamoko, Guamoko", seufzte Urfin, „spar dir die Mühe und versuche nicht, mich mit leeren Hoffnungen zu trösten. Ich bin nicht mehr jung und habe auch nicht mehr die Kraft, zehn Jahre auf ein Wunder zu warten. Bitte nenn mich auch nicht mehr Gebieter – was bin ich jetzt für ein Gebieter und worüber gebiete ich denn noch? – Nenn mich einfach Herr!"

„Zu Befehl, Herr!", erwiderte Guamoko gehorsam.

Der Weg in das Blaue Land war für Urfin Juice sehr beschwerlich. Um nachts im Wald nicht zu frieren, kroch er unter die Decke der abgefallenen welken Blätter, oder er baute sich eine dürftige Laubhütte. Ein Feuer konnte er nicht anzünden, weil sein Feuerzeug mit den anderen Habseligkeiten im Tross bei den Marranen geblieben war. Er ernährte sich von Obst und Weizenähren, die er auf den Feldern pflückte. Die

Eule brachte ihm mehrmals Rebhühner, die sie gejagt hatte, doch Urfin konnte sie nicht roh essen und gab sie ihr seufzend zurück.

Er war sehr abgemagert, seine Wangen waren eingesunken, und die große Nase sprang turmgleich über den eingefallenen Mund hervor. Ein Stoppelbart bedeckte sein Gesicht, den er nicht entfernen konnte, weil er kein Rasierzeug hatte.

Die Erinnerung bohrte in seinem Kopf und gab ihm keine Ruhe. War er glücklich gewesen, als er das Zauberland regierte?

‚Nein, ich war nicht glücklich', musste sich Urfin gestehen. ‚Ich hatte die Macht mit Gewalt erobert, den Menschen die Freiheit geraubt, und sie hassten mich. Selbst die Höflinge, denen ich hohe Ämter zuteilte, taten nur so, als liebten sie mich. Schranzen und Speichellecker sangen mir Loblieder bei Schmaus und Gelage, nicht weil sie mich bewunderten und verehrten, sondern weil sie sich Orden und reiche Gaben erschleichen wollten. Ich habe die Smaragdenstadt arm gemacht, habe aus ihren Mauern und Türmen die Edelsteine herausgebrochen, und wenn ich durch die Straßen ging, warf man mit Ziegeln nach mir. Weshalb begehrte ich nur die Macht? Weshalb …?'

Urfin fand auf diese Frage keine Antwort.

Als er auf ein paar zusammengebundenen Baumstämmen den Großen Fluss überquerte, musste er daran denken, wie seine Holzarmee während des Feldzugs gegen die Smaragdenstadt ins Wasser gefallen war.

‚Hätte der Fluss sie doch für immer fortgeschwemmt …! Das verdammte Lebenspulver! Wozu musste ich es entdecken! Das Pulver ist an meinem ganzen Unglück schuld …!'

Urfin atmete auf, als er die Gelbe Backsteinstraße erreichte. Ihm war, als hieße sie ihn willkommen und lade ihn zum Weitergehen ein. Er fühlte, wie die Heimat näher kam, selbst die Luft schien hier frischer und angenehmer zu duften als in der Fremde. Auch blickten ihn die sanften Käuer, denen er begegnete, so freundlich an, als hätten sie alles vergessen und trügen ihm nichts nach.

Die kleinen blau gekleideten Menschen, die blaue Spitzhüte mit Schellen auf dem Kopf trugen, baten den müden Wanderer oft, in ihre blauen

Häuschen hinter den blauen Zäunen einzutreten. Auf den kleinen Tischen mit blauen Decken standen blaue Tellerchen mit schmackhaften Gerichten, und lächelnde Hausfrauen bewirteten herzlich den hungrigen Gast. Zwei- oder dreimal hatte Urfin in blauen Häuschen sogar übernachtet …

Sein raues Herz begann aufzutauen.

‚Wie ist das möglich?', dachte Urfin reumütig. ‚Ich habe diesen guten Menschen so viel Böses zugefügt, habe nur davon geträumt, sie zu beherrschen und zu unterdrücken, sie aber haben alle meine Bosheiten vergessen und sind jetzt so freundlich zu mir … Anscheinend habe ich doch nicht so gelebt, wie ich hätte leben sollen …'

Urfin wagte es nicht, der schlauen und bösen Eule seine neuen Gedanken und Gefühle mitzuteilen, denn er wusste, dass sie sie nicht billigen würde.

Eines Tages um die Mittagszeit stand er wieder in seinem Hof. Vom abgebrannten Haus war nur ein regenfeuchter Kohlenhaufen übrig geblieben, doch der Keller war unversehrt und das Schloss ganz. Als er die

Tür aufbrach und hineinschaute, sah er sein ganzes Werkzeug genauso daliegen, wie er es zurückgelassen hatte. Eine Träne rann über seinen stoppligen Bart …

‚Die braven Käuer!', seufzte er. ‚Erst jetzt verstehe ich, was das für gute Menschen sind … Oh, wie tief stehe ich in ihrer Schuld!'

Schon unterwegs hatte Urfin beschlossen, sich möglichst weit weg von Kogida und näher zu den Weltumspannenden Bergen anzusiedeln.

‚Die Menschen sollen meine Verbrechen vergessen', dachte der ehemalige Herrscher des Zauberlandes. ‚Das wird schneller geschehen, wenn ich ihnen nicht beständig vor den Augen bin und möglichst weit wegziehe …' Bevor er seinen Hof verließ, wollte Urfin von den Beeten Abschied nehmen, die er so lange und mit so viel Liebe gepflegt hatte.

Als er auf die Wiese hinter den Gartenzaun hinaustrat, gewahrte er mit Entsetzen ein ganzes Dickicht aus hellgrünen Pflanzen mit fleischigen langen Blättern und dornigen Stielen.

„Da sind sie wieder!“, stöhnte Urfin.

Er hatte sich nicht getäuscht: Es war die Pflanze, aus der er vor vielen Jahren das Lebenspulver gewonnen hatte. ‚Sind die Samen tief in der Erde aus ihrem langen Schlaf erwacht?', fragte sich Urfin. ‚Oder war es wieder der Wind, der sie hergeweht hat?' Er entsann sich, dass vor zwei Tagen ein Hagelsturm tobte, vor dem er unter einem Baum mit buschiger Krone Schutz gefunden hatte.

„Es muss wieder der Sturm gewesen sein, der uns die Bescherung gebracht hat“, sagte Urfin, und die Eule stieß einen Freudenschrei aus.

Eine große Versuchung überkam Urfin Juice. ‚Da ist das Wunder', dachte er, ‚von der Guamoko gesprochen hat. Ich werde nicht zehn Jahre darauf warten müssen, denn es ist bereits geschehen, und ich sehe es mit meinen Augen.' Urfin streckte die Hand nach einer Pflanze aus, zog sie aber, von einem Dorn gestochen, sofort wieder zurück.

‚Jetzt werde ich die alten Fehler nicht wiederholen nach all den Erfahrungen, die ich gemacht habe. Jetzt kann ich fünfhundert … nein, eintausend kräftige Holzköpfe anfertigen, die mir gehorchen werden. Aber warum nur Holzköpfe? Auch unverwundbare fliegende Ungeheuer will ich machen, Holzdrachen, die schnell wie der Blitz fliegen und gewittergleich auf die Köpfe zitternder Menschen niedergehen werden! Solche Gedanken wälzten sich in seinem Kopf und ließen seine Augen funkeln.

„Was sagst du, Guamoko, zu diesem neuen Geschenk des Schicksals?", wandte er sich an die Eule.

„Was ich sage, Gebieter? Ich sage: Mach so viel Pulver, wie du nur kannst, und schlage los! Jetzt werden wir's ihnen heimzahlen, den Spöttern!"

Doch worüber Urfin unterwegs so lange nachgedacht hatte, war nicht spurlos verschwunden. Etwas hatte sich in seiner Seele verändert. Die glänzende Zukunft, die sich wieder vor ihm auftat, lockte ihn nicht

mehr. Er setzte sich auf einen Baumstumpf, betrachtete aufmerksam den Blutstropfen, den der Dornenstich auf seinem Finger hinterlassen hatte, und dachte angestrengt nach.

„Blut …", flüsterte er. „Wieder Blut, Menschentränen, Kummer und Leid. Nein, das darf nicht wiederkehren!"

Er holte einen Spaten aus dem Keller und grub alle Pflanzen mit der Wurzel aus.

„Ha, ich kenne euch!", schrie er zornig. „Wenn ich euch ungeschoren lasse, überwuchert ihr die ganze Gegend, und dann entdeckt jemand die Zauberkraft wieder, die in euch steckt, und stellt Dummheiten an. Nein, ich hab es satt …!"

Die Eule geriet über diesen unerwarteten Entschluss ihres Herrn in Verzweiflung und bat ihn inständig, das Glück nicht zu verscheuchen, das ihm wieder einmal zulächelte.

„Bereite wenigstens eine Handvoll Pulver!", flehte die Eule. „Man kann doch nicht wissen, was noch alles geschehen kann!"

Urfin wies auch diese Bitte zurück. Um sich der Pflanzen schneller zu entledigen, verbrannte er sie, und die Asche vergrub er tief in der Erde. Dann machte er eine Handkarre, lud darauf die Habseligkeit aus dem Keller und zog von dannen. Die wütende Guamoko folgte ihm nicht.

Etwa zwei Stunden später hörte Urfin Flügelschläge im Rücken, und als er sich umwandte, sah er die Eule.

„Ich hab's mir überlegt, Herr", sagte Guamoko kleinlaut, „du hast recht! Das Lebenspulver hat uns nichts Gutes gebracht, und es war ein kluger Entschluss, die Hände davonzulassen."

Guamoko schwindelte natürlich – wie hätte sie sich auch so leicht eines Besseren besinnen können! Sie tat jetzt nur so, weil sie sich in ihrem langen Leben gewöhnt hatte, mit Menschen zu leben, und weil es ihr allein im Wald zu langweilig gewesen wäre. Urfin durchschaute sie, war aber dennoch zufrieden, denn auch er hätte die Einsamkeit auf die Dauer nicht ertragen können.

Der Weg zu den Bergen dauerte mehrere Tage. Als sie nicht mehr weit waren, erblickte Urfin eine schöne Wiese, durch die sich ein kristallklarer

Fluss schlängelte. Bäume, an denen unzählige Früchte hingen, säumten die Ufer.

„Ein guter Ort für eine Wohnstätte", sagte Urfin, und die Eule stimmte ihm zu.

Urfin baute hier eine Hütte und legte einen Garten an. Seine Tage waren jetzt von Arbeit und Sorgen ausgefüllt, und die Erinnerungen an die schwere Vergangenheit verblassten nach und nach.

Ein Jahr später fanden ihn hier die Abgesandten Arachnas. Der Weg hatte die Zwerge nicht wenig Mühe gekostet, denn sie waren klein und ihre Beine kurz, und wie sehr sie sich auch anstrengten, mehr als zwei oder drei Meilen am Tag schafften sie nicht. Den neuen Wohnort Urfins aufzuspüren, war auch nicht so einfach gewesen. Als Kastaglio und seine Begleiter in das Blaue Land kamen, sagten ihnen die Käuer, Urfin habe seine Heimat wieder verlassen.

Sie befragten die Tiere, und erst nach einem langen beschwerlichen Weg, der einen ganzen Monat dauerte, erreichten die Zwerge die schöne Wiese, auf der Urfins neue Hütte stand.

Dieser staunte nicht wenig, als er zu seinen Füßen die winzigen Kerlchen mit den grauen Bärten sah. Vierzig Jahre lebte er im Zauberland, doch von Zwergen hatte er niemals gehört. Allerdings wusste er, dass die Wunder im Zauberland unerschöpflich sind. Urfin begrüßte höflich die Besucher und fragte nach ihrem Begehr.

Kastaglio öffnete den Mund zur Antwort, doch plötzlich verließen ihn die Kräfte, und er sank zu Boden. Genauso erging es seinen Gefährten.

Urfin schlug sich vor die Stirn.

„Ich Dummkopf! Ihr seid müde und hungrig, und statt euch verschnaufen zu lassen, stelle ich Fragen. Ich bitte euch um Verzeihung, das kommt vom einsamen Leben ..."

Nach reichlicher Bewirtung und Erholung sagte Kastaglio, weshalb er gekommen sei. Er erzählte von Arachna und erklärte, wofür sie in unvordenklichen Zeiten vom mächtigen Zauberer Hurrikap eingeschläfert worden war. Er verheimlichte auch nicht, dass die Hexe die Herrschaft über das Zauberland begehre und damit rechne, Urfin Juice, der zweimal die Smaragdenstadt erobert hatte, würde ihr dabei behilflich sein. Vor dem Aufbruch der Abgesandten, fuhr Kastaglio fort, habe Arachna angedeutet, sie werde ihre Helfer großzügig belohnen und sie zu Herrschern und Statthaltern der unterworfenen Länder machen.

Urfin schwieg lange. Das Schicksal führte ihn wieder in Versuchung. Er brauchte nur in den Dienst der Hexe zu treten, um wieder Herrscher der Smaragdenstadt oder des Landes der Marranen zu werden und sich vielfach für die Erniedrigungen zu entschädigen, die er hatte durchstehen müssen. Doch da war die Frage: Lohnte es sich? Er würde wieder mit Gewalt die Macht ergreifen, und wieder würde das unterdrückte Volk ihn hassen …

Das Jahr, das er in der Abgeschiedenheit verlebt und in dem er so vieles überdacht hatte, war nicht unnütz vergangen. Urfin hob den Kopf, blickte Kastaglio in die Augen und sagte entschieden:

„Nein! Ich trete nicht in den Dienst eurer Herrin!"

Kastaglio war über diese Antwort nicht verwundert und entgegnete nur: „Ehrwürdiger Urfin, vielleicht sagst du es selbst unserer Gebieterin?"

„Warum?", fragte Urfin, „könnt denn ihr es ihr nicht ausrichten?"

„Es handelt sich darum", erklärte der Zwerg, „dass unsere Gebieterin befohlen hat, dich zu ihr zu bringen. Täten wir es nicht, sagte sie, seien wir schlechte und schlampige Diener. Bei Nichterfüllung des Auftrags wird sie uns für einen ganzen Monat das Recht der Wildjagd in ihren Wäldern und des Fischfangs in ihren Gewässern entziehen. Doch wenn es nicht anders geht, werden wir unsere Gürtel eben enger schnallen und mit unseren Vorräten auskommen müssen."

Urfin erwiderte schmunzelnd:

„Könnt ihr denn nicht Fische fangen und Wild jagen, ohne dass eure Herrin es sieht? Ihr seid doch so klein und flink!"

Die Augen Kastaglios und seiner Begleiter weiteten sich vor Schreck.

„Wir sollen wildern?", fragte Kastaglio entsetzt. „Ehrwürdiger Urfin, du kennst das Volk der Zwerge nicht! Es besteht schon Tausende von Jahren, doch niemals hat einer von uns sein Wort gebrochen oder jemanden betrogen. Wir sterben lieber vor Hunger …"

Urfin war so gerührt, dass er Kastaglio in seine kräftigen Arme nahm und ihn sanft an seine Brust drückte.

„Liebe kleine Menschlein!“, sagte er. „Damit euch kein Leid geschieht, will ich mit euch gehen und selbst Arachna alles sagen. Ich hoffe, sie wird euch nicht dafür bestrafen, weil ich ihr nicht dienen will?“

„Für dein Benehmen sind wir nicht verantwortlich“, erwiderte würdevoll Kastaglio.

„Morgen brechen wir auf“, sagte Urfin. „Heute müsst ihr erst einmal richtig ausruhen.“

Zur Kurzweil seiner Gäste holte Urfin einen Haufen Spielzeug aus der Hütte und breitete es vor den Zwergen aus. Da waren hölzerne Puppen und Clowns mit bunt bemalten Gesichtern und leichte zierliche Hirsche und Gazellen, von denen man meinen konnte, sie würden im nächsten Augenblick aufspringen und davonlaufen. Wie unterschieden sich diese lustigen und anmutigen Spielsachen doch von den finsteren und bärbeißigen, die Urfin einst gefertigt hatte, um Kinder mit ihnen zu schrecken!

„Das hab ich in meiner Freizeit gemacht“, sagte Urfin schlicht.

„Oh, wie reizend!“, riefen die Zwerge.

Sie nahmen die Puppen und Tierchen in die Arme, drückten sie zärtlich an die Brust und liebkosten sie. Man sah, dass die Sachen ihnen schrecklich gefielen. Ein Zwerglein sprang auf einen hölzernen Hirsch, ein anderes begann mit einem geschnitzten kleinen Bären zu tanzen. Die Gäste strahlten vor Freude, obwohl die Spielsachen, das muss man schon sagen, für sie viel zu groß waren.

Als er die Freude der Zwerge sah, rief Urfin großmütig:

„Sie gehören euch! Nehmt sie in euer Land und schenkt sie den Kindern, dass sie sich an ihnen ergötzen.“

Die Zwerge hüpften vor Freude und überschütteten Urfin mit Dank.

Am nächsten Tag brach man auf. Aber schon nach den ersten hundert Schritten merkte Urfin, dass die Zwerge es nicht schaffen würden. Sie waren keine guten Geher, und, bepackt mit den Spielsachen, die fast so groß waren wie ihre Träger, keuchten, schwitzten und taumelten sie, doch keiner wollte sich von den Geschenken trennen. Ein Stück Weg, für das

Urfin zwei Minuten brauchte, nahm bei ihnen zwanzig in Anspruch. Als er sie so keuchen und schwitzen sah, brach Urfin in ein schallendes Gelächter aus.

„Nein, meine Lieben, so geht es denn doch nicht! Sagt, wie viel Zeit habt ihr für den Weg hierher gebraucht?"

„Einen Monat", antwortete Kastaglio.

„Jetzt werdet ihr ein Jahr dafür brauchen!"

Urfin kehrte zu seinem Haus zurück, nahm die Schubkarre aus dem Schuppen, legte die Menschlein mit den Geschenken hinein und setzte sich in Trab. Die Zwerge strahlten vor Freude.

Der Rückweg dauerte nur drei Tage.

In Erwartung Urfin Juices und Ruf Bilans beschloss Arachna, ihre Hexenkunst zu überprüfen. Bevor sie den Kampf mit den Völkern des Zauberlandes begann, wollte sie sich überzeugen, ob sie noch alle ihre bösen Kräfte beisammen hatte.

Der Leser hat wahrscheinlich nicht vergessen, dass Arachna sich nach Belieben in ein Pelztier, einen Vogel oder einen Baum verwandeln konnte … Diese Verwandlungskunst war ihre wichtigste Waffe. Doch jetzt musste sie feststellen, dass sie einiges verlernt hatte. Das war für sie ein schwerer Schlag.

Wie dies geschehen konnte, sei hier erklärt: Der Zauberspruch war sehr kompliziert und lang und zudem streng geheim, und Arachna hatte ihn nicht aufgeschrieben, aus Furcht, er könnte Feinden in die Hände fallen. Während ihres Schlafs hatte sie den Spruch vergessen. Darüber muss man sich nicht wundern, denn ein Schlaf von fünftausend Jahren ist eben kein Mittagsschläfchen, bei einem solchen Schlaf kann man sogar den eigenen Namen vergessen.

Die Zeit war vorbei, da Arachna im Kampf mit ihren Feinden sich in ein Eichhörnchen oder einen Löwen, in eine mächtige Eiche oder eine schnelle Schwalbe verwandeln konnte. Jetzt konnte die Hexe nur noch auf ihren riesigen Wuchs und ihre Körperkraft rechnen.

Arachna hatte auch noch andere Zauberkünste vergessen, doch was ihr geblieben war, reichte immerhin, um Böses zu stiften. Sie hatte es zum Beispiel nicht verlernt, Erdbeben, Gewitter und andere Naturkatastrophen auszulösen.

‚Noch ist nicht alles verloren', beruhigte sich die Hexe, als auf ihren Befehl vom Gipfel des Berges ein Felsen herabstürzte und beim Aufprall in tausend Stücke zerschellte.

Ja, noch war die böse Arachna ein schrecklicher Gegner, vor dem man sich in Acht nehmen musste.

Mittlerweile war Urfin mit seiner Schubkarre, in der sich die muntere Schar der Zwerge befand, in das Tal gekommen. Die winzigen Menschlein wiesen ihm den Eingang zur Höhle und liefen, so schnell sie konnten, zu ihren Häuschen, die in Büschen und hinter großen Steinen verborgen lagen. Kaum hatten sie ihre Türen erreicht, riefen sie die Kinderchen herbei, um ihnen die Geschenke des guten Onkels Urfin zu übergeben …

Hier muss ich die Feder beiseite legen, denn mir fehlen die Worte, den Jubel der Kinder auch nur annähernd zu beschreiben. In den Tausenden Jahren des Bestehens dieses Stamms der Zwerge hatten ihre Kinder noch nie solche entzückende Spielsachen gesehen.

Urfin Juice betrat gemessenen Schritts die Höhle und verbeugte sich würdevoll vor der Hexe.

„Ihr wollt mich sprechen, was wünscht Ihr von mir?", fragte er.

Er hatte den Zwergen versprochen, so zu tun, als wüsste er nicht, warum Arachna ihn gerufen hatte. Er verspürte keine Angst beim Anblick der riesigen Frau mit ihren drohend gefurchten buschigen Brauen.

„Weißt du, wer ich bin?"

„Der ehrwürdige Zwerg Kastaglio hat mir über Euch erzählt."

„Also weißt du, dass ich fünftausend Jahre geschlafen habe und jetzt nach Taten lechze! Vor allem ist es meine Absicht, das Zauberland zu unterwerfen, dann werde ich mich vielleicht auch auf die andere Seite der Berge begeben."

Urfin schüttelte zweifelnd den Kopf mit dem angegrauten Haar.

„Zweimal versuchte ich, das Zauberland zu unterwerfen, und Ihr wisst, wie es jedes Mal endete", sagte Urfin ruhig.

„Du vergleichst dich mit mir, elender Wurm?“, rief die Hexe verächtlich und reckte sich, dass ihr Kopf fast an die Decke stieß.

„Mit Verlaub, Herrin“, sagte Urfin unerschrocken, „ich habe gar nicht so unüberlegt gehandelt. Das erste Mal hatte ich eine mächtige

Armee gehorsamer Holzsoldaten, das zweite Mal ein Heer von zweitausend kräftigen und flinken Marranen unter meinem Befehl. Und beide Male verlor ich. Herrin, ich habe im letzten Jahr viel nachgedacht und schließlich begriffen, dass es nicht so leicht ist, freie Völker zu unterwerfen …"

„Wie, er will mir Moral predigen?", lachte Arachna schrill. „Mich dünkt, er billigt meine Absichten nicht und weigert sich, mir zu dienen."

„Ja, ich billige sie nicht und weigere mich! Das Leben hat mir vieles beigebracht, und jetzt möchte ich so lange zurückgezogen leben, bis die Menschen, die ich gekränkt habe, mir vergeben."

„Geh, Elender, und vergiss unser Gespräch!", brüllte die Hexe. „Du wirst deine Weigerung noch bedauern! Ich wollte dich erheben, du aber hast deine Chance in den Wind geschlagen!"

Urfin verneigte sich und ging. Doch an der Schwelle blieb er stehen, drehte sich um und sagte:

„Ich fürchte, auf dem Kriegspfad werdet Ihr den Tod finden!"

Arachna lächelte spöttisch. Wider Willen verspürte sie aber so etwas wie Achtung vor diesem kleinen Mann, der vor ihr, der mächtigen Zauberin, keine Angst hatte.

‚Ich hätte diesen Dickschädel mit Ehren überhäuft, hätte er eingewilligt, mir zu dienen', dachte die Hexe. ‚Man fühlt, dass dieser Mensch die Kraft besitzt, seinen Willen durchzusetzen …'

Auf der Wiese vor der Höhle erblickte Urfin Ruf Bilan, den eine Gruppe von Zwergen aus dem Unterirdischen Land geholt hatte. Der ehemalige König wandte sich von seinem ehemaligen ersten Minister verächtlich ab.

‚Dieser wird die verlockenden Angebote Arachnas bestimmt nicht ausschlagen', ging es Urfin durch den Kopf.

Er täuschte sich nicht.

Die Versuchung des Ruf Bilan

ls Urfin fortgegangen war, saß die Hexe lange brütend da. Dann schüttelte sie den gewaltigen Kopf und befahl, Ruf Bilan hereinzuführen, dessen Ankunft man ihr gemeldet hatte.

Ruf Bilan duckte sich beim Betreten der Höhle so tief, dass er mit den Knien fast den Boden berührte. So schleppte er sich, das feiste Gesicht bleich vor Schreck, die Augen gesenkt und an allen Gliedern zitternd, bis vor die Hexe.

„Bist du Ruf Bilan?“, fragte Arachna.

„Ja, Herrin, der unterirdische Erzgräber hat gesagt, das sei mein Name“, erwiderte Bilan mit bebender Stimme.

„Aber ich kann mich nicht erinnern, was ich in meinem früheren Leben getan habe …“

Er hatte seine Vergangenheit in der Tat ganz vergessen. Als die Zwerge ihn in der unterirdischen Höhle fanden, waren gerade zwei Tage seit seinem Erwachen aus dem langen Schlaf vergangen. Zu dieser Zeit hatte er gerade das Gehen und Sprechen erlernt, und seine Entwicklung erinnerte an die eines fünfjährigen Kindes. Der Erzgräber, den man ihm als Erzieher zugeteilt hatte, war noch nicht dazugekommen, ihm zu erklären, was Gut und was Böse ist.

Die Zwerge hatten einen Augenblick abgewartet, an dem der Erzieher Ruf allein ließ, und ihn dann mit Naschwerk aus der Höhle gelockt. Als Bilan sie unterwegs fragte, wohin man ihn führe und was man mit ihm vorhabe, gaben sie keine Antwort.

Beim Anblick der Riesin lief es ihm eiskalt über den Rücken.

„Also hat man dir verheimlicht, dass du einst eine sehr hohe Stellung in deinem Heimatland einnahmst?“, fragte die Hexe mit einem tückischen Lächeln.

„Davon weiß ich nichts, Herrin“, antwortete Ruf unterwürfig, doch seinen Augen konnte man ablesen, dass sich in ihm ein Gefühl des Stolzes regte.

Der scharfsinnigen Arachna entging es nicht, welchen Eindruck ihre Worte auf ihn machten, und im nächsten Augenblick war ihr Plan reif.

„Kastaglio!“, rief sie, „nimm den Mann zu dir und bringe ihm das Lesen bei. Gib ihm die Chronik und lass ihn darin lesen, was über sein Leben und seine Taten geschrieben steht. Sobald er sich an seine Vergangenheit erinnert, bringst du ihn wieder her.“

Der Chronist verstand ausgezeichnet, was seine Herrin wollte.

Zwei Wochen später führte er ihr Bilan wieder vor.

Der Gesichtsausdruck und die Haltung des ehemaligen Staatsministers hatten sich völlig verändert. Er hielt sich aufrecht, und sein Schritt war fest. Das Gedächtnis hatte alle Einzelheiten seines früheren Lebens wiedererstehen lassen. Er wollte nun alles von vorn beginnen, wenn sich ihm nur die Möglichkeit dazu bot. Bilan war nicht mehr das schwache und hilflose Kind, das die Zwerge aus der Höhle geführt hatten. Vor Arachna stand jetzt ein erwachsener Mann, ein Streber und Ränkeschmied, der vor keinem Verrat zurückscheuen würde. Die Schlauheit Arachnas hatte in Ruf Bilan die schlimmsten Eigenschaften wiedererweckt.

Die Hexe erwiderte Bilans Verbeugung mit einem kaum merklichen Nicken und sprach:

„Du möchtest doch wissen, warum ich dich gerufen habe?"

„Ja, Herrin. Doch darf ich vorher eine Frage stellen?"

„Sprich!"

„Wer war der Mann, den ich vor zwei Wochen in Eurem Besitztum sah?"

„Das war Urfin Juice, der ehemalige König des Smaragdenlandes."

„Deshalb kam mir sein Gesicht so bekannt vor! Ich war unter ihm der erste Mann im Staat!", brüstete sich Bilan.

„Du kannst wieder hoch aufsteigen, wenn du in meine Dienste trittst! Ich bin viel mächtiger als Juice, wenngleich sein Mut mir gefällt. Schade, dass sein Missgeschick ihn gebrochen und er sich mit seinem Schicksal abgefunden hat!"

Arachna weihte Ruf in ihre Pläne ein. Sie erzählte von ihrer Absicht, das Zauberland zu unterwerfen und sich zu dessen Kaiserin ausrufen zu lassen, und schloss mit den Worten:

„Willst du mir helfen?"

„Gnädige Frau, ich bin bereit, Euch nach Kräften zu dienen!", rief Bilan begeistert.

„Meinst du, mein Wunsch wird in Erfüllung gehen?"

„Ohne Zweifel! Die Völker des Zauberlandes werden glücklich sein, sich einer so mächtigen Gebieterin zu unterwerfen!"

„Bist du davon überzeugt?", zweifelte die Hexe.

„Ich bin bereit, mein Leben dafür hinzugeben."

„Dein ehemaliger König ist anderer Ansicht."

„Er irrt, gnädige Herrin, er irrt, und davon werdet Ihr Euch bald überzeugen."

„Gut, Ruf Bilan, ich nehme dich in meine Dienste. Du sollst mein Botschafter in wichtigen Angelegenheiten sein, und wenn du dich auszeichnest, bekommst du ein noch höheres Amt!"

Rufs Gesicht strahlte vor Freude, er scharwenzelte vor Arachna und versicherte sie seiner grenzenlosen Ergebenheit.

„Geh jetzt!“, sagte die Hexe, und Ruf verließ im Krebsgang mit unzähligen Bücklingen die Höhle.

„Ein Strolch und Speichellecker!“, sagte die Hexe verächtlich. „Bei der ersten Gelegenheit wird er mich ebenso leicht verraten, wie er in meine Dienste getreten ist. Aber leider habe ich keine andere Wahl …“

Aller Anfang ist schwer

Unter dem Hexenzubehör Arachnas befand sich ein fliegender Teppich, den sie ihrer Mutter geklaut hatte, als sie ins Zauberland floh. Das war ein alter und zerfranster Teppich, der nur dank der Sorge der Zwerge dem Schimmel und Mottenfraß nicht zum Opfer gefallen war. Die winzigen Menschlein hatten ihn jeden Monat gebürstet, ausgeklopft, in der Sonne getrocknet und gestopft, und als die Hexe erwachte, war er immer noch brauchbar.

Um ihre Pläne auszuführen, beschloss Arachna der Reihe nach alle Gebiete des Zauberlandes anzufliegen, um nach dem Rechten zu sehen und von den Einwohnern die Anerkennung ihrer obersten Macht zu fordern.

Als es so weit war, breitete sie den Teppich aus, ließ sich auf ihn nieder und setzte Ruf Bilan neben sich, den sie bei den Verhandlungen mit den voraussichtlichen Untertanen als Unterhändler verwenden wollte.

„Teppich, Teppich, trag mich in das Rosa Land zur Zauberin Stella!“, befahl die Hexe.

Als der Teppich aufflog, erblasste Bilan und fing zu stöhnen an.

„Was hast du?“, fragte Arachna trocken.

„Gnädige Herrin, ich beschwöre Euch bei allem, was Euch heilig ist, fordert die Zauberin Stella nicht heraus!“

„Warum nicht? Meinst du vielleicht, sie sei stärker als ich?“

„Ich zweifle nicht an Eurer Kraft, Herrin, doch wisst Ihr, dass Stella das Geheimnis der ewigen Jugend kennt?“

„Was geht mich das an, wo ich doch schon so viele tausend Jahre alt bin, dass ich gar nicht mehr weiß, wie viele es sind!“, erwiderte Arachna hochmütig.

„Gut, Herrin, dann wollen wir nicht vom Alter reden“, sagte Ruf Bilan. „Doch Frau Stella steht sich sehr gut mit dem mächtigen Stamm der Fliegenden Affen. Wenn ein Rudel dieser schrecklichen Tiere über Euch herfällt, bürge ich nicht für Euren Sieg, wie stark und mutig Ihr auch sein möget.“

Die Hexe stutzte. Auf ihren Befehl hielt der Teppich in seinem Flug inne und hing reglos in der Luft.

„Ich habe schon einmal von den Fliegenden Affen gehört“, sagte Arachna. „Vielleicht ist es wirklich ratsamer, diesen Tieren aus dem Weg zu gehen. Was meinst du, sollen wir uns lieber zu Willina begeben und von ihr die Anerkennung meiner uneingeschränkten Macht verlangen?“

„Lasst doch ab von diesen Feen“, flehte Bilan. „Ihr seid selbst eine Fee und wisst, verzeiht mir die Offenheit, nur zu gut, was das für ein widerliches Volk ist! Freilich ist Frau Willina alt, doch sie besitzt die Zaubergabe, den Ort ihres Aufenthalts blitzschnell zu wechseln. Jetzt ist sie da, und eine Sekunde später ist sie tausend Meilen weit von hier. Wie wollt Ihr einen Feind besiegen, den man nicht fassen kann?“

„Hast wohl recht“, musste Arachna zugeben. „Meinetwegen lassen wir die Feen in Ruhe. Außer ihnen gibt es im Zauberland doch auch noch andere Völker und Gebiete. Ich habe in Kastaglios Chronik von den Marranen gelesen, die das rückständigste Volk in diesem Landstrich sein sollen. Vielleicht fangen wir bei den Marranen an. Was meinst du, Bilan?“

„Bei den Marranen, ja, bei den Marranen, Herrin!“, rief Bilan erfreut. Weil er in den letzten Jahren in der Höhle geschlafen hatte, wusste er nichts von den Ereignissen, die sich im Land der Marranen abgespielt hatten, und die Kapitel der Chronik, die darüber berichteten, hatte er auch nicht gelesen.

Arachna befahl dem Zauberteppich, sie in das Marranental zu tragen. Nach mehreren Flugstunden ging der Teppich auf einem der Berge nieder, die um dieses Land einen Ring bildeten.

Im Marranental hatte sich nach der Vertreibung des Feuergotts Urfin vieles verändert. Die Springer hatten eine echte Revolution durchgeführt, die Aristokraten gestürzt und aufgehört, für sie zu arbeiten. Anstelle der früheren erbärmlichen Strohhütten, in denen das einfache Volk gelebt hatte, standen jetzt kleine, aber warme und gemütliche Häuser, die schnurgerade lange Straßen bildeten. Aus den Schornsteinen stieg Rauch auf, der davon zeugte, dass die Marranen ihre alte Furcht vor dem Feuer überwunden und es zu nutzen gelernt hatten.

Anstelle der einst kümmerlichen Weizenfelder zogen sich schöne Obsthaine hin, deren Bäume mit reifen Früchten übersät waren. Auf den Berghängen weideten unter der Obhut fröhlicher Jungen Herden von Kühen und Schafen. Bei jedem Ort gab es einen Volleyballplatz, denn dieses Spiel, das Tim O'Kelli den Springern beigebracht hatte, war jetzt zu einem Nationalsport geworden.

Als die dunkle Riesengestalt Arachnas auf dem Berg vor dem Hintergrund des blauen Himmels erschien, entstand eine entsetzliche Unruhe in den Dörfern der Marranen. Frauen und Kinder versteckten sich in den Häusern, während die Männer aufgeregt miteinander flüsterten.

Bald zeigte sich auf der Straße, die zur Hauptsiedlung der Springer führte, die kleine Figur Ruf Bilans. Als Botschafter der bösen Zauberin kam er sich ungeheuer wichtig vor und blähte sich wie ein Pfau. Gart, Bois und Klem, die gewählten Ältesten der Marranen, liefen ihm entgegen. Sie trugen schwere Knüppel in den Händen, die Ruf Bilan Angst einflößten. Statt sie mit schmetternder Stimme anzubrüllen, wie er es sich vorgenommen hatte, stand er jetzt zitternd da und stammelte, er sei von der großen Zauberin Arachna geschickt worden, die Marranen aufzufordern, sie als Kaiserin anzuerkennen und ihr einen jährlichen Tribut zu zahlen.

Die Ältesten wechselten einen Blick, und Bois sagte:

„Bestell deiner Herrin, wir bitten eine halbe Stunde Bedenkzeit, danach wollen wir vor sie treten und ihr Bescheid sagen."

Bilan gewann seine Fassung wieder. Er dachte, er habe es geschafft, warf den Marranen einen hochmütigen Blick zu und stelzte von dannen.

„Die Narren erbebten, als ich ihnen mit schmetternder Stimme Eure Forderung vortrug", erzählte er dann der Hexe. „Sie werden bald kommen, um Euch ihrer Ergebenheit zu versichern, und wahrscheinlich wird sich das Gespräch nur darum drehen, dass Ihr ihnen einen nicht allzu hohen Tribut auferlegt."

Die Hexe dankte ihm mit einem kühlen Kopfnicken. Während sie auf die Ankunft der Abgesandten wartete, begann in der Marranensiedlung ein geschäftiges Treiben. Männer liefen von Haus zu Haus, die sich gegenseitig etwas zusteckten, das man aus der Ferne nicht erkennen konnte, in den Höfen flitzten Jungen hin und her, die sich oft bückten und etwas von der Erde aufhoben.

Kurze Zeit später bewegte sich ein Menschenhaufen auf den Berg zu, wo Arachna stand. Es schien merkwürdig, dass darin weder Kinder noch Frauen noch Greise zu sehen waren. Der Haufen bestand aus mehreren Hundert kräftigen Männern, der Blüte des Marranenvolkes. Merkwürdig war auch, dass ein jeder die rechte Hand hinter dem Rücken hielt, als wollte er etwas verbergen.

Die Hexe erwartete auf ihrem fliegenden Teppich hochmütig die herankommende Menge, während Ruf Bilan zu ihren Füßen hockte und wie Espenlaub zitterte. Die Marranen bildeten um Arachna einen Halbkreis, aus dem die Ältesten – Klem, Bois und Gart – hervortraten.

„Frau Zauberin Arachna", sagte mit lauter Stimme Gart, „Ihr wollt, dass wir uns Euch unterwerfen und Euch Tribut zahlen. Wir aber haben die Fürsten, Zauberer und Götter satt! Das ist unsere Antwort!"

Dabei erhob er blitzschnell seine Rechte – es war das verabredete Angriffszeichen –, und im selben Augenblick kamen die geladenen Schleudern seiner Männer zum Vorschein und spuckten Hunderte von Steinen aus. Drei trafen die breite Stirn der Hexe, zwei ihr Kinn, Dutzende ihre Schultern, Brust und Bauch. Ein großer Pflasterstein traf Ruf Bilan und warf ihn um.

Der Angriff war so gut vorbereitet und kam so plötzlich, dass Arachna keinen klaren Gedanken fassen konnte. Als die Marranen sich wieder bückten, um neue Steine in ihre Schleudern zu legen, schrie sie gellend:

„Teppich, Teppich, trag mich fort von hier!"

Der Teppich flog auf, doch mehrere Steine aus den Schleudern der besten Schützen erreichten und durchbohrten ihn an einigen Stellen, wodurch der Auftrieb und folglich auch die Geschwindigkeit gehemmt wurden.

Außer sich vor Wut, packte die Hexe Bilan, und es fehlte nicht viel, so hätte er daran glauben müssen.

Doch da fiel ihr ein, dass der Verräter ihr noch nützen konnte. Sie lockerte den Griff, ließ ihn los und fauchte:

„Das also ist die Ergebenheit, die du den Marranen beigebracht hast, du Trottel?"

Bilan entgegnete schlau: „Wenn Eure Weisheit den tückischen Plan der Marranen nicht durchschaut hat, wie könnt Ihr es dann von mir, einem einfachen Sterblichen, verlangen?"

Darauf wusste die Hexe nichts zu erwidern. Welche Ansprüche konnte sie auch an Bilan stellen, wo sie doch selbst, eine Zauberin, die schon als Kind allerlei Schlauheiten und Finten gelernt hatte, sich in eine solch plumpe Falle hatte locken lassen!

Um es den Marranen heimzuzahlen, beschloss Arachna, ein Erdbeben heraufzubeschwören. Da sie aber in ihrer Gereiztheit die Beschwörung nicht ganz richtig hersagte, fiel das Beben spärlich aus: Nur ein paar Steine lösten sich von den Bergen und rollten herab, und in einigen Häusern fiel das Geschirr zu Boden und zerbrach.

Hätten Arachna und Ruf Bilan den Volksmund eines weit im Norden hinter dem Ozean liegenden Landes gekannt, so hätten sie sich nach ihrem Missgeschick vielleicht gesagt: „Aller Anfang ist schwer."

Lestars Kanone

Zeuge der schmählichen Niederlage Arachnas war ein alter kluger Eichelhäher. Er begriff, dass die Gefahr eines Überfalls nunmehr das Violette Land bedrohte, und beschloss, sich einzumischen. Er suchte eine Schwalbe auf und sagte zu ihr:

„Fliege so schnell du kannst zum Violetten Palast und sage den anderen Schwalben, sie sollen dem Eisernen Holzfäller über die Stafette ausrichten, eine schreckliche Gefahr sei im Anzug: Eine riesige Hexe, sie ist gut dreißig Ellen groß, will sein Land erobern. Die Zwinkerer mögen sich in Acht nehmen!"

Die Vogelstafette bestand im Zauberland schon sehr lange. Sie stammte von der Krähe Kaggi-Karr, die Oberste Leiterin des Nachrichtenwesens war und sich um dieses Geschäft verdient gemacht hatte.

In diesem Zusammenhang sei noch gesagt, dass die Menschen des Zauberlandes mit den Tieren des Waldes und mit seinen Vögeln in Freundschaft lebten. Die Natur beschenkte die Einwohner dieses Landes großzügig mit Getreide, Obst und Gemüse, und auf den Wiesen weideten so viele Rinder, Schafe und andere Haustiere, dass die Wildjagd sich völlig erübrigte.

Die Menschen kamen oft den Bewohnern des Waldes zu Hilfe, vor allem in Dürrezeiten, wenn die Früchte unreif von den Bäumen fielen. Dann trugen sie von ihren Vorräten Futter in den Wald, damit die wilden Tiere nicht zu hungern brauchten.

Die Tiere wiederum halfen den Menschen, wenn diesen Gefahr drohte. Eine Art dieser Hilfe war die Vogelstafette.

Die schnelle Schwalbe flog wie der Wind und überholte mühelos Arachna mit ihrem Teppich, der unter den Geschossen der Marranen arg gelitten hatte. Die Nachricht wurde über die Stafette so schnell weitergegeben, dass sie drei Stunden vor Arachna eintraf.

Sie löste große Aufregung aus. Um so mehr, als die Zwinkerer im letzten Jahr nach dem Sturz des Feuergottes der Marranen in Frieden und Eintracht lebten. Von bösen Zauberern und Zauberinnen war nichts zu hören, und es schien, als bedrohe jetzt nichts mehr die Ruhe des Landes.

An der Wahrheit der Nachricht konnte kein Zweifel bestehen. Die Gefahr nahte, und es war das Schlimmste zu befürchten. Die Vogelstafette überbrachte nur die wichtigsten Nachrichten, was sich aber im Einzelnen zutrug, meldeten die Holzboten, die früher unter Urfin Juice Polizisten gewesen waren.

Der Eiserne Holzfäller war gerade von der fälligen prophylaktischen Behandlung zurückgekehrt. Man hatte ihn geputzt und abgeschmiert und die Sägespäne in seinem seidenen Herzen ausgewechselt. Als er, auf Hochglanz poliert, aus der Werkstatt trat, funkelte er so stark, dass den Beschauern die Augen wehtaten.

Der Mechaniker Lestar, ein kleiner, schon alter, aber noch sehr rüstiger und lebhafter Mann, unterrichtete den Eisernen Holzfäller über die heranrückende Gefahr, worauf dieser sofort mehrere Anordnungen erteilte, die von Verstand und großer Erfahrung in militärischen Dingen zeugten.

Eilboten jagten durch das Land und übermittelten den Einwohnern den Befehl, die nächstgelegenen Dörfer zu räumen. Man solle, hieß es in der Verfügung des Herrschers, die Farmen verlassen und hinter den festen Mauern des Violetten Palastes Deckung nehmen. Hirten trieben ihre Herden in Schluchten, die nur ihnen bekannt waren. Ein Teil der Armee – die Bogenschützen – bezog in den steinernen Türmen Verteidigungsstellung, ein anderer platzierte sich auf dem Dach des Palastes hinter den Schornsteinen, der Rest verschanzte sich hinter großen Steinen, die am Straßenrand lagen.

Die Umgebung des Violetten Palastes verwandelte sich im Nu in ein Militärlager, das jedem Feind zu trotzen bereit war.

Meister Lestar deckte die große Holzkanone ab, mit deren Hilfe einst die Zwinkerer durch einen einzigen Schuss die Holzköpfe in die Flucht geschlagen hatten. Allerdings war die Kanone nach diesem Schuss geplatzt, doch Lestar hatte sie durch Aufziehung eines eisernen Reifens über ihren Lauf sogleich repariert. Der Mechaniker besaß noch einen Teil des Pulvers, das der Einbeinige Seemann Charlie Black zurückgelassen hatte.

Lestar lud die Kanone mit Pulver und stopfte dann anstelle von Kartätschen alte Nägel, zerbrochene Hufeisen und anderes eisernes Gerümpel hinein. Der Kanonier stand mit einer brennenden Lunte in der Hand neben dem gefechtsklaren Geschütz, als sich in der Ferne der fliegende Teppich mit der schwarzen Riesenfigur der Hexe zeigte.

Arachna schwang einen jungen Baum in der Hand, den sie mit den Wurzeln ausgerissen hatte.

Der Teppich ging in einiger Entfernung vor dem Palast nieder, und Ruf Bilan, der wieder den Unterhändler spielte, schritt auf den Eisernen Holzfäller zu. Anstelle der weißen Fahne schwenkte er ein Handtuch, das er in der verlassenen Hütte eines Zwinkerers gestohlen hatte.

Der Holzfäller erkannte Bilan sofort.

„Du bist es, Verräter?", fragte er verächtlich. „Hat man dir im Unterirdischen Land denn nicht das Genick gebrochen?"

„Warum sollte man mir das Genick brechen?", erwiderte Bilan trotzig. „Jetzt geht es übrigens nicht um meine Person, sondern um eine Angelegenheit, die euch hier angeht. Siehst du dort in der Ferne die mächtige Zauberin Arachna? Ich bin ihr Botschafter."

„Und was sollst du mir ausrichten?", fragte der Holzfäller.

„Vor allem fordert sie von euch bedingungslose Unterwerfung, und außerdem sollt ihr sie als eure Königin für alle Zeiten anerkennen!"

„So, so. Ist das alles?", fragte der Holzfäller ruhig.

„Oh, nein! Ihr werdet der Königin einen jährlichen Tribut von tausend Ochsen und zweitausend Hammeln zahlen und außerdem Gänse und Enten, so viel sie braucht. Vorerst aber werdet ihr für die Gebieterin drei

Ochsen und fünf Hammel braten, ich für mein Teil will mich mit einem fetten Huhn begnügen. Ihr müsst wissen, dass ich und die Gebieterin von der Reise recht hungrig sind."

„Haben euch die Marranen denn nicht mit einem kräftigen Frühstück bewirtet?", fragte der Eiserne Holzfäller mit gespielter Einfalt.

Bilans Augen traten fast aus den Höhlen. Er begriff, dass die Niederlage, die Arachna von den Springern eingesteckt hatte, auf irgendeine Weise im Violetten Land bekannt geworden war.

Sein ganzer Hochmut war dahin.

„Werdet ihr euch Arachna unterwerfen?", konnte er nur noch lallen.

„Geh zu deiner Herrin und sage ihr, dass wir bis auf den letzten Mann kämpfen werden!", schrie der Holzfäller zornig. „Und merke dir, wenn deine Knochen noch heil sind, so hast du es nur der Flagge des Parlamentärs zu verdanken, die du geschwenkt hast."

Die Axt in seiner eisernen Faust schnellte zischend hoch und erstarrte über dem Kopf des Verräters.

Das Gesicht weiß wie die Wand, taumelte Bilan zu seiner Herrin zurück. Als die Hexe seinen Bericht hörte, sprang sie zornig auf und stürmte, den Baumstamm als Stütze benutzend, auf die Zwinkerer zu. Von den Türmen und dem Dach des Palastes und den Steinen am Straßenrand flogen ihr unzählige Pfeile entgegen. Sie drangen ihr in Stirn und Wangen, blieben in ihrem Kleid stecken und trafen die nackten Knöchel. Für die Riesin waren es jedoch nicht mehr als Nadelstiche, obwohl Nadelstiche ja auch nicht gerade angenehm sind.

Trotzdem drang Arachna weiter vor, und ihr riesiger Knüppel riss bei jedem Schritt tiefe Löcher in der Erde auf. Wie bedauerte es jetzt der Eiserne Holzfäller, dass er in den ersten Tagen seiner Herrschaft befohlen hatte, die hohe Mauer mit den scharfen Nägeln oben zu schleifen, die zu Bastindas Zeiten den Violetten Palast umgab. Allerdings hatte diese Mauer dem Palast das Aussehen eines Gefängnisses verliehen, doch jetzt hätte sie vielleicht den Ansturm Arachnas aufgehalten.

In diesem Augenblick ging ein ohrenbetäubender Schuss aus der Kanone Lestars. Die Kartätschen, die die Brust der Hexe aus naher Entfer-

nung trafen, hatten eine überraschende Wirkung. Arachna wankte, und es fehlte nicht viel, so wäre sie hingefallen. Wenngleich die Wunde nicht tödlich, ja nicht einmal gefährlich war, schien es ihr doch, als hätte sie die Faust eines Riesen getroffen, der ebenso stark wie sie sein musste, und der Donner der Kanone kam ihr wie die Stimme eines wutschnaubenden Ungeheuers vor …

Vor Schreck ließ Arachna den Baumstamm fallen und lief so schnell sie konnte zum Zauberteppich zurück. Auf der Flucht zertrat sie zwei Wehrtürme, aus denen die Soldaten allerdings rechtzeitig in den Graben hinabgesprungen waren.

In ihrer Hast verlor die Hexe ihre Lederschuhe, doch sie blieb nicht stehen, um sie aufzuheben. Mit diesen Schuhen geschah später Folgendes:

Da sie wasserdicht waren (ob man sie mit einer besonderen Lösung getränkt, oder ob Arachna sie verzaubert hatte – das weiß heute niemand mehr), befahl der Eiserne Holzfäller, sie zum großen Fluss zu tragen, wo die Zwinkerer sie mit Masten, Segeln, Steuer und Deck versahen, wodurch sie sich in Schiffe verwandelten, die den Namen „Die Rechte" und „Die Linke" erhielten. Sie wurden der Flotte des Violetten Landes übergeben, und die Zwinkerer unternahmen mit ihnen weite Reisen und transportierten verschiedene Güter. „Die Rechte" und „Die Linke" zeichneten sich durch große Ladefähigkeit aus und waren sehr wendige Fahrzeuge.

Doch ihre merkwürdigste Eigenschaft bestand darin, dass sie die Krokodile verscheuchten, von denen es im Fluss wimmelte. Holzschiffe wurden von diesen Ungeheuern oft überfallen, und man musste sie mit Pfeilen und Lanzen abwehren. Doch wenn die Krokodile die Lederschiffe erblickten, stoben sie entsetzt auseinander. Wahrscheinlich schreckte sie das ungewöhnliche Aussehen dieser Fahrzeuge, oder es behagte ihnen nicht der Geruch, der von ihnen ausging. Wie dem auch sei, die Lederschiffe übten eine starke Anziehungskraft auf die Zwinkerer aus, und ein jeder begehrte es, mit ihnen zu fahren.

Die Schlacht der Zwinkerer mit der mächtigen Arachna dauerte nicht mehr als zehn Minuten. Als Arachna Reißaus nahm, brachen alle Anwesenden in ein Siegesgeheul aus. Die Hexe auf dem Teppich aber dachte bei sich:

‚Urfin Juice hatte recht, als er sagte, Freiheit liebende Völker seien nicht so leicht zu unterwerfen. Aber ich gebe dennoch nicht auf …!'

Sie befahl dem Teppich, zur Smaragdenstadt zu fliegen. Arachna wusste nicht, dass über die Vogelstafette bereits ein Bericht über alles, was sich im Marranental und vor dem Violetten Palast zugetragen hatte, an den Scheuch abgegangen war und dass dieser Bericht vor ihr eintreffen würde.

Der nächtliche Sturm

Während Arachnas Teppich mit der Geschwindigkeit eines alten wackligen Eisenbahnzugs dahinsegelte, fraß in ihr die Erinnerung an die Erniedrigungen, die sie von den Marranen und den Zwinkerern erlitten hatte: ‚Wie war es möglich, dass diese Jammerlappen eine so mächtige Zauberin wie ich es bin, eine Zauberin, die nur ein Hurrikap besiegen konnte, in die Flucht geschlagen haben?‘, fragte sie sich. Aber wie groß ihr Ärger auch war, sie musste eingestehen, dass sie die Schwächere gewesen war.

‚Das kommt daher, dass ihrer viele sind, während ich ganz allein dastehe‘, folgerte sie. ‚Der elende Feigling, der da zu meinen Füßen sitzt und mit den Knien schlottert, kann doch nicht als Helfer zählen! Selbst mit dem einfachsten Auftrag wird er nicht fertig. Doch wen soll ich mir schon als Bundesgenossen wählen …?“

Nach langem Überlegen sagte sie sich, dass im Zauberland weder Menschen noch Tiere vorhanden sind, die ihr zu helfen bereit wären.

„Dann werde ich eben allein weiterkämpfen!“, knirschte Arachna. „Und Urfins Geschwätz werde ich mir aus dem Kopf schlagen!“

Wenn sie als Zauberin so dachte, so bedeutete das zweifellos, dass sie die Prophezeiungen des ehemaligen Königs nicht vergessen konnte. Die Stimmung der Hexe war schrecklich. Nicht nur, weil sie zwei Niederlagen erlitten hatte, sondern auch, weil ihre nackten Füße froren und der Hunger sie plagte. Sie hatte einen ganzen Tag nichts zu sich genommen und hätte jetzt wohl eine ganze Ochsenherde verschlingen können. Doch weit und breit war kein Vieh zu sehen. Die Farmen, an denen sie vorbeikam, waren leer, denn die Vögel hatten über ihre Stafette die Farmer gewarnt, und diese hatten ihr Vieh versteckt und hielten sich selbst an Orten verborgen, die niemand erspähen konnte. Es blieb Arachna nichts anderes übrig, als vor einem Obsthain niederzugehen und sich mit Früchten vollzustopfen, obwohl sie diese gar nicht mochte.

Nachdem sie ihren Hunger leidlich gestillt hatte, flog sie weiter. Unterdessen hatte die Vogelstafette die Nachricht vom Nahen der Hexe bereits zur Smaragdeninsel getragen. Der Scheuch berief sofort seinen Stab ein. Als Erster erschien Feldmarschall Din Gior, der seinen prächtigen knielangen Bart mit einem goldenen Kamm gekämmt hatte. Dann trafen der Versorgungschef der Armee Faramant und die Leiterin des Nachrichtenwesens Kaggi-Karr ein. Bevor man Entscheidungen traf, musste man genau wissen, welche Gefahr drohte. Auf einem kleinen Tisch stand der Kasten mit dem Bildschirm, den Stella einst dem Scheuch geschenkt hatte. Die Mitglieder des Stabs nahmen vor dem Fernseher Platz, und der Scheuch sprach:

„Birelija-turelija, buridakl-furidakl, es röte sich der Himmel, es grüne das Gras – Kästchen, Kästchen, bitte zeig uns das: Zeig uns die Hexe mit dem Zauberteppich!"

Auf dem Schirm begann es zu flimmern, dann erschien vor dem Hintergrund des Himmels ein Teppich, auf dem eine riesige Frau saß. Bei ihrem Anblick wurde es nicht nur den Stabsmitgliedern, sondern sogar dem Scheuch unheimlich. Grausig war das Aussehen der Hexe mit dem Büschel pechschwarzer Haare auf dem Scheitel. Zu ihren Füßen

kauerte eine kleine Figur, in der der Scheuch und seine Gefährten sofort Ruf Bilan erkannten.

„Oh, da ist ja auch der Verräter!“, rief Faramant überrascht aus. „Völlig unverständlich, wie der zur Hexe gekommen und ihr Kumpan geworden ist!“

„Lump zu Lump gesellt sich gern“, schnarrte die Krähe wütend. „Es soll mich nicht wundern, wenn irgendwo in der Nähe auch der ehrsüchtige Urfin Juice auftaucht. Ist doch auch einer von dieser Sorte ...“

Im Scheuch erwachte die Neugier.

„Lasst uns sehen, wo das Früchtchen steckt. Einen Feind soll man beobachten, sooft man nur kann! Ich habe zu selten Stellas Geschenk benutzt, ja diesen Vorwurf kann ich mir nicht ersparen.“ Er wandte sich dem Fernseher zu und sprach:

„Birelija-turelija, buridakl-furidakl, es röte sich der Himmel, es grüne das Gras – Kästchen, Kästchen, bitte zeig uns das: Zeig uns Urfin Juice, wo immer er auch sein mag.“

Da erschien auch schon auf dem Bildschirm eine schöne Wiese mit einem schmucken Häuschen in der Mitte und Bauten im Hintergrund. Vorne stand in einem Gemüsegarten Urfin auf den Knien und jätete ein Gurkenbeet. Daneben hockte die Eule Guamoko. Der Scheuch und seine Gefährten hörten, was die beiden sprachen:

„... so, so, um nichts in der Welt?“, sagte die Eule, die wahrscheinlich einen Satz beendete.

„Um nichts in der Welt“, bestätigte Urfin. „Sie tat alles, um mich zu überreden, doch ich blieb fest und wiederholte: Bei diesem Unfug mach ich nicht mit!“

„Buchstäblich, so hast du gesagt, Herr?“

„Buchstäblich!“

„Und was hat sie darauf erwidert?“

„Sie hat mit den Füßen getrampelt und gebrüllt, dass die Höhle erzitterte und beinahe einstürzte. ‚Ich‘, kreischte sie, ‚bin eine mächtige Zauberin, ich‘, kreischte sie, ‚zerdrücke dich wie eine Fliege, wenn du nicht gehorchst und nicht in meine Dienste trittst!‘“

„Und du?“

„Ich sagte nur: ‚auch wenn Ihr mich zerdrückt, gegen mein Volk ziehe ich nicht! Ich habe ihm genug Böses zugefügt‘ …“

„Und was tat die Hexe dann?“

„Sie fuchtelte mir mit der Faust vorm Gesicht, und ich muss dir sagen, diese Faust war fast so groß wie mein Haus …“

Der Scheuch und seine Freunde blickten sich verdutzt an. Es war fast nicht zu glauben, dass das derselbe Urfin war, der sich zweimal zum Herrscher des Zauberlandes aufgeworfen hatte. Natürlich wussten die Zuhörer nicht, dass dieser ehemalige König bei der Wiedergabe seines Gesprächs mit Arachna reichlich übertrieb und dass er gehörig auflegte, als er von den Drohungen der Hexe erzählte. Doch im Wesentlichen stimmte es schon, was er sagte, im Wesentlichen sprach er die Wahrheit! Denn hätte er dem Drängen der Hexe nachgegeben, würde er jetzt wohl doch neben ihr auf dem fliegenden Teppich sitzen und nicht in einem fernen Garten auf dem Gurkenbeet Unkraut jäten.

Urfin und die Eule sprachen jetzt über etwas anderes, doch der Scheuch hatte genug gehört. Er wusste nun, dass Urfin kein Feind, sondern eher ein Verbündeter war, und dass er allem Anschein nach den Menschen helfen würde, wenn sie ihn riefen.

Der Scheuch stellte den Fernseher ab. Jetzt wussten er und sein Stab, mit wem sie es zu tun hatten. Sie verspürten aber keine große Angst. Sie erinnerten sich, wie sie die Smaragdenstadt gegen Hunderte Holzköpfe Urfins und ein ganzes Marranenheer verteidigt hatten … Diesmal war der Feind nur eine Person, freilich von gewaltigem Wuchs und ungeheuerer Kraft, aber immerhin nur eine Person, denn Ruf Bilan zählte ja nicht.

Bis zur Ankunft Arachnas würden noch ein Tag und eine Nacht vergehen, das war klar, und die Einwohner gingen ungesäumt daran, Verteidigungsanlagen zu bauen. Von den Vögeln hatten die Militärführer der Stadt bereits erfahren, dass die Hexe einen ganzen Obsthain vertilgt hatte, woraus man schließen konnte, dass sie sehr hungrig sein musste. Man ergriff also Maßnahmen, damit sie keine Nahrungsmittel bekam.

Alle Farmen der Umgebung leerten sich. Ein Teil des Viehs wurde in die Stadt getrieben, der andere an Orten versteckt, die selbst ein geschickter Detektiv nicht hätte aufspüren können. Auf den Stadtmauern tauchten wieder große Wasserkessel auf, unter denen Reisigfeuer brannten. Hinter den steinernen Zinnen verbargen sich Schützen mit Pfeil und Armbrust, und Din Gior, der seinen Bart auf den Rücken gelegt hatte, stellte die Schleudern auf, mit denen man gewaltige Steine abschießen konnte.

Als Arachna sich der Smaragdeninsel näherte, ahnte sie nicht, dass ein Mann am Zauberkasten jede ihrer Bewegungen verfolgte. Selbst ihr Gespräch mit Ruf Bilan gab der Bildschirm Wort für Wort wieder:

„Wir werden uns nachts heranschleichen", sagte die Hexe vertraulich zu ihrem Gefährten. „In der Stadt weiß man natürlich nichts von meinem Vorhaben, und die Einwohner werden ruhig schlafen. Ich aber werde über die Stadtmauer steigen, in den Palast eindringen und ihren Herrscher, diesen Strohmann, packen, über den aus unerfindlichen Gründen Legenden umgehen. Dann wollen wir sehen, ob seine Untertanen sich mir entgegenzustellen wagen ..."

Ruf Bilan bezweifelte sehr, dass man in der Smaragdenstadt nichts über das Nahen der Hexe wusste. Aber er behielt seine Zweifel wohlweislich für sich. Faramant, der am Fernseher Dienst hatte, bog sich vor Lachen bei der Vorstellung, wie die riesige Arachna sich anstrengen würde, ihren Leib durch die Türen des Palastes zu zwängen, die doch nur normale Menschen passieren konnten.

„Du sollst was erleben, du Angeberin! Wir werden dir mit unseren Fackeln einen geziemenden Empfang bereiten", brummte Faramant, die Faust vor dem Bildschirm schüttelnd.

Die Hexe wartete ab, bis die Nacht hereinbrach, und pirschte sich dann an die Smaragdenstadt heran. Wie überrascht war sie aber, als sie diese von einem breiten Kanal umgeben sah, über den keine Brücke führte. Allerdings war eine Fähre da, doch die lag am anderen Ufer. Das hinderte die Hexe, ungesehen in die Stadt einzudringen.

„Warum hast du mir nicht gesagt, du Trottel, dass eure Stadt auf einer Insel liegt?", fauchte die Hexe Ruf Bilan an.

Der Verräter stammelte.

„Ich schwöre bei meinem Leben, Herrin, vor zehn Jahren war das nicht so! Man hat diesen Kanal gegraben, als ich nicht mehr da war."

„Tölpel!", sagte Arachna verächtlich. „Hoffentlich ist das Wasser nicht allzu tief."

Sie ließ den Teppich am Ufer, gebot Ruf Bilan, auf ihn aufzupassen, und stürzte sich in den Kanal. Zuerst reichte ihr das Wasser bis an Knie, dann bis an den Bauch, dann wurde es tiefer und tiefer … Als nur noch die Schultern der Riesin und der Kopf mit dem gewaltigen schwarzen Haarbüschel über dem Wasser ragten, schlugen Flammen auf der Stadtmauer hoch, und es leuchteten viele Laternen auf. In den Händen der Bürger brannten plötzlich Hunderte Pechfackeln, und ringsum war es hell wie am Tag.

Din Gior und seine Gehilfen machten sich an den Schleudern zu schaffen. Sie klinkten die aus Büffelsehnen gedrehten Seile aus, welche Springfedern ersetzten, worauf die Enden der langen Stangen hochschnellten und gewaltige Steinbrocken von sich gaben.

Geschosse peitschten das Wasser um die Hexe auf. Die Riesin wich ihnen aus, bis ein schwerer Mühlstein sie am Scheitel traf. Das Haarbüschel schwächte allerdings den Schlag ab, und außerdem war der Schädel der Hexe auch nicht so leicht zu durchschlagen, trotzdem verlor Arachna einen Augenblick lang das Bewusstsein und versank im Wasser des Kanals.

Die Bürger auf den Mauern jauchzten vor Freude, doch die Hexe kam schnell wieder zu sich und tauchte aus dem Wasser empor. Ihr war nun klar, dass der Plan, unbemerkt in die Stadt einzudringen und den Scheuch zu überrumpeln, gescheitert war, und deshalb schwamm sie, so schnell sie nur konnte, zurück zum Ufer. Ein Hagel von Pfeilen folgte ihr und bohrte sich in ihren ungeschützten Nacken. Es war, als hätte sich ein aufgescheuchter Wespenschwarm auf die riesige Frau gestürzt.

Von Schmerz und Angst überwältigt, kroch die Hexe mit ungeheurer Anstrengung aus dem Wasser, ließ sich auf den Teppich fallen und lallte: „Fffort, fffort von hiiier, fffort von ddiesem schre-schreck-lichen Ort!"

Das Letzte, was sie hörte, als der Teppich aufflog, waren die Worte: „Arr-rachna Dreck-zeug!"

Das schrie ihr Kaggi-Karr nach, während die jubelnden Bürger den Scheuch, Faramant und den Feldmarschall Din Gior mit dem wallenden Bart schaukelten.

„Hätte ich auch nur ein Regiment so tapferer Soldaten, ich würde mit ihm den ganzen Kontinent erobern …", krächzte Arachna mit schwacher Stimme.

Der Vorfall mit dem Teppich

Während der Teppich Kurs auf das Land der Unterirdischen Erzgräber hielt, dachte die Hexe: ‚Im ersten Gefecht mit den Menschen bin ich mit blauen Flecken an Stirn und Kinn davongekommen; im zweiten trat mich ein brüllendes Ungeheuer in die Brust, und ich verlor meine Schuhe; im dritten schlug es mir fast den Schädel ein, und ich war dem Ersaufen nahe … Je weiter, desto schlimmer. Was blüht mir jetzt? Der Tod, den dieser Möchtegern von einem König mir prophezeit hat? Vielleicht soll ich doch lieber umkehren und zur Höhle fliegen und den Rest meiner Tage als Herrscherin der Zwerge

verbringen, die so treu zu mir halten? Das wäre wohl ein ruhiges Leben. Aber nein, ich muss mein Schicksal bis zur Neige auskosten …!‘

Trotz und Grimm trieben Arachna neuen, vielleicht noch gefährlicheren Abenteuern entgegen.

Sie fand im Wald eine Lichtung, auf die sie mit dem Teppich niederging, wrang die nassen Kleider aus und trocknete sie über einem Feuer. Dann wälzte sie sich die ganze Nacht schlaflos auf der harten Erde. Der vor Angst zitternde Ruf Bilan bedauerte jetzt, sich mit Arachna eingelassen zu haben. ‚Mit ihr‘, sagte er sich, ‚komme ich nicht zu Reichtum und Ehren. Allem Anschein nach werde ich am Galgen verrecken.‘ Als er zu fliehen versuchte, erwachte Arachna und fuhr ihn so barsch an, dass ihm das Blut in den Adern gerann.

„Wenn das noch einmal vorkommt, schlag ich dich tot!“, knirschte die Hexe.

Der Teppich erhob sich wieder in die Luft, und sie flogen weiter.

Um die Mittagszeit zeigte sich das Land der Unterirdischen Erzgräber. Natürlich war man dort über das Vorhaben Arachnas bereits unterrichtet und auf einen Überfall vorbereitet. Frauen, Kinder und Greise hatten Verstecke aufgesucht, während die Männer zu ihren Schwertern und Dolchen griffen. Für die Riesin waren diese Waffen freilich nicht gefährlicher als Zahnstocher, doch die Erzgräber hatten auch für andere Überraschungen gesorgt.

Vor allen Dingen hatten sie das Dorf mit Sechsfüßern umstellt. Allerdings reichten diese Tiere der Zauberin nur bis an die Knie, doch wenn ein wildes Rudel dieser Ungetüme mit ihren mächtigen Hauern und scharfen Krallen über sie herfiele, würde es ihr bestimmt nicht gut ergehen.

„Ich will nicht zu anspruchsvoll sein und mich mit dem Titel einer Herrscherin der unterirdischen Erzgräber zufrieden geben, den Tribut erlasse ich ihnen“, sagte die Hexe zu Ruf Bilan.

Nach den Niederlagen, die sie erlitten hatte, waren die Ansprüche der Hexe viel bescheidener geworden. Auf ihren Befehl begann der Teppich über dem Dorf zu kreisen, denn sie wollte auskundschaften, ob die Erzgräber nicht noch andere Kampfmittel besaßen. Als sie einen Palmenhain überflog, schoss aus den Bäumen ein schuppiger eimergroßer Kopf hervor, und es tat sich ein Rachen voller Zähne auf, der einen Zipfel des Teppichs schnappte. Dabei neigte sich der Teppich zur Seite, so dass Arachna fast das Gleichgewicht verlor und Bilan bis an den Rand des Teppichs rollte. Er wäre bestimmt abgestürzt, hätte die Hexe ihn nicht rechtzeitig mit ihrer riesigen Pranke gepackt und festgehalten.

Es entspann sich ein Kampf zwischen der Hexe und dem Drachen. Arachna befahl mit gellender Stimme dem Teppich, hochzufliegen, doch

Oicho, der Drache, zerrte ihn verbissen herunter. Da das geflügelte Ungeheuer sehr kräftig war, begann der Teppich abzusinken. Schon streckte der Drache seine mächtigen Tatzen aus, um ihn zu umklammern, doch in diesem Augenblick riss der Teppich, und ein großes Stück löste sich von ihm los und blieb in den Zähnen des Drachen.

Oichos Kopf tauchte mit dem abgerissenen Zipfel im Hain unter, während der Rest des Teppichs sich sonderbar zu bauschen begann und dann mit seinen Insassen wieder hoch flatterte.

Wir wollen hier gleich erzählen, was später mit dem Zipfel des Zauberteppichs im Land der Unterirdischen Erzgräber geschah. Er hatte sich einen der Größe angemessenen Teil der Auftriebkraft erhalten, die ausreichte, um einen Menschen in der Luft zu tragen. Die Erzgräber reinigten das Stück Teppich, stopften und besäumten es, und als dies geschehen war, benutzte es der Herrscher des Landes, Rushero, für Geschäftsreisen. Einmal flog er mit dem Zipfel sogar zu seinem Freund Prem Kokus, dem Herrscher des Landes der Käuer.

Nach dem Gefecht mit Oicho knirschte die Hexe:

„Mir reicht's! Jetzt sehe ich, wie recht Urfin hatte! Die Völker hängen an ihrer Freiheit, sie wollen nicht auf sie verzichten …“ Und sie befahl dem Teppich: „Fliege zurück! Zur Höhle!“

Ruf Bilan aber lispelte:

„Gnädige Herrin, noch waren wir nicht bei den Käuern! Ich versichere Euch: Ihr braucht Euch nur zu zeigen, und sie werden sich auf der Stelle unterwerfen. Das sind die schüchternsten und friedlichsten Menschen auf der Welt, sie fürchten sich schrecklich vor jeder Waffe. Schon der Anblick eines Küchenmessers lässt sie erbeben. Fliegen wir zu den Käuern, Herrin!“

„Schön, ich will das letzte Mal auf deinen Rat hören“, erwiderte die Hexe finster. „Teppich, du sollst uns jetzt zu den Käuern tragen!“

Die Käuer waren in der Tat schüchterne und friedliche Menschen, und man durfte annehmen, dass sie es niemals wagen würden, sich in einen Kampf mit der mächtigen Zauberin einzulassen. Doch sie fanden ein anderes Mittel, um sich ihrer zu erwehren.

Die Vogelstafette hatte sie längst von der Absicht der Hexe unterrichtet, und sie verbargen sich in den dichten Wäldern und Erdhütten, deren es viele in ihrem Land gab. Schon ein Jahr zuvor, als sie sich auf den Überfall der Marranen vorbereiteten, hatten sie in den Wäldern geräumige Unterstände gebaut, in denen sie jetzt mit ihren Familien und ihrem Vieh Zuflucht fanden.

Als die Hexe auf ihrem heftig schlingernden Teppich schließlich das Blaue Land erreichte und mit ihrem Diener in den hübschen freundlichen Dörfern der Käuer zu stöbern begann, fand sie kein Lebewesen und auch nichts Essbares vor. Nur in einer Hütte gewahrte sie einen zurückgelassenen Kater, den sie wütend am Schwanz packte und mit solcher Wucht gegen einen Baum schmetterte, dass von dem armen Tier nichts übrig blieb.

„Du hast dasselbe verdient, verdammter Lügner!", fauchte sie den schlotternden Ruf Bilan an. „Es wird den Einwohnern des Zauberlandes eine Freude sein, sich einer so mächtigen Gebieterin wie Euch zu unterwerfen! Haha!", wiederholte sie höhnisch die Worte, die der Verräter einmal gesagt hatte. „Wo ist nun diese Freude geblieben, sag, wo ist sie! Ich sehe keine Spur davon!"

Bei diesen Worten vergingen dem Knirps Hören und Sehen, und er zitterte wie Espenlaub.

Als die beiden mit dem Teppich wieder aufstiegen, glitten unter ihnen langsam in Nebel gehüllte Felder und Wälder dahin.

ZWEITER TEIL

Schwere Tage des Zauberlandes

Der gelbe Nebel

Mit Ach und Krach schaffte der beschädigte Teppich den Rest des Weges zur Höhle. Beim Anblick der zu ihrem Empfang herbeigeeilten Zwerge befahl die Hexe barsch:

„Essen her! Gebratene Ochsen! Aber dalli!“

Über drei Feuern wurden Ochsen gebraten, die einer nach dem anderen im Rachen der Riesin verschwanden. Die Köche fielen vor Müdigkeit fast um, als die Hexe vom Tisch aufstand.

„Jetzt will ich schlafen“, brummte sie.

Doch bevor sie sich hinlegte, befahl Arachna den Zwergen, ihr ein Paar neue Schuhe zu nähen. Kastaglio, der Chronist, war sehr neugierig, wo die Schuhe der Herrin geblieben waren, doch er wagte es nicht, sie danach zu fragen.

Seine Neugier befriedigte Ruf Bilan. Der klatschsüchtige Verräter konnte der Versuchung nicht widerstehen, die Geschichte der traurigen Abenteuer Arachnas wiederzugeben. Kastaglio trug sie in den letzten, unabgeschlossenen Band der Chronik ein, und dadurch sind die damit zusammenhängenden Begebenheiten auch uns bekannt geworden.

Kaum hatte sich die Zauberin hingelegt, da versank sie auch schon in einen tiefen Schlaf. Drei Wochen hintereinander schlief sie, und die Zwerge hofften schon, ihr Schlaf werde wieder viele Jahre dauern. Die kleinen Menschlein wagten es jedoch nicht, den Befehl der Gebieterin zu missachten, und nähten ihr ein Paar neue Schuhe.

Das war keine leichte Aufgabe! Zur Erfüllung des Auftrags waren die Häute von Hundert Ochsen notwendig, die sich in den Vorratsspeichern des vorsorglichen kleinen Volkes fanden.

Man nahm das Fußmaß der schlafenden Hexe, und dreißig Schuster begannen auf der Wiese vor der Höhle die Schuhe zuzuschneiden, während zehn Gehilfen den Zwirn drehten und pechten. Die Sohlen schafften die Schuster mit Leichtigkeit, doch die Oberteile bereiteten ihnen viel Mühe, und erst als Leitern herangeschafft wurden, ging ihnen die Arbeit etwas schneller von der Hand.

Beim Nähen der Schuhe wurden vierhundertsiebzehn Knäuel Zwirn verbraucht und siebenhundertvierundfünfzig Ahlen zerbrochen, denn das Leder war dick, und man musste in einer unbequemen Lage arbeiten. Das alles kostete viel Schweiß, doch als Arachna erwachte, standen die riesigen Schuhe fertig vor ihr. Die Hexe zog sie an und war zufrieden, sie musste zugeben, dass es gediegene Arbeit von Handwerkern war, die ihr Fach beherrschten.

„Bringt mir das Essen!“, befahl sie. Als sie satt war, legte sie sich in die Sonne und dachte nach, wie sie sich an den Menschen rächen könnte.

‚Nehmen wir an, ich versuche, ihnen ein markiges Erdbeben zu bescheren‘, überlegte Arachna. ‚Das wird mir wahrscheinlich nicht gelingen. Wenn ich nicht einmal das Marranental gehörig durchschütteln konnte, wie sollten mir die Kräfte für das ganze Zauberland reichen? Vielleicht soll ich Heuschrecken auf sie hetzen? Vor meinem langjährigen Schlaf pflegte mir das zu gelingen. Die Heuschrecken werden das Korn auf den Feldern, das Gras auf den Wiesen und die Früchte in den Obstgärten auffressen … Aber was wird dann geschehen? Das Vieh wird vor Hunger krepieren, und ich selbst werde dann nichts zu essen haben. Nein, das kommt nicht in Frage! Was habe ich noch auf Lager? Aha, die Überschwemmung. Damit werde ich sie schon klein kriegen! Wenn es drei Wochen unaufhörlich gießt, die Flüsse über die Ufer treten und die Menschen auf die Dächer flüchten, um sich vor der Flut zu retten, ja, dann werden sie heulen!‘ Doch im selben Augenblick beschlichen sie Zweifel: ‚Schön, sie werden heulen, doch was hab ich davon? Sie werden nicht glauben, dass ich ihnen das Hochwasser geschickt habe, sondern sagen: Die Natur! Das kommt von der Natur! Und niemand wird es ihnen ausreden können!‘ Arachna lag lange da und zerbrach sich den Kopf, dann sprang sie plötzlich auf und stieß einen Freudenschrei aus: „Ich hab's! Der Gelbe Nebel! Das wird für sie eine Bescherung sein! Oh, der Gelbe Nebel! Ich entsinne mich, wie meine Mutter Karena die stolzen Taureken mit dem Gelben Nebel klein gekriegt hat. Nur zwei Wochen hielten sie es aus, dann kamen sie voller Demut und unterwarfen sich ihr. Ja, der Gelbe Nebel ist wohl das Richtige! Ich kann ihn hervorrufen und nach Belieben wieder abstellen, also werden alle Menschen verstehen, dass die Zauberei von mir ausgeht … Vor allen Dingen aber hat es diesen

Nebel noch nie im Zauberland gegeben, und er wird für die Menschen und für die Tiere eine schreckliche Neuheit sein!“

Die Hexe ging in die Höhle zurück, jagte die Zwerge hinaus, damit sie sie nicht beobachten konnten, und nahm aus einem Geheimfach das Beschwörungsbuch. Obwohl inzwischen Jahrtausende vergangen waren, hatte sich das Buch, das auf Pergament geschrieben war, gut erhalten. Arachna blätterte eine Weile, bis sie die Seite fand, die sie suchte.

„Pass auf“, sagte sie zu dem Buch, „ich warne dich: Du hast meinen Befehl zu erfüllen, wenn ich sage: Eins, zwei drei! Aber merke dir: Der Gelbe Nebel darf nicht in die Besitzungen Willinas und Stellas eindringen. Ich möchte mich mit diesen Angeberinnen nicht einlassen, denn niemand weiß, was für Zaubereien sie noch vorrätig haben und womit sie es mir vergelten könnten. Zum zweiten: Der Gelbe Nebel darf sich nicht auf die Umgebung meiner Höhle, über meine Felder und Obsthaine oder über die Wiesen ausbreiten, auf denen meine Herden weiden. Und nun höre: Uburru-kuruburru, tandarra-andabarra, faradon-garabodon, schabarra-scharabara, erscheine, Gelber Nebel, über dem Zauberland, eins, zwei drei!“

Kaum hatte sie die letzten Worte ausgesprochen, da hüllte auch schon ein seltsamer gelber Nebel das ganze Zauberland, mit Ausnahme der Besitzungen Willinas, Stellas und Arachnas, ein. Der Nebel war nicht sehr dicht, man konnte durch ihn hindurch die Sonne sehen, doch schien sie jetzt wie eine große, fahle, rote Scheibe, so, wie sie gewöhnlich vor dem Untergang schien, und man konnte auf sie schauen, ohne die Augen schließen zu müssen.

Der Leser wird vielleicht meinen, der Gelbe Nebel sei kein sehr großes Unglück für das Zauberland gewesen, doch er gedulde sich eine Weile, denn aus der folgenden wahrheitsgetreuen Geschichte wird er erfahren, was dieser Nebel alles angerichtet hat.

Fangen wir damit an, dass der Zauberfernseher im Palast des Scheuchs zu funktionieren aufhörte. Durch ihn hatten der Herrscher der Smaragdeninsel und seine Freunde die Misserfolge Arachnas ständig beobachten können. Sie hatten gesehen, wie der schlaue Drache ein großes Stück des

fliegenden Teppichs abgerissen hatte und wie der Teppich nachher nur noch wie ein weicher Lappen in der Luft flatterte. Sie hatten lachend zugeschaut, als Ruf Bilan in den von den Käuern verlassenen Dörfern nach etwas Essbarem stöberte und jedes Mal mit leeren Händen zu seiner Herrin zurückkehrte. Die Art, wie die Hexe den armen Kater fertig machte, hatte den Scheuch und seine Freunde vor Zorn erbeben lassen, und als sie später Arachna beim Gelage zusahen, bogen sie sich vor Lachen. „So eine Fressgier!“, riefen sie, als ein Ochse nach dem anderen vom Tisch in den unermesslichen Magen Arachnas wanderte.

Mit Staunen hatten sie beobachtet, wie die Zwerge die gewaltigen Schuhe für Arachna nähten, und sie hatten das Geschick und den Fleiß der kleinen Menschlein bewundert. Der Scheuch und seine Gefährten ließen sich vom Zauberkasten auch zeigen, was im Marranental und im Land der Zwinkerer geschah. Sie hatten gesehen, dass nach dem Sieg über die böse Hexe alles wieder in Ordnung kam und jedermann erneut seinen Geschäften nachgehen konnte.

Und plötzlich war von alldem nichts mehr zu sehen: Der Bildschirm zeigte nur noch einen flatternden trüben Nebelvorhang. Die Kontrolle über die Handlungen des Feindes war verloren, und niemand konnte voraussagen, was Arachna jetzt unternehmen werde.

Der Botschafter Arachnas

Im Gelben Nebel hatte sich die Sicht sehr verkürzt. Bis auf fünfzig Schritt konnte man die Gegenstände noch irgendwie unterscheiden, doch was weiter lag, verschwand im trüben Dunst, und das wirkte beklemmend. Die Welt eines jeden Menschen war jetzt sehr klein geworden. Was sich jenseits dieser winzigen Welt zutrug, konnte man nur noch an den Tönen erraten, die herüber drangen, doch auch diese wurden durch den Nebel verzerrt. Man konnte eine menschliche Stimme für das Krächzen eines Raben halten und das Schlagen von Pferdehufen mit Trommelwirbel verwechseln. Alles, was die Menschen umgab, schien jetzt seltsam und ungewöhnlich. Man hielt den Gelben Nebel für eine Naturerscheinung, ahnte nicht, dass es eine Zauberei Arachnas war, und hoffte, dass das Übel bald vergehen werde.

Dass das Atmen im Gelben Nebel gesundheitsschädlich war, kam den Einwohnern des Zauberlandes nicht sofort zu Bewusstsein. Erst einige Tage später, als sie sich an die ungewöhnliche Lage anzupassen begannen, stellte sich Husten ein. Die winzigen Nebelteilchen reizten die Lungen, und dieser Reiz verstärkte sich mit jedem Tag. Husten erfüllte das ganze Zauberland. Es husteten die Menschen, die Hirsche und Elche, die Bären im Wald und die Eichhörnchen in den Baumkronen. Es husteten die Vögel, wenn sie ruhig dasaßen, und wenn sie flogen, erstickten sie fast vor Husten.

An einem dieser schlimmen Tage ging ein rotbäckiges, dickliches Männlein auf die Fähre zu, mit der Reisende, die nach der Smaragdenstadt wollten, den Kanal überquerten. Der Mann, der sich in ausgezeichneter Stimmung befand, bat die Fährleute kichernd, ihn auf die andere Kanalseite zu befördern. Als der Kahn sich vom Ufer löste, sagte das Männlein zu den Holzköpfen, die die Seilwinde drehten:

„Nun, wie fühlt ihr euch, Kumpel, bei diesem Sauwetter?“

„Ganz gut“, erwiderte einer der Fährleute, der Arum hieß. „Die Menschen klagen über den Nebel, doch uns macht er nichts aus.“

Das stimmte, den Holzköpfen machte der Gelbe Nebel wirklich nichts aus, denn sie atmeten nicht. Von allen Einwohnern des Zauberlandes fühlten sich nur die Holzköpfe, die hölzernen Boten, und was es sonst noch an Geschöpfen hier gab, die das Zauberpulver Urfins belebt hatte, ganz normal. Natürlich konnte der Gelbe Nebel auch dem Scheuch und dem Eisernen Holzfäller nichts anhaben, denn sie hatten ja auch keine Lungen.

Als die Fähre am Stadtufer anlegte, stieg der Reisende aus und zog dreimal die Glocke vor dem Tor. Das Fenster ging auf, und in der Öffnung zeigte sich der Kopf Faramants, des Wächters und Torhüters, der immer auf seinem Posten war.

Den Fremden erkennend, fragte er überrascht:

„Ruf Bilan! Was willst du in unserer Stadt?"

Ein quälender Husten verschlug ihm die Sprache, während Bilan ruhig antwortete: „Ich bin in einer sehr wichtigen Angelegenheit gekommen und möchte bitten, mich zu Seiner Exzellenz, dem Herrscher der Smaragdeninsel, zu führen!"

„Gehen wir", knurrte Faramant. „Ich geleite dich zum Weisen Scheuch, doch vorerst musst du eine grüne Brille aufsetzen."

„Ihr tragt immer noch die grünen Brillen? Wozu braucht ihr sie denn in diesem Nebelbrei, wo man auch ohne Brille nichts erkennen kann?"

„Gesetz ist Gesetz, umso mehr, wenn es vom Großen Goodwin erlassen wurde!", sagte Faramant streng.

Trotz aller Einwände Bilans, setzte ihm der Hüter des Tores eine große Brille auf und verschloss sie am Nacken mit einem kleinen Schnappschloss. Die Sicht verringerte sich sofort bis auf drei, vier Schritt, und Bilan kam sich wie in stockfinsterer Nacht vor. Tastend folgte er seinem Führer, und wenn er die Richtung nicht verfehlte, so hatte er es nur dem Umstand zu verdanken, dass er in der Smaragdenstadt geboren und aufgewachsen war. „Wie soll ich dich dem Weisen Scheuch anmelden?", fragte Faramant trocken, als sie den Palast betraten.

Die Hände in die Seiten gestemmt, sagte Ruf Bilan: „Ich bin der Botschafter Ihrer Gnaden, der mächtigen Zauberin Arachna!"

„Ach, der Person, der wir damals den Pflasterstein verpasst haben!“, sagte Faramant bissig.

„Das kommt euch jetzt auch teuer zu stehen!“, erwiderte Ruf Bilan. Der Hüter des Tores verstand den Sinn dieser Worte nicht, doch er sagte nichts und ging den Besucher anmelden. Der Scheuch ließ den Boten sofort rufen. Im Thronsaal hatte sich wie gewöhnlich der Stab versammelt: der Langbärtige Soldat Din Gior, der Hüter des Tores Faramant und die Krähe Kaggi-Karr. Auf dem kleinen Tisch stand der Fernseher, der jetzt blind war.

„Was hast du uns mitzuteilen?“, fragte der Scheuch.

„Ich habe eine sehr wichtige Mitteilung“, sagte der Botschafter dreist. „Ihr sollt nämlich wissen, dass der Gelbe Nebel, unter dem ihr, wie ich sehe, alle so schwer leidet, von meiner Gebieterin Arachna über das Zauberland ausgestreut wurde, um die Völker dieses Landes zur Botmäßigkeit zu zwingen.“

Bilans Erklärung fand keinen Glauben.

„Womit kannst du das beweisen?“, fragte Din Gior hustend.

„Womit? Mein Ehrenwort wird euch wohl genügen, oder irre ich mich?“

Die Mitglieder des Stabes lachten, doch ein Husten unterbrach ihr Gelächter.

„Das Ehrenwort eines Verräters? Beim Thron des Großen Goodwin, eine solche Frechheit habe ich noch nie gehört!“, empörte sich Faramant.

„Das hab ich von euch erwartet“, sagte Bilan gleichmütig. „Vielleicht geruht ihr aber, mein blühendes Aussehen wahrzunehmen? Fällt euch nicht auf, dass ich nicht huste wie ihr alle? Womit erklärt ihr euch das?“

„Du hast dich wahrscheinlich an einem Ort aufgehalten, der vor dem Gelben Nebel geschützt ist“, meinte Din Gior, seinen Bart streichelnd, den er selbst unter den schwierigsten Verhältnissen nicht zu pflegen aufhörte.

„Du hast es erraten“, gab Bilan zu. „Doch dieser geschützte Ort ist sehr groß, zu ihm gehören die Besitzungen Arachnas, in denen es überhaupt keinen Nebel gibt.“

Die Mitglieder des Stabes schwiegen betroffen. Der Botschafter aber sagte herablassend:

„Ich verstehe, dass auch dieser Beweis euch unglaubwürdig scheint. Nun denn, ich habe noch einen anderen vorbereitet, der euch völlig überzeugen soll. Es ist jetzt ein paar Minuten vor zwölf, stimmt's?", fragte er.

„Die Sonnenuhr funktioniert nicht, weil die Sonne keinen Schatten wirft", erwiderte Faramant. „Aber du hast recht, es ist wirklich bald zwölf."

„Also höret, Eure Exzellenz und alle anderen Anwesenden", sagte Ruf Bilan triumphierend. „Punkt zwölf wird die Zauberin Arachna den Gelben Nebel auflösen, und ihr werdet wieder die helle Sonne am blauen Himmel sehen. Dieses Bild wird genau fünf Minuten dauern! Ich meine, das reicht, um euch von der Richtigkeit meiner Worte zu überzeugen. Danach will ich euch die Bedingungen mitteilen, zu denen Frau Arachna bereit ist, euch für immer vom Gelben Nebel zu befreien."

Es vergingen einige Minuten qualvollen Wartens.

Plötzlich erfüllte blendendes Licht den Thronsaal, und dieses Licht war so grell, dass Din Gior und Kaggi-Karr die Augen zukneifen mussten. Nur der Scheuch mit seinen aufgemalten Augen und Faramant sowie Ruf Bilan, die grüne Brillen trugen, konnten den plötzlichen Beleuchtungswechsel schmerzlos ertragen.

Alles veränderte sich in höchst wunderlicher Weise. Es funkelten plötzlich zahllose Smaragde an den Wänden, an der Decke und in der Lehne des Thronsessels, und wer keine grüne Brille trug, war von diesem überraschenden Licht wie geblendet.

Noch bevor sich die Mitglieder des Stabes von ihrer Überraschung erholten, gab der Scheuch Faramant ein Zeichen und stürzte auf den Fernseher zu. Der Hüter des Tores verstand sofort, was er meinte, und führte den Botschafter hinaus, denn der Feind durfte das Geheimnis des Zauberkastens nicht erfahren.

Der Scheuch wischte den beschlagenen Bildschirm ab und leierte die Beschwörung herunter, in der er den Kasten bat, die Zauberin Arachna zu zeigen. Im nächsten Augenblick erschien sie auf dem Schirm.

Sie stand am Eingang der Höhle mit dem Zauberbuch in den Händen, und man konnte erraten, dass sie gerade die Beschwörung ausgesprochen hatte, die den Nebel zerstreute. Sie hatte ein triumphierendes Aussehen, zu ihren Füßen liefen Zwerge hin und her, und in der Nähe lag der fliegende Teppich in der Sonne, um zu trocknen.

Jetzt konnte kein Zweifel mehr bestehen, dass der Gelbe Nebel das Werk Arachnas war. Alle Leute im Saal waren so überrascht, als wäre ein Blitz aus heiterem Himmel niedergegangen. Vom Bildschirm konnte man die Worte der Zauberin hören:

„Kastaglio, guck auf die Uhr, sind die fünf Minuten schon um?"

„Ja, die Zeit läuft ab, Herrin", lautete die Antwort.

Plötzlich war es, als fiele ein schwarzer Schleier vor den Augen des Scheuchs, Din Giors und der anderen. Das wirkte so bedrückend, dass sie fast in ein Wutgeheul ausbrachen.

„Jetzt seht ihr, wie mächtig meine Herrin ist", sagte Ruf Bilan, den man gerade hereinführte, vergnüglich. „Ihr gehorcht sogar das Sonnenlicht! Und dass der Gelbe Nebel giftig ist, davon habt ihr euch, scheint mir, schon früher überzeugt. Jetzt könnt ihr wählen: Entweder ihr unterwerft euch der mächtigen Arachna, willigt ein, ihr als Sklaven zu dienen, und zahlt ihr den Tribut, den sie euch aufzuerlegen geruht, oder ihr verkümmert in der giftigen Luft und wartet hier, dass euch der Tod ereilt."

Der Scheuch und sein Stab bewahrten finsteres Schweigen. Was hätten sie auch sagen können? Der Tod ist schrecklich, aber ein Sklavenleben bestimmt nicht leichter. Allerdings drohte dem Strohmann kein Tod durch Ersticken, doch was würde er anfangen, wenn ihm nur die Holzköpfe als Untertanen blieben? Dann würde er es natürlich vorziehen, einen schnellen Tod im Feuer zu finden. Das stand für ihn fest.

Ruf Bilan fuhr fort: „Arachna fordert keine sofortige Antwort. Sie gibt euch drei Tage zum Nachdenken. In dieser Zeit müsst ihr eine Entscheidung treffen und sie mir mitteilen."

Faramant führte Ruf Bilan zum Stadttor hinaus und nahm ihm die grüne Brille ab. Als es heller vor seinen Augen wurde, lächelte der Botschafter herablassend. Er dachte:

‚Diese Käuze machen sich selbst das Leben schwer!'

Ruf Bilan fuhr über den Kanal, ging in einen nahen Hain und wartete auf die Ankunft Arachnas. Der fliegende Teppich war inzwischen so umgenäht worden, dass er seine rechteckige Form zurückerhalten hatte. Zwar war seine Fläche jetzt kleiner, doch dafür flatterte er nicht mehr in der Luft und verlor auch nicht das Gleichgewicht.

Eine Entdeckung der Doktoren Boril und Robil

Die von Arachna gewährte Bedenkzeit lief ab. Der dritte Tag war angebrochen, und um die Mittagszeit sollte Ruf Bilan nach der Antwort des Scheuchs kommen.

Der Gelbe Nebel hing weiter über dem Land, und der Husten, der die Menschen und Tiere schüttelte, wurde immer quälender. Im Palast des Scheuchs fanden ständig Beratungen statt, denen jeder, der es wünschte, beiwohnen durfte. Zu den Beratungsteilnehmern gehörten auch Prem Kokus und Rushero. Einige Tage nach dem Auftauchen des Gelben Nebels hatte der besorgte Rushero den kleinen fliegenden Teppich bestiegen und sich von ihm in die Residenz Prem Kokus', des Herrschers der Käuer, tragen lassen. Glücklicherweise besaß der Zauberteppich die Fähigkeit, jedes Ziel selbst bei undurchdringlicher Finsternis anzufliegen – sonst wäre Rushero in dem gelben Dunst, der alles einhüllte, bestimmt vom Weg abgekommen.

Nach einer kurzen Beratung beschlossen die zwei Freunde, den Weisen Scheuch um Rat zu fragen, denn er war das gescheiteste Wesen im Zauberland und besaß ein Gehirn, das von Goodwin, dem Großen und Schrecklichen, selbst stammte. Der Teppich war zwar nicht für zwei Personen bestimmt, doch unter Aufbietung aller Kräfte konnte er Rushero und Prem Kokus dennoch bis zur Smaragdenstadt befördern. Jetzt standen sie da und zerbrachen sich neben den anderen Ratsmitgliedern den Kopf auf der Suche nach einem Ausweg aus der tragischen Lage, die Arachna geschaffen hatte.

Sollte man nachgeben, sich von Arachna zu Sklaven machen lassen und darin einwilligen, dass auch kommende Geschlechter ihre Sklaven werden? Oder sollte man ihren Vorschlag stolz zurückweisen und dadurch das ganze Volk dem Untergang preisgeben? Vor allem würden die unschuldigen Kinder daran glauben müssen, die in der vergifteten Luft am schwersten litten.

Faramant schlug vor, so zu tun, als nehme man die Forderung der Hexe an. Auf diese Weise würde man eine Atempause erhalten, in der man nach Mitteln für den Kampf mit Arachna suchen könnte. Andere Ratsmitglieder wieder meinten, die böse Hexe werde sich nicht so leicht übers Ohr hauen lassen. Sie werde, sagten sie, Geiseln fordern, und wenn das Volk sich erhebt, würde sie die Geiseln umbringen.

Als der Streit seinen Höhepunkt erreichte, wurde die Tür des Thronsaals plötzlich aufgestoßen, und es stürzten die Doktoren Boril und Robil herein. Der Leser wird sich wahrscheinlich an den rundlichen quicklebendigen Boril und den lang aufgeschossenen hageren Robil noch erinnern können – die zwei Doktoren aus dem Land der Unterirdischen Erzgräber –, die unzertrennliche Freunde waren, aber immer stritten, ständig übereinander lachten, aber keinen Tag einander missen konnten.

Boril und Robil sahen gar sonderbar aus. Ihre Nasen waren mit Watte verstopft, und vor den Mündern hingen an dünnen Fäden Blätter. Die Doktoren gestikulierten lebhaft und stießen Laute hervor, die niemand verstehen konnte, was an den Blättern lag, die sie am Sprechen hinderten. Plötzlich riss Boril sein Blatt von dem Mund, warf es zornig von sich und schrie:

„Eine Entdeckung! Eine große Entdeckung! Wir haben …“

„… ein Mittel zum Kampf mit dem Gelben Nebel gefunden!“, fiel Robil ein, der sich ebenfalls das Blatt von dem Mund gerissen hatte. Er konnte es einfach nicht ertragen, dass sein Freund allein alles erzählte.

Mit den Händen fuchtelnd und einander unterbrechend, erzählten die

Doktoren Folgendes: Als die Erzgräber auf der Flucht vor dem Gelben Nebel mit ihren Familien in die Unterirdische Höhle gezogen waren und auch die Käuer mitgenommen hatten (die Höhle blieb von der Zauberei Arachnas verschont), waren Boril und Robil allein im Dorf geblieben, was gewiss eine Heldentat war, denn die beiden husteten nicht weniger als die anderen Einwohner des Landes. Die Doktoren dachten natürlich nicht an ihr eigenes Wohl, als sie sich der langen Einwirkung der vergifteten Luft aussetzten, sondern suchten nach einem Mittel zur Bekämpfung des Giftes. Sie fanden heraus, dass ein Stück nasser Mull vor dem Mund das Atmen im Gelben Nebel erleichterte, der dann nicht mehr so verderblich auf die Lungen wirkte, und dass dadurch auch der Husten milder wurde. Mull war zweifellos ein gutes Mittel, doch wo sollte man so viel hernehmen, damit es für alle Einwohner des Zauberlandes, für Jung und Alt, reichte? Außerdem waren ja auch die Tiere noch da. Und da dachten die Doktoren, dass die Natur selbst vielleicht helfen könnte.

„Warum", fragten sich Robil und Boril, „sollte es in unseren Wäldern nicht Bäume mit Blättern geben, die die reine Luft durchlassen und die schädlichen Nebelteilchen zurückhalten?"

Sie durchwanderten Wälder und Haine, legten Dutzende Meilen zurück und untersuchten Hunderte Baumarten. Die dicken, fleischigen Blätter warfen sie unbesehen fort, denn es war doch klar, dass solche Blätter nicht nur den Nebel, sondern auch die Luft nicht durchlassen. Dafür aber untersuchten sie sehr genau Blätter mit winzigen Löchern, die man Poren nennt. Schließlich wurde ihre Geduld von Erfolg gekrönt. Die Blätter des Rafaloobaums erwiesen sich als das, was sie suchten. Ihre Poren hielten die giftigen Tröpfchen zurück, während die reine Luft frei hindurchging. Außerdem waren die Rafalooblätter fest genug, um mit Fäden befestigt werden zu können.

„Allerdings müssen die Blätter von Zeit zu Zeit von den Nebelteilchen gereinigt werden, die sich in ihnen ansammeln, aber das kostet nicht viel Arbeit", sagten die Doktoren. Als sie sich von dem ungewöhnlichen Wert ihrer Entdeckung überzeugt hatten, waren sie freudig und auf schnellstem Weg in die Smaragdenstadt geeilt.

„Wir haben unterwegs nur durch Rafalooblätter geatmet“, erzählten die Doktoren, die sich ständig ins Wort fielen und einander zu überschreien suchten, „und unser Husten hat fast aufgehört.“

Der Bericht wurde mit stürmischem Beifall quittiert.

„Wir müssen sofort eine Expedition ausrüsten, die uns aus dem Blauen Land Rafalooblätter herbeischafft“, sagte der Scheuch.

„Seid unbesorgt, Exzellenz“, erwiderte Boril. „In unserem Dorf haben beim Bau eines Staudamms fünf Holzköpfe gearbeitet, die auf unseren Befehl zehn große Säcke mit den wertvollen Blättern mitgebracht haben. Das reicht für das ganze Land!“

Der Herrscher der Smaragdenstadt ging auf einen Wandschrank zu, öffnete ihn, nahm zwei Orden heraus und heftete sie an die Röcke der freudestrahlenden Doktoren.

„Jetzt wird in diesem Saal eine provisorische Kon-sulta-tions-stelle aufgemacht“, sagte der Scheuch. „Es sollen sofort alle städtischen Doktoren, Krankenschwestern, Pflegerinnen und Sanitäter zusammengerufen werden!“, befahl er Faramant. „Und ihr, meine Herren, werdet sie in-stru-ieren, wie die Rafalooblätter zu verwenden sind, und dann wird dieses Personal das Volk unterweisen.“

„Kon-sul-ta-tions-stelle … in-stru-ie-ren … Kaum auszusprechen, so schwere Worte!“, raunte die Krähe mit größter Hochachtung. „Stellt euch vor, keine andere als ich hat dem Scheuch geraten, sich ein Gehirn zu verschaffen! Ich glaube es fast selbst nicht mehr …“

Als der Scheuch dieses Lob Kaggi-Karrs hörte, plusterte er sich vor Stolz auf, sein Kopf schwoll, und die Nadeln seines Gehirns traten zum Vorschein. In diesem Augenblick kam Ruf Bilan herein. Der Wachhabende am Tor, Faramants Gehilfe, hatte ihn ohne grüne Brille in die Stadt eingelassen. Als er die lebhafte Stimmung im Saal gewahrte, sagte der Botschafter Arachnas:

„Nach euren freudigen Gesichtern zu urteilen, darf ich wohl annehmen, meine Herren, dass ich der Zauberin Arachna eine günstige Antwort überbringen kann. Ihr habt wahrscheinlich beschlossen, euch zu unterwerfen?“

Der Scheuch schritt gemächlich auf seinen Thron zu, setzte sich würdevoll und sagte streng, jede Silbe betonend:

„Unsere freudigen Gesichter bedeuten, dass wir die Drohungen deiner Herrin verachten und ihre Macht ka-te-go-risch zurückweisen! Wisse, Verräter, wir haben gefunden …“ Der Scheuch hätte sich fast versprochen, doch in diesem Augenblick legte Rushero den Zeigefinger warnend vor den Mund. Der Scheuch verstand das Zeichen, und, findig wie er war, beendete er den Satz mit den Worten: „Wir haben gefunden, dass wir es unserer Würde schuldig sind, ihr dreistes Angebot zurückzuweisen. Geh und sag das deiner Herrin!"

Verständnislos verließ Ruf Bilan den Palast. Als er gegangen war, sagte Rushero zum Scheuch:

„Es hat nicht viel gefehlt, und Ihr hättet dem Feind ein wichtiges Kriegsgeheimnis preisgegeben!"

„Ja, ich muss eingestehen, mein hitziger Kopf hat uns fast einen bösen Streich gespielt … Wer weiß, welche Maßnahmen die Hexe ergreifen würde, wenn ich unser Geheimnis vor Ruf Bilan ausgeplaudert hätte. Doch da schon einmal von diesem Verräter die Rede ist, so sage mir, ehrwürdiger Rushero, warum haben eure Erzgräber diesen Bilan nach seinem Erwachen nicht umerzogen?"

Rushero erwiderte:

„Aus dem Bericht des Mannes, der in der Höhle Dienst tat, weiß ich, was damals geschah. Als Ruf Bilan erwachte, begann man ihn wie die anderen Höflinge umzuerziehen. Das dauerte jedoch nur zwei Tage, denn Bilan verschwand plötzlich. In dem Haus, das er bewohnte, fand man Reste von Leckerbissen aus der Oberen Welt, und neben seinen Spuren entdeckte man Spuren von zwei kleinen Füßen …"

„Mir ist jetzt alles klar", sagte der Scheuch. „Arachnas Leute haben ihn fortgebracht, und sie hat ihn dann in ihrer Weise erzogen. Sehr schade, dass es so kam, doch jetzt lässt sich wohl nichts mehr ändern …"

Mittlerweile versammelten sich im Palast die Ärzte, Krankenschwestern und Sanitäter, die man gerufen hatte. Holzköpfe brachten Säcke mit Rafalooblättern und eine Menge bunten Zwirn herein. Doktor Boril und Doktor Robil zeigten den Versammelten, mit welcher Seite man die Blätter an den Mund zu legen hat und wie man sie anbindet.

Während dieses geschäftigen Treibens ließ der Scheuch die Krähe rufen und fragte sie: „Was meinst du, Kaggi-Karr, wachsen Rafaloobäume in der Umgebung der Smaragdeninsel?"

„Warum interessiert dich das?"

„Siehst du, die Doktoren haben viele Blätter mitgebracht, doch diese Menge reicht nur für die Menschen. Wir müssen auch an die Tiere denken. Und deshalb ist eine Expedition notwendig. Das Blaue Land liegt jedoch sehr weit von hier. Da habe ich mir gedacht, dass Rafaloobäume vielleicht irgendwo in der Nähe wachsen?"

Nach kurzem Überlegen sagte die Krähe: „Wenn mich mein Gedächtnis nicht trügt, habe ich im Wald der Säbelzahntiger Rafaloofrüchte gegessen. Bis zu diesem Wald ist die Entfernung von der Smaragdeninsel nur halb so groß wie bis zum Blauen Land."

„Wenn dem so ist, bitte ich dich, einen Trupp Holzköpfe hinzuschicken. Sag ihnen, dass sie möglichst viele Säcke mitnehmen sollen."

Der Saal lichtete sich, Doktoren, Krankenschwestern und Sanitäter verließen mit dem zum Schutz der Menschen gegen den Giftnebel notwendigen Material den Palast. Zwischen dem Scheuch, dessen Kopf voll kluger Einfälle war, und Boril entspann sich folgendes Gespräch.

„Lieber Doktor, wir werden Tausende und Abertausende Menschen vor Krankheit schützen, doch was fangen wir mit den Tieren an? Sollen wir zuschauen, wie sie draufgehen?"

„Auf keinen Fall, Exzellenz!", ereiferte sich Boril. „Allerdings weiß ich noch nicht, wie wir es schaffen, das ist eine sehr schwierige Frage. Die Blätter müssen ihren Nüstern angepasst werden, mit Fäden jedoch ist hier nichts auszurichten …"

„Können wir sie denn nicht ankleben?", fragte der Scheuch zaghaft.

„Eure Exzellenz, das ist ein glänzender Einfall!" Die Augen des Doktors leuchteten vor Entzücken. „Ankleben ist gerade das Richtige! Wir werden Stückchen von den Blättern an die Nüstern der Tiere ankleben … Und mit den Vögeln, ich darf es Euch versichern, wird es noch einfacher sein! Wir können es ja gleich ausprobieren! He, Frau Kaggi-Karr, kommen Sie doch für einen Augenblick her!"

Die Krähe, die den Saal noch nicht verlassen hatte, flog auf den Doktor zu. Dieser nahm ein Rafalooblatt, schnitt mit der Schere geschickt zwei kleine Scheiben heraus, nahm aus der kleinen Apotheke, die er stets mit sich trug, ein Fläschchen Klebstoff, betupfte die Ränder der ausgeschnittenen Scheiben und klebte sie geschickt vor die Nasenlöcher des Vogels. Ehe sich's Kaggi-Karr versah, schmückten zwei kleine grüne Filter beide Seiten ihres Schnabels. Diese Vorrichtung sollte ihr von jetzt an sicheren Schutz gegen die giftigen Nebelteilchen bieten.

„Nun, wie gefällt Euch das, meine Liebe?", lachte Boril. „Ich finde, die Klappen schmücken Euch. Guckt doch in den Spiegel!"

Alle Anwesenden waren von der Geschicklichkeit des Doktors überrascht. Kaggi-Karr fühlte, wie das Atmen ihr jetzt ganz leicht wurde, und sie dankte dem Doktor überschwänglich.

~:~

In der Stadt wurden mehrere Arztstellen eröffnet, in denen Doktoren und Krankenschwestern die Menschen, vor allem Kinder und Greise, mit Rafaloofiltern versahen. Natürlich mussten diese Filter beim Essen und Trinken und beim Sprechen abgenommen werden. Für das Essen und Trinken braucht der Mensch jedoch nicht viel Zeit, und was das Sprechen anbetraf, rieten die Ärzte, es auf ein Mindestmaß einzuschränken. Einige Klatschbasen waren davon nicht gerade entzückt, doch sie mussten sich dareinfinden.

Dafür aber wurde die Gesundheit der Einwohner mit jedem Tag besser, und sie lobten und priesen die einfallsreichen Doktoren Boril und Robil.

Auf Weisung des Scheuchs wurden Säcke mit Rafalooblättern an die Zwinkerer und in das Tal der Marranen geschickt.

Auch an Urfin Juice dachte der Scheuch. Für seine Opferbereitschaft hatte er es verdient, vor dem Verderben gerettet zu werden. Da er kein Mittel gegen den schrecklichen Nebel wusste, war anzunehmen, dass er in seiner Abgeschiedenheit am Nebel ersticken würde, wenn man ihm nicht half. Auf Verfügung des Scheuchs machte sich der hölzerne Bote Rellem, der keine Müdigkeit kannte und gegen jedes Gift gefeit war, sofort auf den Weg. Mit einer Tasche, in der sich ein Päckchen Rafalooblätter, eine Anweisung für ihren Gebrauch und ein Fläschchen Klebstoff für die Eule befanden, lief er Tag und Nacht in Richtung der Weltumspannenden Berge. Außerdem sollte der Bote dem Tischler einen auf Bitten des Scheuchs von Faramant geschriebenen Brief überbringen, der ihn in die Smaragdenstadt einlud.

In dem Brief, den der Hüter des Tores abgefasst hatte, stand: „Allein kann ein Mensch Unheil nicht bekämpfen. Bei uns, unter Euren Mitmenschen, werdet Ihr Hilfe und Beistand finden. Was Eure Schuld vor den Einwohnern des Zauberlandes betrifft, könnt Ihr unbesorgt sein, denn diese ist vergessen und verziehen. Wir wissen, wie edel und unerschrocken Ihr Euch bei der Begegnung mit Arachna verhalten habt, wir wissen, dass Ihr es abgelehnt habt, in ihren Dienst zu treten … Leider können wir Euch nicht verraten, wie wir das erfahren haben. Denn das ist unser Kriegsgeheimnis …“

Als Erste kehrten die Holzköpfe aus dem Violetten Land zurück. Der Eiserne Holzfäller, sagten sie, sende seinen herzlichen Dank für das unschätzbare Mittel zur Bekämpfung des Hustens. Man habe es sofort unter die Bevölkerung verteilt, und es werde schon angewandt. Er selbst brauche allerdings das Mittel nicht, doch von den giftigen Tröpfchen des Gelben Nebels seien seine eisernen Gelenke überraschend schnell gerostet. Damit sie nicht knarrten und damit sich seine Kiefer bewegten, müsse der Holzfäller sie zweimal täglich ölen, am Morgen und am Abend.

Wenige Tage später kehrte der zweite Trupp Holzköpfe aus dem Land der Marranen zurück. Er brachte die überraschende Nachricht, dass er das Tal völlig leer vorgefunden habe. Kein Mensch und kein Tier waren zu sehen gewesen. Die hölzernen Menschen hatten bereits geglaubt, die Bevölkerung sei ausgestorben. Doch als sie keine Leichen vorfanden, wurden sie stutzig. Der Führer des Trupps, Giton, scheute nicht die Mühe, mehrere Meilen nach Nordost zu gehen. Er kam, berichtete er, aus dem Nebel heraus und erblickte plötzlich eine strahlende Sonne und einen heiteren Himmel über sich. Dort begannen nämlich die Besitzungen Stellas, wo es keinen Gelben Nebel gab. Im Rosa Land, sagte Giton, habe er den ganzen Stamm der Springer vorgefunden. Sie hatten bei Stella um Asyl gebeten, und die gute Fee hatte sie allesamt mit ihrem bescheidenen Hab und Gut und ihren Haustieren gastfreundlich aufgenommen (die wilden Tiere und die Vögel des Waldes brauchten natürlich keine Erlaubnis dafür). Viele Marranen hatten bei den Schwätzern (so hießen die Untertanen Stellas) Unterkunft gefunden, und wer keinen Platz fand, richtete sich in Laubhütten und Zelten ein.

Auch die Führer der Marranen übermittelten dem Scheuch ihre Grüße und ihren aufrichtigen Dank. Die Rafalooblätter und die Gebrauchsanweisung hatten sie für alle Fälle behalten, denn man konnte nicht wissen, was die Arachna noch im Schilde führte.

Schließlich traf auch der schnellfüßige Rellem mit einem Brief von Urfin Juice ein. Der gestürzte König schrieb, er sei hocherfreut über die Nachricht, dass die Menschen ihm alles verziehen, was er ihnen angetan hatte. Er hoffe, stand weiter in dem Brief, sich für ihren Großmut noch dankbar erweisen zu können. Mit feinem Humor erwähnte er das „Kriegsgeheimnis", von dem Faramant ihm geschrieben hatte. Er verstehe natürlich, hieß es in seinem Brief, dass es sich um den Zauberkasten Stellas handle, den ein Junge aus der Großen Welt vor vielen Jahren auf seinen, Urfins, Schädel niedersausen ließ, aber von ihm aus möge das Geheimnis gewahrt bleiben.

Was die angebotene Gastfreundschaft betreffe, erwiderte Urfin, falle es ihm noch schwer, den Menschen in die Augen zu schauen, die er einmal unterdrückt und verhöhnt hatte. Es müsse noch Zeit vergehen, bis er diese unangenehme Erinnerung überwinden würde.

Gegen den Gelben Nebel habe er ein eigenes Kampfmittel gefunden. In seinem Anwesen stehe ein kleiner Schuppen mit dichten Wänden. Er habe alle Ritzen verschmiert, die Tür mit Kaninchenfellen ausgeschlagen und sich so vom Gelben Nebel, der den Raum füllte, befreit. Er habe, schrieb er, zu diesem Zweck aus Spänen und feuchtem Gras ein Feuer angezündet, das viel Rauch machte. Beim Niederschlagen rissen die Rauchteilchen die Nebeltröpfchen mit und dadurch wurde die Luft im Schuppen rein. Jetzt verbringen er und die Eule Guamoko ihre Tage dort wie in einer belagerten Festung, die sie nur für sehr kurze Zeit verlassen. Er hoffe, schrieb Urfin bescheiden, das von ihm erfundene Mittel zur Bekämpfung des Gelben Nebels könnte auch den Einwohnern der Smaragdenstadt und anderer Länder wenigstens einen kleinen Nutzen bringen.

Als Faramant die Botschaft Urfins verlesen hatte, geriet der Scheuch in helle Begeisterung.

„Ich habe schon immer gesagt, dass Urfin einen ungewöhnlich klugen Kopf hat", rief der Herrscher der Smaragdenstadt. „Nur hatte er ihn früher zu bösen Taten genutzt. Das hat sich jetzt geändert. Seht, was für ein fabelhaftes Ding er sich ausgedacht hat! Schon allein dadurch hat er all das Böse, das er uns angetan hat, wiedergutgemacht, schon ganz zu schweigen von dem großen Dienst, den er uns erwies, als er das Angebot Arachnas ausschlug. Stellt euch vor, was hätte geschehen können, wenn dieser mutige und einfallsreiche Mann in den Dienst der Hexe getreten

wäre. Sie hätten unermessliches Leid über uns bringen können. Denn Urfin ist nicht so einer wie der stumpfsinnige und feige Ruf Bilan!“

Noch am selben Tag wurden alle Zimmer des Palastes nach dem Verfahren Urfin Juices vom Nebel gesäubert, und das Verfahren wurde öffentlich bekannt gegeben. Von Zeit zu Zeit sickerte allerdings noch Nebel durch unsichtbare Ritzen in die Zimmer, und deshalb wurden im Kampf dagegen vor allem Rafalooblätter verwendet, die jetzt alle Einwohner der Smaragdenstadt und ihrer Umgebung am Gesicht trugen.

Der Scheuch erließ, trotz aller Einsprüche Faramants, eine Verfügung, die es den Bürgern erlaubte, die grünen Brillen abzunehmen. Die Einwohner der Stadt waren davon begeistert, denn jetzt konnten sie fünfzig Schritt im Umkreis sehen, und schon das empfanden sie als große Erleichterung. Nur der Hüter des Tores behielt die Brille auf, und wenn er durch die Straßen ging, rempelte er, wegen der schlechten Sicht, auf Schritt und Tritt jemanden an. Obwohl der Tag für ihn finstere Nacht war, wollte der starrsinnige Faramant den Befehl Goodwins nicht übertreten.

In den Wäldern und auf den Feldern des Smaragdenlandes wurden

Hunderte Tierarztstellen eröffnet. In den Sprechstunden bildeten sich vor ihnen lange Schlangen aus Hasen, Pumas, Wölfen, Füchsen, Bären und Eichhörnchen … Aus den Scharen der Vögel drang jetzt kein munteres Gezwitscher und kein Gesang mehr. Krähen, Nachtigallen, Schwalben, Dohlen und Rotkehlchen standen, die Schnäbel zu Boden gesenkt, missmutig da und warteten, eingelassen zu werden.

In den Schlangen herrschte Frieden zwischen allen Tierarten. Wenn irgendein Räuber ein schwächeres Tier kränkte, erhielt er von den Umstehenden einen gehörigen Denkzettel, und auf seine Stirn wurde mit unabwaschbarer Farbe ein Mal gezeichnet, mit dem er sich an keiner Arztstelle zeigen dürfte. Aus Furcht vor dieser Strafe wurden selbst die wildesten Räuber zahm wie die Lämmer.

Es wurde aufgepasst, dass niemand die Ordnung verletze. Wenn ein zerzauster Spatz oder ein listiger Fuchs sich vordrängte, wurde der Frechling unbarmherzig aus der Reihe gestoßen.

Tiere mit grünen Filtern vor den Nasenlöchern lagen oder standen abseits und warteten, dass der Klebstoff trockne. Der Lohn für ihre Geduld war eine schnelle Besserung ihres Gesundheitszustandes.

Ein neues Unglück

Von seinem zweiten Besuch in der Smaragdenstadt zurückgekehrt, berichtete Ruf Bilan der Hexe Folgendes:

„Die Völker des Zauberlandes weigern sich ka-re-go-tisch, Eure Macht anzuerkennen, Herrin!"

„Ka-re... ka-te-ri... Was bedeutet denn das?"

„Ich weiß es nicht, Herrin! Der Weise Scheuch liebt solche langen Wörter. Wahrscheinlich bedeutet es: Auf keinen Fall."

„So hättest du es auch sagen sollen. Zu meiner Zeit pflegte man solche wunderlichen Wörter nicht zu gebrauchen."

Mittlerweile hatten die allgegenwärtigen Zwerge herausgefunden, welches Mittel die Menschen jetzt zur Bekämpfung des Gelben Nebels anwandten. Sie erstatteten darüber der Hexe Bericht und zeigten ihr sogar Rafalooblätter, die sie mitgebracht hatten. (Die Zwerge hatten sie selbst benutzt, als sie in die Zone der vergifteten Luft eingedrungen waren.)

„Rafalooblätter ... Hm ...!", brummte die Hexe. Sie dachte lange nach und fuhr fort: „Und wenn ich euch befehle, alle Blätter von den Rafaloobäumen zu pflücken? Dann werden die Menschlein keinen Ersatz finden für die verbrauchten Blätter, nicht wahr?"

„Wie stellt Ihr Euch das vor, gnädige Herrin?!", fragte Kastaglio. „Das ist doch nicht möglich. Im Zauberland wachsen Tausende Rafaloobäume, und sie tragen Millionen Blätter. Wie sollen wir das schaffen?"

„Schade, schade ... Aber das macht nichts, der Gelbe Nebel wird ihnen noch zeigen, was er kann!"

Und wirklich, er zeigte es. Kurze Zeit nachdem die Menschen den Husten etwas eingedämmt hatten, stellte sich heraus, dass der Gelbe Nebel auch die Augen angriff. Sie entzündeten sich so, dass die Menschen am Morgen die Lider nicht öffnen konnten und sie mit Wasser waschen mussten. Schon früher hatten sie wegen des Nebels schlecht gesehen, jetzt aber war ihr Blickfeld noch kleiner geworden. Zwanzig Schritte vor den Augen verschwamm alles in undurchdringlichem Nebel, und das

wirkte schrecklich. Der Scheuch wandte sich an die Doktoren Boril und Robil um Hilfe. Die beiden hatten die Smaragdenstadt nicht verlassen und setzten ihre Forschungen fort.

„Wir haben ein Mittel gegen Augenentzündung", sagte Boril. „Wir geben den Patienten Augentropfen … Aber …", fuhr der rundliche Doktor mit erhobenem Zeigefinger fort, „… sie helfen nur dann, wenn die Ursache der Krankheit beseitigt ist. Wie sollen die Tropfen aber heilen, wenn der giftige Nebel ständig die Augen ätzt?"

Robil fiel ihm ins Wort: „Brillen!", sagte er bedächtig. „Man muss Brillen tragen, die eng anliegen. Dann werden die Nebelteilchen die Hornhaut nicht erreichen, und die Augentropfen werden heilend wirken."

Der heißblütige Boril umarmte stürmisch seinen Kollegen.

„Ein Genie!“, rief er aus. „Ein Genie, wie es kein zweites auf der Welt gibt! Was du vorschlägst, ist leicht auszuführen: In unserer Stadt lagern mehrere tausend Brillen, die wir vor vier Jahren zu tragen aufhörten, weil sie uns nicht mehr nutzten.“

„Das sind aber doch dunkle Brillen“, wandte der Scheuch ein. „Sie werden die Augen schützen, aber die Menschen werden nichts sehen.“

„Eine Kleinigkeit!“, sagte Robil. „Sie sind aus Glas gemacht und mit dunkler Farbe überzogen, die wir leicht abwaschen können.“

Ohne ein Wort zu sagen, nahm der Scheuch weitere zwei Orden aus dem Spind und heftete sie an die Brust der Doktoren.

Eine Stunde später rannten alle hölzernen Boten, die in der Stadt aufzutreiben waren, mit Ranzen und Körben dorthin, wo die Siedlung der Erzgräber lag. Ihr Brigadier hatte den Schlüssel von dem Magazin bekommen, in dem die Brillen aufbewahrt wurden. Man hatte ihnen eingeschärft, sie mit größter Sorgfalt einzupacken.

Auch wurde beschlossen, die grünen Brillen Faramants zu verwenden, der darüber außerordentlich stolz war.

„Ich hab es doch gesagt! Ich hab es schon immer gesagt!“, wiederholte er ein ums andere Mal. „Oh, wie weise war doch der große Goodwin! Er hat alles vorausgesehen, sogar den Gelben Nebel!“

Damit die grünen Brillen verwendet werden konnten, mussten sie mit Ledereinlagen versehen werden. Zu dieser Arbeit wurden alle Schuster der Stadt herangezogen. Herolde verkündeten auf den Plätzen und in den Straßen den Erlass des Herrschers:

„Der Gelbe Nebel hat eine gefährliche e-pi-de-mi-sche Krankheit hervorgerufen, die Augenentzündung heißt. Zu pro-phy-lak-ti-schen Zwecken wird den Einwohnern der Stadt und ihrer Umgebung folgende Weisung erteilt:

§1. Wer Brillen mit Ledereinlagen besitzt, soll sie ständig tragen.

§2. Zu Hause soll ein jeder eine Augenbinde aus Leinen oder Gaze anlegen, die so oft wie nur möglich mit kaltem Wasser zu befeuchten ist.

§3. Man soll die Augen so wenig wie möglich offen halten.

§4. Von morgen an beginnen die Arztstellen wieder zu funk-tio-nie-ren, wo den Patienten mit entzündeten Augen Tropfen verabreicht werden.

§5. Alle Apotheker nehmen ungesäumt die Produktion von Augentropfen in möglichst großen Mengen auf.

§6. Es ist die Herstellung von Brillen mit Ledereinlagen in die Wege zu leiten, die den giftigen Nebel nicht durchlassen; die Termine ihrer Verteilung unter der Bevölkerung werden später bekannt gegeben.

§7. Der Herrscher der Smaragdenstadt, der Dreimalweise Scheuch, hofft, dass sich die Bevölkerung dis-zi-pli-niert verhalten und seine Weisungen prompt ausführen wird."

„Was für Worte!", flüsterten die Bürger entzückt. „Welche wunderbaren, langen und unverständlichen Worte! Mit einem solchen Herrscher kann uns wirklich nichts passieren!"

Eine wichtige Entscheidung des Scheuchs

Mithilfe der Vorsorge- und Heilmaßnahmen, die der Scheuch und sein Stab trafen (dem Stab gehörten jetzt auch die zweifach dekorierten Doktoren Boril und Robil an), konnten die Augenerkrankungen der Menschen mit mehr oder weniger Erfolg bekämpft werden. Den Tieren aber erging es schlecht. Gegen den giftigen Nebel konnten ihre Lungen durch Rafalooblätter geschützt werden, doch es bestand keine Möglichkeit, für alle Brillen anzufertigen, umso mehr, als diese verschiedene Formen und Größen haben mussten.

Über die Vogelstafette wurde den Tieren nun der Rat erteilt, die Augen so wenig wie möglich offen zu halten. Es war, als erlösche alles Leben auf den Feldern und in den Wäldern. Für die Gras fressenden Tiere war die Lage halb so schlimm, denn Gras kann man auch mit zugekniffenen Augen rupfen, doch die Raubtiere, die bei der Jagd nach Beute auf ihre scharfen Augen angewiesen sind, konnten sich vor Erschöpfung kaum noch aufrecht halten. Die Fliegenschnapper, die Segler, die Stieglitze und die Kuckucke saßen gramvoll aufgeplustert in den Zweigen, und nur die unermüdlichen Spechte hackten mit verschlossenen Augen die Baumrinde und brachten dadurch ein wenig Leben in die Wälder.

In dieser schweren Zeit machten sich besorgniserregende Erscheinungen bemerkbar, die zunächst nur den scharfsinnigsten Menschen auffielen. Seit mehr als drei Wochen bedeckte der Gelbe Nebel das Zauberland. Wir haben schon erzählt, dass die Sonne nur noch wie eine fahle rote Scheibe am Himmel schien und dass ihre Strahlen nicht mehr die Kraft von früher hatten. Da der Nebel die Sonnenstrahlen aufhielt, konnten sie nicht mehr die ehemalige Wärme spenden, und das wirkte sich mit jedem Tag immer schlimmer aus. Die Halme auf den Getreidefeldern hörten auf zu wachsen und gingen ein, das Obst in den Gärten reifte nicht, sondern hing saftlos und zusammengeschrumpft in den Bäumen …

Dem Land drohte eine Missernte, wie es sie seit Jahrtausenden nicht gegeben hatte. Natürlich konnten die Menschen die Missernte eines Jahres überstehen, wenn es sich nur um ein Jahr handelte und genug Getreide vorrätig war. Doch wovon sollten sich die Tiere ernähren? Außerdem deutete nichts darauf hin, dass der nächste Frühling besser sein würde. Kurzum, dem Zauberland drohte der Untergang. Das alles hatte die böse Arachna angerichtet.

~:~

Eines Tages trafen Gäste aus dem Violetten Land in der Smaragdenstadt ein: Der Eiserne Holzfäller, der immer wieder sein goldenes Ölfass hervorholte und ein paar Tropfen in seine Kiefer und Gelenke träufelte, und der Mechaniker Lestar mit seinen Gehilfen. Ein Trupp Holzköpfe kam mit einigen Bündeln Bambusstäbe, die die Zwinkerer geschickt hatten. Lestar hatte einmal von dem Einbeinigen Matrosen Chalie Black gehört, wie man Dampfheizungen baut, und er hatte beschlossen, den Palast des Scheuchs auf den bevorstehenden Winter vorzubereiten.

Er berichtete, dass jetzt auch im Violetten Land Brillen mit Ledereinlagen hergestellt werden. Man hatte damit begonnen, nachdem ein Sonderbote des Scheuchs drei Brillen gebracht hatte, die als Muster dienten.

Diese Arbeit war jetzt in vollem Gange. Sie wurde von geschickten Meistern verrichtet, deren es unter den Zwinkerern sehr viele gab. Lestar berichtete ferner, dass die Luft im Violetten Palast und in den Häusern der Zwinkerer täglich nach der Methode Urfin Juices gereinigt werde. Das, sagte er, habe sich als gutes Mittel gegen den Gelben Nebel erwiesen. Der Scheuch und sein Stab waren über diese Nachricht sehr erfreut.

Wenige Tage später traf auch der tapfere Löwe ein, der nach dem langen Weg ein wenig hinkte. Die entzündeten Augen zugekniffen und hustend, teilte er mit, dass er seine Angehörigen und Untertanen in das Rosa Land evakuiert habe, wo sie den Schutz der guten Stella genossen. Er selbst, fuhr er fort, habe beschlossen, sich in die Smaragdenstadt zu begeben, um nachzusehen, ob die Gerüchte, die ihm zu Ohren gekommen seien, stimmten. Er habe von den Ränken einer bösen Hexe gehört und von der Not, in der sich das Zauberland befinde.

Die Doktoren Robil und Boril nahmen den König der Tiere sofort in Behandlung. Nachdem sie eine Durchblasung seiner Lungen durchge-

führt und ihm Augentropfen verabreicht hatten, fühlte sich der Löwe viel besser. Doch wegen der verbundenen Tatzen, der grünen Filter vor den Nüstern und der großen Brille hatte er von seinem majestätischen Aussehen so viel verloren, dass der Scheuch nur schwer ein Lachen unterdrücken konnte.

Als die Doktoren mit der Behandlung fertig waren und den Löwen in Ruhe ließen, sagte er: „Bei uns hat es geschneit. So nennt nämlich die Köchin Fregosa den Schneefall, denn so hat sie es von Elli gehört, als diese ihr von Kansas erzählte."

„Was ist Schnee? Ich verstehe das nicht", fragte Faramant.

Die Frage war nicht verwunderlich, denn im Zauberland herrschte seit Jahrtausenden ewiger Sommer. Der Löwe erklärte:

„Schnee – das sind weiche weiße Flocken, die vom Himmel kommen. Sie sehen wie der Flaum aus, der von den Pappeln fällt, nur sind sie kalt. Aber sie schmelzen, wenn sie auf das Fell eines Tieres oder auf die Erde fallen, und dann bilden sich Wassertropfen ..."

Die Krähe mischte sich ins Gespräch. Sie sagte: „Als ich über die Weltumspannenden Berge flog, um einen Weg für Elli und den Riesen auszukundschaften, sah ich sehr viel Schnee. Er ist wirklich weiß, doch nicht so weich, wie der Löwe sagt. Er liegt auf den Hängen und ist so hart, dass ein Mensch darauf gehen kann, ohne zu versinken."

Alle Anwesenden wandten sich zum Fenster, um auf die funkelnden schneebedeckten Gipfel zu blicken, die bei heiterem Wetter von der Stadt aus gut zu sehen waren. Leider konnten sie nichts sehen, denn alles war in trüben Nebel gehüllt.

Kaggi-Karr fuhr fort:

„Auch mir hat Elli erzählt, dass bei ihnen in der Großen Welt einmal im Jahr eine kalte Zeit anbricht und sehr viel Schnee fällt. Die Menschen sagen dann: Es ist Winter. Im Winter wird das Wasser von der Kälte hart wie Stein, und man nennt es Eis. Die Menschen ertragen jedoch leicht den Winter, weil sie warme Wohnungen und warme Kleider haben."

Der Scheuch fuhr plötzlich zusammen, legte den Finger an die Stirn und brummelte: „Kleider ... Wohnungen ..."

Alle blickten ihn verwundert an. Ehe sie etwas sagen konnten, gebot er ihnen zu schweigen. „Ich werde jetzt nachdenken!“, sagte er.

Der Kopf des Scheuchs blähte sich gewaltig auf, und plötzlich traten aus ihm rostige Nadeln hervor. Die Rostfarbe kam allem Anschein nach vom giftigen Nebel. Der Holzfäller nutzte die Gelegenheit und tröpfelte Öl auf sie.

Lange dauerte das Schweigen des Scheuchs, das niemand zu unterbrechen wagte. Dann öffnete er den Mund und sagte feierlich:

„Wir müssen Ann und Tim herbeirufen!“ Er setzte den Anwesenden seine Gedanken auseinander: „Die Menschen von jenseits der Berge haben dem Zauberland viel Nutzen gebracht. Wer hat die Smaragdenstadt aufgebaut? Goodwin. Freilich war er, wie sich herausstellte, kein Zauberer, aber wem, wenn nicht ihm, haben wir – der Holzfäller, der Löwe und ich – unsere hohe Stellung zu verdanken? Und Elli? Wie viel Gutes hat sie uns getan! Sie hat die bösen Zauberinnen Gingema und Bastinda vernichtet, sie und ihr Onkel, der Riese von jenseits der Berge, haben uns geholfen, die Holzsoldaten Urfin Juices zu besiegen. Elli hat die Unterirdischen Erzgräber aus der Höhle hinausgeführt und sie aus der Gewalt der grausamen Könige befreit. Ja, was gibt es da viel zu reden, wir alle wissen doch, was für Heldentaten Elli vollbracht hat! Ich will euch lieber daran erinnern, wie Ann und Tim uns den Frieden mit den kriegerischen Marranen gesichert und die Macht des tückischen Urfin endgültig gestürzt haben …“ Der Scheuch holte nach der langen ermüdenden Rede tief Atem und schloss: „Deshalb wiederhole, betone und re-sü-mie-re ich: Nur Ann und Tim werden dem Zauberland Rettung bringen. Sie werden uns lehren, warme Häuser zu bauen und Winterkleider zu nähen. Und vielleicht … ja vielleicht wird es ihnen auch gelingen, die böse Arachna zu besiegen!“

Die letzten Worte des Scheuchs gingen in stürmischem Beifall unter. Alle Mitglieder des Großen Rats waren von der Macht der Menschen, die jenseits der Berge lebten, so überzeugt, dass ihnen schien, nun seien alle Gefahren überwunden. Blieb nur noch zu überlegen, wie man Ann und Tim benachrichtigen und sie in das Zauberland bringen könnte.

Das war eine schwierige Frage, und alle Anwesenden begannen angestrengt nachzudenken. Nach langem Schweigen sagte Rushero:

„Freunde, wir haben nur einen Ausweg. Wir müssen Oicho, den Drachen, nach den Kindern schicken. Er hat Elli und Fred nach Kansas geflogen, er kennt den Weg, und wir dürfen uns auf seine Treue und Klugheit verlassen."

Gegen diesen vernünftigen Vorschlag konnte niemand etwas einwenden, alle stimmten dafür, und man ging zu den Einzelheiten über. Es fragte sich nun, ob man lieber einen Brief oder einen Boten schicken sollte.

Ein Brief ist schnell geschrieben, doch in einem Brief lässt sich nicht alles sagen, worauf es ankommt, und außerdem haben die Buchstaben auf dem Papier nicht die Überzeugungskraft der lebendigen Sprache. Der Scheuch warf Kaggi-Karr einen Blick zu. Diese verstand und schüttelte den Kopf.

„Lieber Freund, ich würde mich gern auf den Weg machen, aber du hast wohl vergessen, dass ich außerhalb der Grenzen des Zauberlandes nicht imstande bin, wie ein Mensch zu sprechen. Was nutzt aber ein Bote, der nicht sprechen kann? Wir müssen einen Menschen hinschicken."

Es wurden zwei Namen genannt: Faramant und Lestar. Beide kannten Ann, beide konnten sprechen und taten es gerne. Den Mechaniker konnte man aber jetzt in der Zauberstadt nicht missen, war er doch gerade dabei, eine Zentralheizung im Palast zu installieren.

Man einigte sich, Faramant nach Ann und Tim zu schicken.

Der Hüter des Tores nahm den Auftrag an. Zwar war ihm bange vor einer so weiten Reise, dazu noch in der Luft und auf dem Rücken eines Drachen. Andererseits schien es ihm aber verlockend, als Einziger unter Dutzenden Tausenden Einwohnern des Zauberlandes die Große Welt zu besuchen.

Man durfte keine Zeit verlieren, denn mit jedem Tag rückte der Winter näher, eine hierzulande unbekannte und schreckliche Naturerscheinung, die seit vielen Jahrhunderten zum ersten Mal das Zauberland bedrohte.

Oicho hielt sich wie die anderen Drachen in der Höhle auf, die Schutz vor dem Gelben Nebel bot. Es hatte keinen Zweck, ihn in die Smaragdenstadt zu rufen, denn bis er kam, würden mehrere kostbare Tage vergehen. Dass Faramant mit seinen kurzen Beinen den Weg in das Blaue Land zu Fuß zurücklegte, hatte gleichfalls keinen Sinn, denn das würde viel zu viel Zeit in Anspruch nehmen. Deshalb fertigten Lestar und seine Gehilfen schnell eine leichte Trage an, die zwei Holzboten auf ihre Schultern nahmen. Schnellfüßig und unermüdlich wie sie waren, konnten sie Faramant in knapp vierzig Stunden zur Höhle bringen, wo die Erzgräber, dem schriftlichen Befehl des Herrschers Rushero gehorchend, für das Weitere sorgen würden. Kaggi-Karr sagte, sie wolle Faramant begleiten, wogegen niemand Einspruch erhob. Zu zweit würde die Reise immerhin angenehmer sein, sagte sie, und weder die Boten noch der mächtige Drache würden sie, die leichte Kaggi-Karr, als Last empfinden.

Schnellen, federnden Schrittes liefen die hölzernen Boten mit der Trage, auf der Faramant es sich bequem gemacht hatte.

Ihnen voraus lief ein dritter hölzerner Bote, der in einem fort rief:

„Bahn frei! Bahn frei!“

An jenen Tagen war es nicht so einfach, auf der gelben Backsteinstraße vorwärts zu kommen. Der Weg war vollgestopft mit Herden von Tieren, die in der Höhle Zuflucht zu finden hofften. Sie wussten nicht, ob die Menschen sie einlassen würden, doch sie hatten gehört, dass es dort, unter der Erde, niemals kalt sei. Auf der Straße bewegten sich Hasen, Waschbären und Kaninchen, Antilopen mit stolz gereckten Köpfen, schwer stampfende Bisons und Hirsche.

Tiger, Luchse, Hyänen, Wölfe und Füchse trabten am Rand des Weges. Diese wilden Tiere wussten, dass man sie in die Höhle nicht einlassen werde und wollten sich deshalb bis zum Land der guten Fee Willina durchschlagen, wo nach wie vor Sommer war, wie die Vögel erzählten, die lange vor Anbruch der Fröste in den Besitzungen Stellas, Willinas und Arachnas Schutz gefunden hatten.

Die böse Hexe schnaubte, als sie sah, wie sich ihre Wiesen und Felder jeden Tag mehr und mehr mit Tieren aus den Nebelgebieten füllten. Aber sie konnte gegen die ungebetenen Gäste nichts unternehmen, weil ihre Zahl bereits gewaltig war.

Arachnas Zorn war auch durch den Widerstand der Menschen erregt worden. Der schnelle Sieg, auf den sie gerechnet hatte, blieb aus. Der Gelbe Nebel verrichtete sein schädliches Werk, er fraß die Lungen der Menschen und der Tiere, entzündete ihre Augen, dass die Tränen in Strömen flossen, schwächte ihre Sehkraft … Doch diese schlauen Menschen hatten Mittel zur Bekämpfung des Nebels gefunden. Sie atmeten die Luft durch Rafalooblätter, die die giftigen Tropfen zurückhielten und ihnen den Weg in die Lungen versperrten, und sie schützten ihre Augen mit Leder umrandeten Brillen, auf deren Gläser der Nebel niederschlug. Sie reinigten die Luft in ihren Häusern nach dem Verfahren von Urfin Juice, der sich geweigert hatte, in ihren, der mächtigen Arachna, Dienst zu treten, und der sie jetzt an der Ausführung ihrer Pläne hinderte.

Die Menschen bewegten sich auf den in Nebel gehüllten Wegen fast so schnell wie früher, denn alle zwanzig bis dreißig Schritt standen Wegweiser mit Aufschriften.

Arachna begriff jetzt, dass die Menschen sich nicht so leicht unterwerfen lassen.

Auf der Farm von John Smith

Wie auf Windesflügeln hatten die mechanischen Traber Cäsar und Hannibal den langen Weg vom Violetten Palast zur Farm in Kansas zurückgelegt, und als sie ankamen, stürzten sich Ann und Tim in die Arme ihrer freudestrahlenden Eltern. Elli, die sich gerade beim Unterricht im College befand, wurde sofort benachrichtigt, und die tapferen Wanderer begannen auszupacken. Ihr Bericht nahm mehrere Tage in Anspruch. Elli bereute es jetzt, die Richter überredet zu haben, Urfin Juice die verdiente harte Strafe zu erlassen und ihn lediglich des Landes zu verweisen.

„Hätte ich gewusst, dass er die Springer betrügen wird … Hätte ich gewusst, dass er die Smaragdenstadt wieder erobern wird …! Ja, hätte ich gewusst …", wiederholte sie traurig.

„Es ist doch alles gut geendet", versuchte Ann, sie zu trösten. „Urfin wird jetzt nie wieder die Macht erobern! Tim hat mit seinem Volleyballspiel alle Hoffnungen des Tischlers zerschlagen, und dabei wurde kein Tropfen Blut vergossen!"

Die Zuhörer mussten schmunzeln, als sie sich vorstellten, wie die Marranen, die einen Kampf auf Leben und Tod erwartet hatten, sich in leidenschaftliche Volleyballspieler verwandelt und es vorgezogen hatten, statt den Feind den Ball zu schlagen.

Dann begann die Schule, und Tim und Ann gaben sich ganz dem Lernen hin. Grammatik und Arithmetik, Schönschreiben, Geschichte und Erdkunde des Heimatlandes … Am Vormittag Schule, am Nachmittag Hausaufgaben … Darüber gerieten die spannenden Abenteuer nach und nach in Vergessenheit.

Vor Schluss des Schuljahres gab es ein Ereignis, über das alle Menschen auf der Farm sehr erfreut waren: Kapitän Charlie Black war wieder einmal zu Besuch bei seinen Verwandten eingetroffen. Vor einigen Jahren, als der Einbeinige Seemann die Familie Smith aufgesucht hatte, war Ann noch ganz klein gewesen. Aber sie erkannte jetzt den Onkel sofort wieder, denn Charlie hatte sich nur wenig verändert. Dieselbe muskulöse und straffe Gestalt, nur dass das Gesicht jetzt etwas brauner und die Stirn um ein paar Falten reicher war. Auch hatte Charlie jetzt mehr graue Haare als früher. Wie immer hielt er die alte Pfeife im Mund, und wie ehemals stampfte er mit dem Holzbein, das runde Spuren im Staub hinterließ.

Charlie war gerade von den Kuru-Kusu-Inseln zurückgekehrt, die er regelmäßig zu besuchen pflegte, um mit seinen Freunden, den Menschenfressern, Tauschhandel zu treiben. Der Seemann hatte seinen Verwandten viele Geschenke mitgebracht: große Muscheln, in denen man, wenn man sie ans Ohr legte, das ferne Rauschen der See hören konnte, hölzerne kleine Götter mit bizarren Gesichtern, ausgestopfte Papageien mit farbenprächtigen Federn … Charlie hatte auch an die Kinder auf den Nachbarfarmen gedacht. Tim O'Kelli erhielt einen straff gespannten Bogen mit Pfeilen, und wenn er aus der Schule kam, lief er schnurstracks in die Prärie, wo er stundenlang Rebhühner und Zieselratten jagte.

Kaum hatte Charlie Black den gastlichen Boden der Farm betreten, da erzählte man ihm auch schon von den Abenteuern Anns und Tims im Zauberland.

„Bei allen Gewittern der Südsee!“, rief Charlie, heftig paffend, „ich sehe, dass die kleine Schwester nicht weniger Abenteuerglück hat als die große! Aber halt, Anker zurück! Das Mädchen soll selbst erzählen, und zwar mit allen Einzelheiten, Tim mag sie verbessern, wenn sie etwas falsch sagt. Du aber, Artochen, setz dich neben uns, schau mir in die Augen und wedle mit dem Schwanz, wenn alles stimmt, was Ann erzählt.“

Charlie Blacks Wunsch wurde erfüllt. Mehrere Abende saß er mit den Kindern auf einem großen Stein in der Prärie, hörte der langen Geschichte vom Feuergott der Marranen zu, nickte beifällig oder fluchte auf Seemannsart, wenn ihm etwas nicht gefiel und seinen Zorn erregte.

„Sag bitte, wo ist der Silberreif, den der König der Füchse dir geschenkt hat?“, fragte er die Nichte, als sie geendet hatte. „Hast du ihn mitgenommen?“

„Wozu denn?“, fragte das Mädchen verwundert. „In Kansas hätte er doch keine Zauberkraft gehabt. Ich hab ihn im Violetten Palast beim Eisernen Holzfäller gelassen.“

„Schade, schade“, sagte der Seemann, die Brauen runzelnd, „Silber und Rubine werden überall geschätzt.“

„Aber Onkel, Geld ist doch nicht das Wichtigste im Leben!“, wandte Ann ein. „Hier würden wir dafür, ich weiß nicht wie viel Dollar bekommen, dort aber wird der Reif vielleicht meinen Freunden in einer wichtigen Angelegenheit nutzen …“

„Hol mich der Pottwal, wenn das nicht stimmt, Mädchen!“, sagte der alte Seemann anerkennend.

Schon am ersten Tag nach seiner Ankunft hatte man Charlie die mechanischen Maulesel gezeigt, die seine Bewunderung erregten. Er streichelte ihr samtenes Fell, unter dem die starken Muskeln sich wölbten, zauste ihre zottigen Mähnen und rief ihnen zärtliche Worte zu, die sie mit lautem Wiehern erwiderten.

Cäsar und Hannibal spielten jetzt in der Wirtschaft John Smiths eine wichtige Rolle. Die brave Stute Mary konnte nun ausruhen, denn die Maulesel verrichteten jetzt alle Feldarbeiten. Vor den Pflug gespannt, bearbeiteten sie das Feld, zogen dann die schwere Egge und waren unermüdlich, bis man die Ernte unter Dach und Fach hatte.

Die Maulesel besorgten alles so schnell, dass John viel freie Zeit blieb, die er dazu verwandte, den Nachbarn bei Aussaat und Ernte zu helfen, womit er nicht wenig Geld verdiente. Der Farmer konnte sich an seinen gehorsamen und unermüdlichen mechanischen Helfern nicht satt sehen, und nur an sonnenlosen Tagen führte er sie in den Stall.

Wie viele Dankbriefe schrieb Ann unter seinem Diktat an Fred Cunning, der jetzt schon Ingenieur im mechanischen Werk der Brüder Osbaldiston im Staat Minnesota war!

Selbstverständlich unternahm Charlie Black mit den mechanischen Mauleseln oft Spazierritte. Ein geschickter Reiter wie alle Seeleute, galoppierte er auf dem Rücken Hannibals durch die Prärie, und an seiner Seite jauchzte Ann auf dem Rücken Cäsars.

„Schneller, noch schneller!“, rief das Mädchen, den Geschwindigkeitshebel auf Höchsttempo stellend.

Kurz vor dem Tag, an dem Charlie Black abreisen wollte, gab es ein Ereignis, das alle seine Pläne umwarf und ihn in neue ungewöhnliche Abenteuer verstrickte.

Der Bote aus dem Zauberland

Einmal saßen Charlie Black, Ann und Tim bis zum Abend in der Prärie. Tim konnte nicht aufhören, den Seemann zu bitten, ihn mitzunehmen.

„Was macht es schon aus, Kapitän, dass ich erst elf bin!“, sagte der Junge. „Bin ich vielleicht nicht groß und stark wie ein Fünfzehnjähriger?

Aus mir wird noch ein prima Schiffsjunge, drauf könnt Ihr Euch verlassen!“

Der paffende Kapitän erwiderte scherzend:

„Wird es dir nicht leid tun, deine Freundin zu verlassen, Tim? Sie wird sich doch nach dir sehnen!“

Tim runzelte die Stirn und wiederholte, was er von Erwachsenen gehört hatte: „Männer sollen in die Welt ziehen, um ihr Glück zu suchen, Frauen aber sollen zu Hause bleiben und den Herd hüten.“

Der Kapitän schüttelte sich vor Lachen. „Bei allen Eisbergen, das ist gut gesagt! Hör mal, Junge, in drei oder vier Jahren komme ich wieder, und dann bist du schon groß, und ich nehme dich als Matrose mit.“

Damit konnte sich Tim natürlich nicht abfinden. Er wollte schon etwas entgegnen, doch in demselben Augenblick gewahrte das scharfe Auge des Seemanns am abendlichen Himmel einen dunklen Punkt, der schnell größer wurde, näher kam und schließlich seltsame Umrisse annahm. Am rötlichen Horizont erschienen ein hässlicher Kopf mit einem langen Hals, der einen Kamm trug, zwei riesige schwingende Flügel und ein Rücken, auf dem ein kleiner Käfig stand.

„Ein Drache! Die Erde soll mich verschlingen, wenn das nicht ein Drache ist!“, rief Charlie aus. „Genauso einen haben ich und Elli in der Höhle gesehen, in die uns der unterirdische Gang geführt hatte!“

„Das kann nur Oicho sein“, rief Ann entzückt.

„Ja, das ist Oicho!“, sagte Tim. „Nur er kennt den Weg nach Kansas!“

Der Drache, dessen gelblicher Bauch in den Strahlen der untergehenden Sonne glänzte, zog große Kreise über dem Seemann und den Kindern, die aufgesprungen waren. Jetzt konnte man auch einen Kopf mit einem spitzen Hut und ein Gesicht erkennen, aus dem zwei Augen die Leute auf der Erde aufmerksam betrachteten.

„Faramant! Ann, das ist doch Faramant!“, rief Tim freudig und fuchtelte mit den Armen, womit er dem Drachen zu verstehen gab, er möge herabsteigen.

Das Ungeheuer ging rauschend nieder. An dem Käfig wurde die Tür aufgestoßen und eine Strickleiter herabgelassen, die ein kleiner Mann mit grünem Rock und grüner Brille hinabzusteigen begann. Er hatte den Fuß noch nicht auf die dritte Stufe gesetzt, als ein schwarzer Vogel aus dem Käfig flatterte und direkt auf Ann zuflog.

„Kaggi-Karr!“, schrie Ann überrascht.

Sie drückte die Krähe an ihre Brust und streichelte ihr struppiges schwarzes Gefieder.

„Kaggi-Karr, liebe, teure Kaggi-Karr, welche Freude, Euch zu sehen!“

Die Krähe erwiderte den Gruß mit einem Krächzen, das sich fast wie ein Gurren anhörte.

Inzwischen hatte der kleine Mann mit der grünen Brille die Erde erreicht. Freundlich begrüßte er Charlie Black und die Kinder.

„Es freut mich, Euch zu sehen, Herr Riese von jenseits der Berge, und auch euch, Ann und Tim, freut mich, zu sehen“, sagte er. „Ich bin mit dem Drachen Oicho in einem sehr wichtigen Auftrag hergekommen.“

Bei der Erwähnung seines Namens wandte der Drache den hässlichen Kopf mit den großen klugen Augen Ann zu, die auf ihn zuging und seinen schuppigen Hals streichelte. Oicho erwiderte die Liebkosung mit freudigem Schwanzklopfen.

Faramant schilderte kurz, was sich in den letzten Monaten im Zauberland ereignet hatte: Das Erwachen der bösen Hexe Arachna aus ihrem fünftausendjährigen Schlaf, ihre Absicht, die Einwohner des Landes zu Sklaven zu machen, die stolze Ablehnung der freiheitsliebenden Völker und schließlich die verheerenden Folgen des Gelben Nebels, den die Hexe ausgelöst hatte.

„Jetzt sind Ann und Tim unsere einzige Hoffnung!“, schloss der Hüter des Tores seinen traurigen Bericht. „Sie haben uns im Kampf mit Urfin Juice und den kriegerischen Marranen geholfen, und jetzt hoffen wir, sie werden uns lehren, den Winter zu bekämpfen, der auf unsere Felder und Wälder zurückt …“

Der Kapitän erwiderte kopfschüttelnd:

„Ihr irrt Euch, mein Freund, wenn Ihr meint, man könne den Winter mit warmen Häusern und warmer Kleidung besiegen. Bei uns kommt der Winter und vergeht, auf ihn folgen Frühling und Sommer. Bei Euch aber wird der Winter, wie ich Euren Worten entnehme, ewig andauern, wenn der Gelbe Nebel sich nicht verzieht. Der wird aber so lange anhalten, als die tückische Arachna lebt. Also steht die Frage so: Entweder die Hexe wird besiegt oder das Zauberland geht unter. Und möge mir mein Holzbein in die Erde hineinwachsen, wenn ich mich nicht einmische und nicht alles tue, um Euer herrliches Land zu retten!"

„Hurra!", riefen die Kinder und umarmten den tapferen Seemann stürmisch.

„Was sollte denn einen Globetrotter wie mich auch daran hindern?", fuhr der Kapitän fort. „Ich schreibe meinem ersten Offizier, er soll ohne mich nach den Kuru-Kusu-Inseln auslaufen, während ich eine Reise auf dem Drachen unternehme! Es muss doch interessant sein, so ein Verkehrsmittel auszuprobieren!"

Faramant wischte die Freudentränen weg, die hinter seiner grünen Brille hervorkullerten, und die Krähe schlug Purzelbäume in der Luft.

„Habe ich Euch richtig verstanden, verehrter Riese von jenseits der Berge?", fragte schüchtern der Hüter des Tores. „Ihr habt Euch entschlossen, zu uns zu fliegen und den Kampf mit der bösen Arachna aufzunehmen?"

„Ja", erwiderte der Seemann kurz.

„Dann hat meine Botschaft einen Erfolg gehabt, von dem wir nicht einmal zu träumen wagten!", sagte Faramant strahlend. „Unvorstellbar. Der Riese von jenseits der Berge wird höchstpersönlich für unser Wohlergehen gegen die Hexe kämpfen! Oh, dann bin ich des Erfolges sicher!"

„Überschätzt Ihr nicht meine Kräfte?", schmunzelte Charlie Black und nahm die erloschene Pfeife aus dem Mund, um sie wieder anzuzünden.

„Oh, nein großer Freund und Beschützer!", versicherte Faramant lebhaft.

„Nimmst du uns mit, Onkel Charlie?", fragte Ann vorsichtig.

„Euch?", entgegnete der Seemann, verschmitzt lächelnd. „Das muss ich mir noch überlegen."

„Was gibt es da zu überlegen?", entrüstete sich das Mädchen. „Oicho ist uns holen gekommen, und nicht dich! Du bist doch nur zufällig auf unserer Farm."

„Schon gut", wehrte Charlie ab. „Darüber muss ich noch mit euren Eltern sprechen. Vorläufig aber überlegt, wo ihr den Drachen unterbringt, solange er hier ist."

Faramant sagte, Oicho habe die Zeit seines Fluges eigens so gewählt, dass er hier spät abends eintreffe, um nicht allzu großes Aufsehen zu erregen. Es habe schon einmal viel Aufregung gegeben, als er Fred und Elli herbrachte. Man hatte damals einen Fehler begangen, denn als der Drache auf die Wiese niederging, lief fast die Hälfte der Stadtbevölkerung zusammen.

Zum Glück kannte Tim eine tiefe Schlucht in der Nähe, die niemand besuchte. Dorthin brachte man den Drachen. Es wurde ihm eingeschärft, ruhig dazuliegen, und versprochen, ihm nachts Futter zu bringen.

Die ganze Nacht brannte auf den Farmen der Smiths und der O'Kellis Licht, die ganze Nacht schliefen weder die Erwachsenen noch die Kinder der beiden Familien. Man beriet, ob man Ann und Tim ein zweites Mal in das Zauberland ziehen lassen solle. Der Wunsch Charlie Blacks, den Kampf gegen Arachna aufzunehmen, wurde nicht beraten, denn Charlie war ein erwachsener Mann, der selbst entschied, was er zu tun habe, und außerdem hatte er schon manches gefährliche Abenteuer glücklich überstanden.

Am Morgen entschieden die Smiths und die O'Kellis Folgendes: Da die Kinder schon zu zweit auf den mechanischen Mauleseln in das Land der Wunder gereist und unversehrt heimgekehrt waren, durfte man sie jetzt umso mehr ziehen lassen, als Kapitän Black auf sie Acht geben und ein so zuverlässiges Transportmittel wie der zahme Drache sie befördern würde. Auch wurde berücksichtigt, dass es sich nicht um eine Unterhaltungsreise, sondern um die Rettung eines ganzen Landes handelte.

Zugleich wurden Ann und besonders Tim, dessen Übermut in der ganzen Umgebung bekannt war, streng verboten, sich in ein Handgemenge mit der Hexe einzulassen, und ihnen eingeschärft, jede Gefahr zu meiden. Die Kinder versprachen es mit geradezu verdächtiger Leichtigkeit.

Als die ersten Sonnenstrahlen den Himmel röteten, lagen die beiden

Farmer und ihre Familien, von der stürmischen Nacht erschöpft, in tiefem Schlaf.

Die Reisevorbereitungen dauerten drei Tage. Obwohl der Rucksack des Einbeinigen Seemanns und seine Taschen wie immer bodenlosen Werkzeugspeichern glichen, konnten sie doch nicht alles fassen, was Charlie für sein Vorhaben brauchte. Er fuhr in die Nachbarschaft und kaufte dort einen Bund dicken Blechs und eine Metallschere. In einer Fabrik bestellte er ein paar Dutzend Federn verschiedener Größe und Stärke aus bestem Stahl. Der Auftrag enthielt auch unzählige Schrauben, Muttern und Schraubenschlüssel aller möglichen Größen. Charlie Black zahlte über den Normalpreis, und der Auftrag wurde schnellstens ausgeführt.

Auf alle Fragen, wozu er so viel Metall brauche, lächelte der Kapitän geheimnisvoll.

Der Drache lag ruhig in seinem Versteck. Elli, die der Kapitän über die Ankunft der Boten aus dem Zauberland benachrichtigt hatte, besuchte ihn heimlich, was ihr große Freude bereitete. Aber noch mehr freute sie sich über das Wiedersehen mit Kaggi-Karr und Faramant. Kaggi-Karr konnte ihre Gefühle jetzt nicht in Worten ausdrücken, doch sie schmiegte sich so zärtlich an das Mädchen, dass jede Erklärung überflüssig war. Faramant übermittelte Elli einen flammenden Gruß vom Scheuch, vom Eisernen Holzfäller, vom tapferen Löwen und von allen anderen Freunden. Er erzählte ihr von den schrecklichen Ereignissen, die das Land erschüttert hatten, und am Schluss fügte er hinzu, der Scheuch bitte Elli, nach Beendigung des Colleges eine Lehrerstelle in der Smaragdenstadt anzunehmen.

Der Scheuch habe versprochen, fuhr Faramant fort, für Ellis Schule ein Haus zu bauen, das in der Welt nicht seinesgleichen hat. Er trage den Plan bereits fertig im Kopf, die hölzernen Männer hätten mit der Bereitung des Baumaterials begonnen, doch wegen des Unglücks, das über das Land hereingebrochen ist, verzögere sich die Ausführung. Es besteht aber kein Zweifel, dass man das Unglück bannen und die Schule aufbauen werde. Elli versprach lächelnd, sich dieses schmeichelhafte Angebot durch den Kopf gehen zu lassen.

Beim Abschied schenkte Faramant ihr seine grüne Brille als Souvenir aus dem Zauberland. Für ihn war das ein großes Opfer, denn er hatte, dem Befehl des Großen Goodwin folgend, die Brille viele Jahre nicht abgenommen und sich so sehr an sie gewöhnt, dass sie ihm wie ein Teil seines Gesichts vorkam.

Jede Nacht brachten Tim und Ann dem Drachen einen Handwagen mit Essen. Da waren ein großer Topf mit Brei, fünf Eimer gekochte rote Rüben, zwei Sack Brot und noch vieles andere.

Während der Auftrag Charlies in der Fabrik ausgeführt wurde, saß dieser nicht untätig da. Anstelle des kleinen Käfigs, in dem Faramant und Kaggi-Karr gekommen waren, baute der geschickte Meister eine große Kabine, in der vier Personen mit Gepäck ausreichend Platz fanden. Die mechanischen Maulesel konnte man natürlich nicht mitnehmen. Erstens, weil man für sie eine viel größere Kabine brauchen würde, und zweitens – das war das Wichtigste –, weil die Maulesel im Gelben Nebel nicht die Sonnenenergie bekommen würden, die sie zum Aufladen brauchten, und folglich nutzlos wären.

Es kam die Stunde des Abschieds. In finsterer Nacht versammelten sich die Einwohner der beiden Farmen vor der einsamen Schlucht. In der Nähe schimmerte dunkel der riesige Leib des Drachen. Vor dem Abflug hatte Oicho doppelt so viel gefressen wie gewöhnlich, damit es ihm für den ganzen weiten Weg reichte. Die Kabine war mit starken Riemen an seinen Rücken festgeschnallt, die Ballen mit dem Blech, den Federn und dem Werkzeug lagen hinter der Kabine in Schwanznähe. Das war eine schwere Last, doch dem Drachen mit seinen gewaltigen Kräften machte das nichts aus.

Die letzten stürmischen Umarmungen, Küsse, guten Wünsche und strengen Ermahnungen … Vor der Besteigung der Strickleiter fragte der Seemann seine Nichte: „Hast du Tilli-Willi nicht vergessen?“

„Nein, Onkel, er liegt bei mir im Rucksack.“

Tilli-Willi hieß der kleine heidnische Götze, den der Kapitän Ann geschenkt hatte. Er unterschied sich von den anderen Götzen, die der Seemann von den Kuru-Kusu-Inseln mitgebracht hatte, durch seine be-

sondere Hässlichkeit. Welchen geheimen Zweck Charlie Black mit diesem Götzen verfolgte, wird der Leser noch erfahren.

Als Letzter bestieg Tim O'Kelli die Kabine. Er trug das Hündchen Arto unterm Arm, das gleichfalls an der ungewöhnlichen Expedition zur Rettung des Zauberlandes vor den Tücken der Hexe Arachna teilnehmen sollte.

Oicho schwang die mächtigen Flügel, ein Wirbel aus Staub und trocknem Gras erhob sich, und im nächsten Augenblick verschwand der Drache mit seiner Last im finsteren Himmel.

Der Flug mit dem Drachen

Die Reisenden schliefen mehrere Stunden ruhig auf den bequemen Pritschen in der gleichmäßig schaukelnden Kabine. Als sie erwachten, lagen bereits viele Dutzende Meilen hinter ihnen. Der Kapitän und seine Gefährten nahmen das Frühstück ein und schauten zum Kabinenfenster hinaus. In der großen Höhe, in der Oicho flog, konnten die Kinder jedoch wenig erkennen, und Langeweile beschlich sie.

Der Seemann erzählte die lange Geschichte von den Abenteuern, die er in Südafrika erlebt hatte, als er noch jung war.

Immer weiter trug der Drache mit seinen mächtigen Flügeln die Menschen, bis sie die Große Wüste erblickten. Ein unüberwindliches und schreckliches Hindernis für Fußgänger und Reiter, bot diese Wüste dem Zauberland sicheren Schutz gegen die übrige Welt. Oicho bewegte leicht und schnell die riesigen Hautflügel, ihm konnten weder der endlose Sand noch die schwarzen Steine Gingemas bange machen.

Die schwarzen Steine! Wie viele Erinnerungen weckten sie bei den Insassen der Kabine! Charlie Black musste daran denken, wie er, Elli und Totoschka an einem solchen schwarzen Stein fast vor Durst vergingen und wie dann die Krähe Kaggi-Karr mit einer herrlichen Weintraube angeflogen kam und ihnen das Leben rettete. Die Krähe schien an dasselbe zu denken, denn sie blickte den Seemann mit einem Ausdruck an, als wollte sie sagen: ‚Ich kann mich noch genau daran erinnern, aber ich empfinde gar keinen Stolz deshalb!'

Charlie streichelte Kaggi-Karr, die sich sehr zärtlich an ihn schmiegte.

Als Tim und Ann die zwei schwarzen Pünktchen im gelben Sand erblickten, erinnerten sie sich daran, wie das Mädchen im vergangenen Jahr an dieser Stelle fast gestorben wäre, hätte Hannibal sie mit seiner Kraft und Ausdauer nicht gerettet.

Unter den Flügeln des Drachen zeigten sich die Weltumspannenden Berge, die der große Zauberer Hurrikap in alter Zeit erschaffen hatte. Ein undurchdringliches Chaos von Bergketten und tiefen Schluchten mit noch unerforschten Geheimnissen lag da unten, und Ann und Tim dachten mit Staunen, wie flink ihre mechanischen Maulesel gewesen sein mussten, um dieses Hindernis zu überwinden. Lachend versprachen sich der Junge und das Mädchen, die Weltumspannenden Berge in Zukunft nur noch mit Drachen oder äußerstenfalls mit Riesenadlern von der Art zu überqueren, die sie auf ihrer ersten Reise kennengelernt hatten.

Unter ihnen glitten schneebedeckte Gipfel und Gletscher dahin, die das menschliche Auge jedoch nicht blendeten, denn ihr weißer Glanz wurde hier durch den Gelben Nebel gedämpft, der über den Bergen lag, allerdings ohne die Sicht zu stören.

Ein ganz anderes Bild bot sich unseren Helden beim Überfliegen des Zauberlandes. Der Nebel war nicht sehr dicht, doch aus der Höhe, in der Oicho flog, konnte man die Erde nicht sehen. Der mächtige Drache verstärkte seine Flügelschläge, doch in dem gelben Dunst schien es, als bewege er sich nicht von der Stelle.

Kaggi-Karr und Arto erhielten ihre Sprache zurück, als Oicho noch über den Bergen flog. Dass die Krähe sprechen konnte, kam den Reisenden jetzt gut zustatten, denn Kaggi-Karr hatte das Zauberland kreuz und quer durchwandert und kannte es ausgezeichnet. Sie trat aus der Kabine, setzte sich auf Oichos Kopf und erteilte ihm nun Befehle.

Vor allem hieß sie ihn die Höhe verringern und in Tiefflug gehen, denn nur so konnte man die Gegenstände auf der Erde ausmachen und den Kurs richtig bestimmen.

„Rechts! Geradeaus! Links …“, kommandierte die Krähe, und Oicho führte prompt ihre Befehle aus.

Die Kabineninsassen blickten zur Erde. Als Ann das Zauberland gewahrte, schlug sie die Hände über dem Kopf zusammen und begann zu weinen. Was war aus dem einst so schönen Land geworden! Wo waren die heiteren Wiesen mit dem üppigen Gras und den herrlichen Blumen geblieben? Wo das dichte Laub der grünen Haine mit den saftigen Früchten und bunten Papageien, die schreiend von Zweig zu Zweig flogen? Jetzt lag alles öde und ausgestorben da.

Schnee bedeckte die weiten Wiesen und nackten Bäume, kalte Winde trieben dürre Blätter vor sich her. Nirgends war ein Tier zu sehen. Alle Vögel waren verschwunden, Gold- und Silberfischlein lagen unter dem Eis, das jetzt die einst durchsichtigen Bäche bedeckte.

Sogar Faramant war vom düsteren Bild der Verwüstung überrascht, das sich den Reisenden bot. Es waren erst sechs Tage seit seiner Abreise vergangen, doch wie schrecklich hatte sich alles in dieser kurzen Zeit verändert! Unfassbar, welche Gewalt der Winter über die Natur des einst so heiteren und sonnigen Landes errungen hatte!

Unweit tauchte mitten im Wald ein langer glatter Streifen auf, in dem die scharfäugige Kaggi-Karr den gelben Backsteinweg erkannte, obwohl er vom Schnee verweht war.

„Geradeaus und nach rechts!“, befahl sie dem Drachen. „Jetzt kommen wir nicht mehr vom Weg ab.“

„Oh, wüsstet ihr, wie man dort unten auf uns wartet!“, seufzte Faramant.

Oicho steigerte das Tempo. Plötzlich erschien auf dem Weg eine Riesenfigur in blauem Gewand, das sich krass vom weißen Schnee abhob. Faramant packte Charlie Black am Ärmel und lallte mit vor Entsetzen gelähmter Zunge: „Arachna!“

Die Hexe war in das Land der Käuer gekommen, um sich an dem

Anblick der Verwüstung, die sie angerichtet hatte, zu weiden. Den zusammengerollten Zauberteppich unterm Arm, stapfte sie über den gelben Backsteinweg und wieherte vor Entzücken. Als sie den Gelben Nebel über das Zauberland ausbreitete, hatte sie keine Vorstellung davon, wie schrecklich die Folgen sein würden. Die Hexe brach in dröhnendes Gelächter aus, das sich im kahlen Wald wie Donner anhörte.

Bald blieb jedoch die unheimliche Figur Arachnas zurück, und wieder wurde es unten öde und still.

Nach dieser unerwarteten Begegnung war es Charlie Black klar, dass der Kampf mit der bösen Hexe, die so ungeheuer groß war, kein leichter sein würde. Doch der Gedanke schreckte den Einbeinigen Seemann nicht, sondern verstärkte in ihm nur die Entschlossenheit, alle Kräfte aufzubieten, um der Hexe das Handwerk zu legen.

„Warte nur, verruchte Bestie!“, knurrte der Kapitän. „Wenn ich Tilli-Willi auf dich hetze, wird dir der Schreck in die Glieder fahren, ich schwöre es bei allen Stürmen der östlichen Meere!“

„Was sagst du da, Onkel Charlie?“, wunderte sich Ann. „Wie soll unser kleines Göttchen die Riesin erschrecken können?“

„Du wirst es schon noch sehen, Mädchen, nur etwas Geduld, alles hat seine Zeit!“, erwiderte Charlie schmunzelnd.

Am folgenden Morgen ging der Drache auf dem Großen Platz der Smaragdenstadt nieder.

Der große Rat

Die Ankunft Charlie Blacks und seiner jungen Gefährten war für die Einwohner der Smaragdeninsel ein großes Fest.

Die Stadt hatte ihre ehemalige Pracht verloren: Schnee bedeckte Dächer und Pflaster, es funkelten keine Smaragde mehr, der Springbrunnen auf dem Platz war versiegt, die leuchtenden Farben der Häuser waren im gelben Dunst verblasst. Doch die Kunde von der Ankunft des

Riesen, die sich mit Windeseile über die ganze Stadt ausbreitete, hatte eine magische Wirkung. Wegen des Frostes, der mit jedem Tag grimmiger wurde, drängten sich die Bürger in Haufen zusammen. Im Palast des Scheuchs, wo Lestar mit Ach und Krach die Zentralheizung installiert hatte, saßen Frauen und Kinder und viele alte Leute zusammengepfercht da. Die Menschen, die im Palast keinen Platz gefunden hatten, drängten sich in die kleineren Gemächer, die sie mit der Wärme ihrer Körper zu erwärmen versuchten. Das Haus verließ man nur, wenn es nicht anders ging, zum Beispiel, wenn man an der Reihe war, Holz zur Heizung des Palastes aus dem Wald zu holen. Dann stülpte man sich alle Kleider über, die man nur hatte.

Jetzt aber strömte Jung und Alt auf die Plätze und Straßen der Stadt. Die Leute warfen die Hüte in die Luft und ließen den Riesen von jenseits der Berge und die beiden tapferen Kinder, die ihn begleiteten, hochleben. Naiv wie sie waren, meinten die Menschen, die Rettung sei bereits da, jetzt werde es ihnen bald besser gehen. Doch bis zur Rettung war es noch weit. Wie ehedem war die Sicht auf einen kleinen Kreis beschränkt, in dem man sich vorsichtig bewegen und jeden Augenblick vor den Wegweisern stehen bleiben musste, um sich zurechtzufinden. Wie ehedem trugen die Menschen Rafalooblätter vor dem Mund und Brillen mit Lederdichtungen vor den Augen. Am meisten aber litten sie unter dem grimmigen Frost, der durch Mark und Bein ging.

Zum Empfang der lieben Gäste hatte der Scheuch den Palast verlassen, und das wurde in der Chronik als ein Zeichen außergewöhnlicher Ehrung vermerkt, die bisher noch kein Herrscher des Smaragdenlandes jemandem erwiesen hatte. Mehr noch: Nachdem der Scheuch Ann in seine schwachen Ärmchen geschlossen und wieder losgelassen hatte, machte er ein paar Tanzschritte und sang dabei:

„E-he-he-ha, Ann ist wieder-wieder-wieder da, e-he-he-hoo!"

Diese letztere Begebenheit überging jedoch der Chronist in seinen Aufzeichnungen, offenbar, weil er meinte, die Nachfahren brauchten nicht unbedingt über alle kleinen Schwächen eines so hervorragenden Staatsmannes wie der Weise Scheuch unterrichtet zu werden.

Als die Empfangszeremonie beendet war, trat im Thronsaal der Große Rat zu einer erweiterten Sitzung zusammen. Außer den ordentlichen Ratsmitgliedern hatten sich jetzt angesehene Bürger und sogar einige Holzköpfe eingefunden, unter ihnen die Brigadiere Watis und Daruk sowie der ehemalige General der Holzarmee Lan Pirot, der neuerdings Tanzunterricht in einem städtischen Gymnasium erteilte (seit kurzem aber arbeitslos war, weil die Schulen wegen der tragischen Ereignisse geschlossen werden mussten).

Der Scheuch eröffnete die Sitzung. Er hielt keine lange Rede, sondern fasste sich kurz, wussten doch alle Anwesenden, was geschehen war. Der Scheuch sagte nur, wer sprechen wolle, möge sich in die Rednerliste eintragen.

Als Erster ergriff Charlie Black das Wort. „Ich bin kein Redner, sondern ein Mann der Tat", sagte der Einbeinige Seemann, der gewohnheitsmäßig an seiner erloschenen Pfeife sog. „Deshalb will ich konkrete Vorschläge

Sch W

machen. Für den Kampf mit Arachna brauchen wir eine fahrbare Festung, die uns ständigen Schutz vor den Überfällen der Hexe bieten soll und aus der wir nach allen Regeln der Kriegstechnik Ausfälle unternehmen können. Der Bau einer solchen Unterkunft würde jedoch lange dauern und viel Mühe kosten. Das können wir uns jetzt nicht leisten, zumal uns eine andere wichtige Arbeit bevorsteht, auf die ich noch zurückkommen werde. Ich schlage deshalb vor, für unsere Zwecke den Wohnwagen zu benutzen, mit dem Elli seinerzeit in das Zauberland gekommen ist."

Der Vorschlag des Kapitäns wurde einstimmig angenommen.

„Diesen Wohnwagen habe ich selbst vor vielen Jahren für meine Schwester Anna und ihren Mann John gebaut", fuhr Charlie fort. „Und ich weiß, dass er noch lange dienen kann. Wir werden ihn mit Rädern versehen, und dann soll die Hexe nur versuchen, der Besatzung etwas anzutun!"

Seine Rede wurde mit stürmischem Beifall und Hurraschreien quittiert.

Ann und Tim teilten mit, dass sie den Wagen erst im vergangenen Jahr gesehen und in bestem Zustand gefunden hatten.

Der Scheuch schob die Sache nicht auf die lange Bank, wie man es manchmal in einigen, sogar sehr geschätzten Einrichtungen tut, sondern gab den Brigadieren Watis und Daruk Order, Arbeiter zu holen und mit ihnen ungesäumt in das Land der Käuer aufzubrechen, um den Wagen von dort zu holen. Lan Pirot, der sich schon geraume Zeit vor Nichtstun langweilte, bot sich als Führer des Trupps an.

Die unermüdlichen hölzernen Menschen, sagte er, denen der Gelbe Nebel nichts ausmache, würden Tag und Nacht gehen, und in etwa sechs Tagen würden sie mit dem Wohnwagen zurück sein. Kurz danach brachen Watis, Daruk und Lan Pirot als Führer des kleinen Trupps auf.

„Und jetzt zur zweiten Frage", fuhr Charlie Black fort. „Meine Nichte Ann hat erzählt, sie habe den wunderbaren Silberreif, der seinen Besitzer jederzeit unsichtbar machen kann, beim Eisernen Holzfäller zurückgelassen. Diesen Reif brauchen wir jetzt. Mit ihm wird Tim O'Kelli unsichtbar in die Besitzungen Arachnas eindringen und dort alles auskundschaften. Vielleicht wird es ihm auch gelingen, ihr das Buch mit den Beschwörungen zu entwenden und es uns zu bringen. Dann werden wir den Gelben Nebel im Handumdrehen aus dem Land schaffen."

„Ich habe noch etwas mitzuteilen", sagte der Eiserne Holzfäller, sich erhebend. Er drehte den Trichter, der ihm als Kopfbedeckung diente, verlegen in der Hand und fuhr fort: „Wir selbst hätten den Silberreif zu dem Zweck verwendet, von dem Ihr spracht, doch leider …"

„… habt Ihr ihn verloren!", beendete Ann aufspringend den Satz.

„Ja, und das tut uns schrecklich leid!", gestand der Holzfäller. „Erlaubt mir zu erzählen, wie es sich zugetragen hat: Meine Köchin Fregosa hatte eine zahme Hindin namens Auna. Einmal setzte Fregosa der Auna scherzhaft den Reif auf und drückte dabei versehentlich auf den Rubinknopf, worauf die Hindin sofort verschwand. Vergeblich hat die arme Frau nach ihr gerufen, vergeblich geschrien, sie solle ihr den Reif zurückgeben, die Hindin kehrte nicht wieder …"

Ann brach in Tränen aus und konnte sich trotz aller tröstenden Worte des Scheuchs, des Löwen und des Holzfällers lange nicht beruhigen, denn sie liebte zu sehr das schöne Geschenk des Fuchskönigs.

„Ja, das ist ein großer und schwerer Verlust", sagte gramvoll Charlie Black. „Nur gut, dass ich mich nicht auf den Reif verlassen habe, sondern auch noch ein anderes Mittel zum Kampf gegen die Hexe bereit habe. Habt ihr das Blech und die Federn vom Rücken Oichos abgeladen?", wandte er sich an Faramant.

„Ja, die Holzköpfe haben es auf meine Anordnung getan und alles in den Keller geschafft."

„Sehr gut! Ich habe nämlich einen Plan", fuhr er, zur Versammlung gewandt, fort, „nach dem ich einen automatischen Riesen herstellen will, der uns im Kampf mit Arachna helfen soll. Zu diesem Zweck habe ich auch das Material mitgenommen: Blech, Federn und allerlei andere Dinge."

Der Beifall der Anwesenden war so stürmisch, dass die Fensterscheiben erzitterten, und ihr Stampfen mit den Füßen so heftig, dass der Parkettboden Risse bekam. Der Scheuch musste lange das Tischglöckchen schwingen, um die Ruhe wiederherzustellen. Als sie schließlich eintrat, fragte Charlie den Mechaniker Lestar:

„Kann ich auf Eure Hilfe rechnen? Die Arbeit ist dringend, und wir werden viele Leute brauchen."

Lestar versicherte, dass er und seine Gehilfen dem Seemann ganz zur Verfügung stehen.

„Wir werden uns mit zwei oder drei Stunden Schlaf täglich begnügen, dafür aber schnell einen Riesen bauen, der es mit Arachna aufnimmt!", sagte der Mechaniker. „Übrigens haben wir aus dem Violetten Land auch vielerlei Werkzeug mitgebracht, das uns jetzt bestimmt nützen wird."

„Wo hast du den Tilli-Willi hingelegt?", fragte Black das Mädchen.

„Da ist er, Onkel."

Das Mädchen nahm die Statuette aus dem Rucksack und reichte sie dem Seemann. Charlie Black hob sie in die Höhe, damit die Ratsmitglieder sie besser sehen konnten.

Ein Schrei des Staunens ertönte. Der Götze war furchtbar anzusehen. Seine langen schrägen Augen blickten drohend und finster, eine tiefe Falte furchte die niedrige Stirn, aus dem großen grinsenden Mund ragten vier gewaltige weiße Hauer, und das ganze Gesicht drückte grimmigen Hass gegen die ganze Welt aus.

Mit tiefer Beklemmung betrachteten die Zuschauer Tilli-Willi. Ein sechsjähriger Junge, der seinem Vater in den Sitzungssaal gefolgt war, begann so furchtbar zu schreien, dass man ihn schleunigst aus dem Saal führen musste.

„Gefällt er euch?", fragte Charlie schmunzelnd.

„Solche Fratzen hat es in unserem Land noch nie gegeben", brüllte der Löwe aus tiefster Überzeugung. „Selbst die Säbelzahntiger haben nicht so schrecklich ausgesehen."

„Dieser Mordskerl wird uns als Modell für unseren automatischen Riesen dienen. Stellt euch mal vor, was das bei einem Wuchs von dreißig Ellen für ein Ungeheuer sein wird!"

„Ja, er wird sehr imposant aussehen", sagte der Scheuch.

DRITTER TEIL

Der eiserne Ritter Tilli-Willi

Die Geburt des Riesen

Die Werkstätte wurde im großen Keller des Palastes eingerichtet, wo noch die Tische standen, auf denen Urfin Juice mit seinen Gehilfen einst die Holzköpfe gefertigt hatte. Die Luft wurde mithilfe von Feuern gereinigt, Kerzen erleuchteten den Raum.

Die Arbeit war in vollem Gange. Charlie Black hatte die Zeichnungen angefertigt, nach denen aus dem mitgebrachten Blech die Teile für den Rumpf, den Kopf, die Arme und die Beine des Riesen herausgeschnitten wurden, der den Namen des heidnischen Gottes Tilli-Willi erhielt. Die Arbeit erforderte große Genauigkeit: Die Teile mussten mit Holzhämmern gebogen werden, damit sie die nötige Wölbung erhielten und nach dem Vernieten die Form eines menschlichen Körpers annahmen. Der kleinste Fehler in der Berechnung konnte Folgen haben, die sich nicht beheben lassen würden.

Das Werk wurde durch die gewaltige Größe Tilli-Willis erschwert. Charlie Black und Lestar hatten beschlossen, dass Tilli-Willi größer sein müsse als Arachna, damit er sie zu Tode erschrecke.

Für jeden Arm wurden fünf Blechtafeln verbraucht, für die Beine acht und für den gewaltigen Rumpf zwanzig. Zum Glück hatte Charlie Black genügend Material aus Kansas mitgebracht.

Zwanzig Stunden am Tag und sogar mehr kreischten in der Werkstätte die Bohrer, klopften die Hämmer, glühten in den Öfen Eisenstäbe und gingen aus den Händen der Schmiede Nieten und anderes Zubehör hervor. Im niedrigen Gewölbe des Kellers war es so heiß, dass die Menschen von Schweiß troffen und manchmal sogar das Bewusstsein verloren.

Doch niemand ließ es sich verdrießen, jeder arbeitete aufopferungsvoll, wusste er doch, dass auch von ihm die Rettung der Heimat abhing.

Nach und nach entstanden die gewaltigen Hüften, Schenkel und Arme des künftigen Riesen. Sie sahen wie eiserne Tunnel aus, in denen sich die kleinen Zwinkerer mit ihrem Werkzeug bewegten. Diese Teile sollten durch Gelenke verbunden werden.

In den mächtigen Kopf des mechanischen Riesen wurden schräge Löcher für die Augen und eine breite Öffnung für den Mund gebohrt.

Den Rumpf Tilli-Willis beschloss man im Hof zusammenzubauen, denn täte man es im Keller, würde man ihn durch die Tür nicht hinaustragen können.

Rumpf, Kopf und Glieder waren jedoch nur ein Teil der Arbeit, und nicht einmal der wichtigste. Denn Tilli-Willi sollte gehen, laufen und Speer und Schild handhaben können. Zu diesem Zweck musste er mit unzähligen Zahnrädern, Hebeln sowie großen und kleinen Federn ausgestattet werden, die Muskeln ersetzten. Das forderte viel Geschick und Zeit. Zum Glück waren die Zwinkerer von jeher hervorragende Handwerker gewesen, und außerdem hatten sie in den letzten Jahren beim Auseinandernehmen und Zusammenfügen des Eisernen Holzfällers und seiner komplizierten Teile viel Erfahrung gesammelt.

Man gönnte sich weder Rast noch Ruhe, denn der Frost wurde mit jedem Tag grimmiger. Den wichtigsten Teil der Arbeit, den Einbau der Zahnräder, Hebel und Federn, übernahmen Charlie und Lestar, die täglich nur zwei Stunden schliefen und so erschöpft waren, dass sie sich kaum noch auf den Beinen hielten. Damit der Schlaf sie nicht während der Arbeit überwältigte, tranken sie einen Aufguss aus Nuch-Nuch-Nüssen.

Schließlich war man so weit, dass die Montage des mechanischen Riesen beginnen konnte. Sie sollte im Hof vor sich gehen. Für die Teile der Arme und Beine war die Tür groß genug, für den Kopf jedoch zu klein, und man musste ein großes Loch in die Wand bohren, um ihn hinauszuschaffen.

Im Hof brannten viele Feuer, an denen sich die Arbeiter wärmten, wenn es ihnen zu kalt wurde. Die Feuer waren auch deshalb gut, weil sie die Luft im Hof reinigten, wofür die Handwerker Dank für Urfin Juice empfanden, denn ohne seinen Rat hätten sie mit Rafalooblättern vor dem Mund wie mit Maulkörben arbeiten müssen. Die Zimmerleute hatten Leitern und hohe Bühnen vorbereitet, die man nach Bedarf verstellen konnte. An einer festen Stange, die auf zwei hohen Pfählen ruhte, hingen Flaschenzüge.

Die Montage begann damit, dass der Rumpf Tilli-Willis mit starken Seilen angehoben wurde. Um ihn in die notwendige Höhe zu befördern, wurden die Seile über Flaschenzüge von einhundertsiebzig Mann gezogen, denen der Eiserne Holzfäller in eigener Person half. Das Kommando führte Charlie Black.

Der Rumpf war der wichtigste Teil des Riesen, denn er beherbergte die Steueranlage, die alle Bewegungen lenkte. Deshalb hatten die Meister in Tilli-Willis Bauch eine Kabine eingebaut, in die man durch eine schmale Tür einsteigen konnte. An den Boden der Kabine wurde ein Drehsessel festgeschraubt, von dem aus ein Mensch, der die Bewegungen Tilli-Willis steuern sollte, bequem alle Hebel und Knöpfe zur Betätigung der Federn bedienen konnte. Es versteht sich, dass zu diesem Zweck nur Lestar geeignet war, der geschickte Mechaniker im Land der Zwinkerer, der schon viele Geräte und Vorrichtungen erfunden und installiert hatte. Jetzt kam auch noch sein kleiner Wuchs zustatten und nicht zuletzt die Kraft und Ausdauer, die er immer noch besaß.

Nach Aufhängung des Rumpfes gingen die Arbeiter an die Montage der Arme, der Beine und des Kopfes. Die Anlage war von unzähligen

Seilen umgeben, an denen, in Rauch und Dunst gehüllt, Schwebebühnen auf- und abglitten, die Handwerker mit Bohrern, Meißeln, Hämmern und Zangen trugen.

Das Gewirr der Stimmen, das Kreischen der Flaschenzüge und das Klopfen der Hämmer vermischte sich in der nebligen Luft zu einem ohrenbetäubenden Gedröhn, und die gewaltige Figur Tilli-Willis nahm immer mehr menschliche Formen an.

Schließlich kam der feierliche Augenblick, da alle mechanischen Arbeiten beendet, Federn, Instrumente und sonstiges Gerät eingebaut waren und der Riese fest auf seinen gewaltigen Beinen stand. Beim Abschmieren seiner Federn und Gelenke war ein großes Fass Öl verbraucht worden.

Jetzt kam die Reihe der Anstreicher. Die Bemalung des Kopfes wurde den besten Meistern übertragen. Das waren wahrhaftige Künstler, die die Züge des Gottes von den Kuru-Kusu-Inseln genau nachbildeten.

Wer das grimmige Gesicht Tilli-Willis, seine bösen funkelnden schrägen Augen und das schauderhafte Grinsen seines Mundes mit den riesigen Hauern sah, musste vor Schreck erbeben. Rumpf, Arme und Beine waren so bemalt, dass man einen gepanzerten mittelalterlichen Ritter vor sich zu haben glaubte. Zur Vervollständigung der Ähnlichkeit waren nur noch Schild, Schwert und Lanze notwendig. Das riesige Schwert lag bereits da, es war so schwer, dass vierzig Mann es kaum von der Stelle bewegen konnten, und der eiserne Schild hätte Hunderten Menschen Schutz gegen Regen bieten können. Zu einem Ritter gehört natürlich auch eine Lanze, doch die Lanzen der Ritter pflegten Knappen zu tragen, und deshalb musste man in diesem Fall von einer Lanze absehen. Woher hätte man auch für einen solchen Riesen einen Lanzenträger nehmen sollen?

Die Schöpfer Tilli-Willis waren mit ihrem Werk zufrieden.

„Tja", sagte Charlie Black, „wenn Arachna unser Kindchen sieht, werden ihr die Knie schlottern."

„Ich werde das Kindchen lehren", sagte Lestar, „den Feind zu jagen, wie der Wolf den Hasen."

Das „Kindchen" Tilli-Willi war nicht stumm, denn in seine Kehle hatte man eine Sirene eingebaut, deren Tonleiter von der tiefsten bis

zur höchsten Heulstufe reichte. Als man sie zum ersten Mal ausprobierte, brach in der Stadt ein schrecklicher Tumult aus. Das durchdringende Geheul trieb die Menschen aus den Häusern, die meinten, der Weltuntergang sei da, und die mit angstverzerrten Gesichtern durch die Straßen rannten, wobei sie sich wegen des Gelben Nebels ständig stießen. Es mussten Herolde zur Beruhigung des Volkes ausgeschickt werden. Charlie Black rieb sich vor Vergnügen die Hände, paffte und schwor bei den Stürmen aller Breiten, dass der automatische Riese seine Aufgabe glänzend erfüllen werde.

Es war Zeit, die Kampfhandlungen gegen die Hexe aufzunehmen. Ein paar Tage bevor der Riese fertig war, hatten die Holzköpfe Ellis Wohnwagen auf den Schultern hergebracht. Er wurde auf die bereitstehenden Radpaare gesetzt, Tür und Fenster wurden abgedichtet, die Einrichtung erneuert, kurz, es fehlte nichts mehr, um ihn auf die Reise zu schicken.

Da die kleinen Pferde des Zauberlandes einen so schweren Wagen nicht ziehen konnten, beschloss der Stab des Scheuchs, Holzköpfe einzuspannen. Diesen fiel auch die Aufgabe zu, den automatischen Riesen aufzuziehen.

Die Federn, die Arme, Beine und Hals des Giganten bewegten, waren so stark, dass man sie nur mit der Kraft von Holzköpfen aufziehen konnte. Also bestiegen mehrere hölzerne Männer Leitern, die an den Rumpf Tilli-Willis lehnten, steckten die Aufziehschlüssel in die entsprechenden Löcher und drehten die Schlüssel, bis die Federn vor Spannung zu knarren und zu dröhnen begannen. Als das Aufziehen beendet war, konnte man sicher sein, dass es für mehrere Stunden ununterbrochener Arbeit reichen würde.

Zum obersten Leiter der in den Kampf ziehenden Holzköpfe wurde der ehemalige General Lan Pirot ernannt, der sich als ein ausgezeichneter Verwalter erweisen sollte.

Die ersten Schritte des eisernen Ritters

Die Besatzung der fahrbaren Festung bestand aus dem Scheuch, dem Eiserne Holzfäller, Din Gior, Faramant, Doktor Boril, Kaggi-Karr und den Gästen von jenseits der Berge: Charlie Black, Ann, Tim und Arto. Der Löwe mit seinem massiven Rumpf fand keinen Platz im Wagen und blieb verdrossen in der Smaragdenstadt zurück. Zur Mannschaft gehörte auch Lestar, nur musste er im Bauch von Tilli-Willi sitzen.

Zur Geländebeobachtung waren im Bauch und im Rücken des Ritters mehrere Bullaugen eingelassen, durch die Lestar alles sehen konnte, was vor und hinter dem Riesen geschah. Die gewaltigen Augen im Kopf Tilli-Willis, die in ihren Höhlen rollten, sollten dem Feind Furcht einflößen. Das zumindest war die Absicht der Schöpfer Tilli-Willis gewesen, doch in Wirklichkeit kam es anders, wovon weiter die Rede sein soll.

Nun war alles für die lange und gefährliche Reise bereit. Säcke und Körbe mit Proviant und Fässchen mit Trinkwasser standen unter den Bänken, die vergiftete Luft war nach dem Verfahren Urfin Juices gereinigt worden, was unbedingt geschehen musste, denn im engen Wagen hätte niemand mehrere Tage ohne Unterbrechung mit Rafalooblättern vor Mund und Nase atmen können. Die giftigen Tropfen des Gelben Nebels konnten durch die gut abgedichteten Wände, Boden und Dach der fahrbaren Festung nicht eindringen. Zur Lüftung hatte Lestar in die Wände mehrere Löcher gebohrt, die durch zuverlässige Filter aus Rafalooblättern geschützt waren. Damit man sich im Wagen gut fühlte, sollten die Insassen so selten wie nur möglich aussteigen und immer darauf bedacht sein, die Tür hinter sich schnell zuzuschlagen.

Lestar, der es sich in der Kabine des automatischen Giganten bequem gemacht hatte, drückte auf den Hauptganghebel, worauf es im Leib Tilli-Willis zu knarren und zu knirschen begann, dann knackten die Federn und der Riese setzte sich in Bewegung.

Aber da geschah auch schon ein Wunder: Beim ersten Schritt wurde Tilli-Willi lebendig! Zur Erklärung sei gesagt, dass eine Begebenheit dieser Art in den Staaten Kansas, Ohio oder Connecticut als Wunder gelten würde, nicht aber im Zauberland, wo solche Dinge alle Tage vorkamen. Dort lebten und bewegten sich, fühlten und gebärdeten sich wie Menschen ein Strohmann, der Scheuch hieß, und ein Mann aus Eisen, den man den Eisernen Holzfäller nannte. Dort waren zwei mechanische Maultiere, Cäsar und Hannibal, als sie die Grenze zum Zauberland überschritten hatten, lebendig geworden und hatten wie Menschen zu sprechen begonnen. Deshalb waren die Teilnehmer des Feldzugs auch nicht verwundert, als in Tilli-Willi plötzlich Leben kam: Sie freuten sich darüber, fassten es jedoch nicht als ein Wunder auf.

Tilli-Willi drehte den Kopf neugierig nach allen Seiten, denn seine gewaltigen Augen, die nur zur Abschreckung von Feinden dienen sollten, hatten zu sehen begonnen.

Der Riese sagte mit dröhnendem Bass: „Bringt einen Spiegel, ich möchte gern wissen, wie ich aussehe.“

In wenigen Minuten brachte man den größten Spiegel, den man im Palast hatte auftreiben können, putzte ihn sorgfältig und hängte ihn an die

Stange, unter der Tilli-Willi zusammengebaut worden war. Der Riese suchte lange einen geeigneten Platz, betrachtete dann aufmerksam sein Gesicht im Spiegel und brach in schallendes Gelächter aus.

„Oh, was bin ich doch für ein Prachtkerl! Keiner von euch Menschen hat solche ausdrucksvollen Augen, das schwöre ich bei allen Gewittern!“, rief Tilli-Willi entzückt.

Die Zuhörer mussten laut lachen. Wie sich herausstellte, hatte der eiserne Riese schon bei seiner Geburt die Seemannsausdrücke von Kapitän Black aufgeschnappt.

Tilli-Willi fuhr fort:

„Oh, welch hübsche Wangen und welch reizendes Kinn ich habe! Ihr Menschen seid doch nur komische Missgestalten im Vergleich zu mir! Aber wo ist denn Väterchen Charlie, nach dessen Entwurf ihr einen solchen Prachtkerl gebaut habt? Bitte tritt hervor, zeig dich doch, mein liebes Väterchen Charlie, ich brenne schon darauf, dich zu sehen!"

Der Seemann trat vor. Er war etwas verwirrt, zugleich aber auch stolz über die Worte seines mechanischen Kindes. Da es von unten schlecht zu sehen war, stieg er eine hohe Leiter hinauf, die mehrere Zwinkerer festhielten.

„Es freut mich, dass du zufrieden bist, mein Junge!", schrie er in das Sprachrohr. „Wir haben uns reichlich Mühe gegeben …"

„Papa, nimm bitte das Rohr vom Mund", bat Tilli-Willi. „Meine hervorragenden Ohren hören auch ohne Rohr jedes Wort, das du sagst. Ein Hai soll mich verschlingen, wenn ich lüge!"

Charlie Black lachte.

„Weißt du denn, was ein Hai ist?"

Der Riese erwiderte ohne Zaudern:

„Das ist wohl so etwas wie die Hexe Arachna, mit der ich mich schlagen soll, dazu habt ihr mich doch gemacht, wenn ich euch recht verstehe. Papachen, ich muss dir sagen, du hast deine Aufgabe glänzend ausgeführt. Das war mir schon klar, als ich die Möglichkeit erhielt, meine Sinne zu beherrschen. Wisset alle, ich habe einen starken Willen – der Blitz soll mich treffen, wenn ich mich nicht wie ein Löwe schlagen werde!"

Der tapfere Löwe, der das alles mit anhörte, war über den Vergleich sehr geschmeichelt und bedankte sich bei Tilli-Willi.

Der eiserne Riese aber sagte sanft: „Papachen, ich würde dich gern an meine liebende Brust drücken, aber ich fürchte, das könnte schlimm enden. Ihr Menschen scheint so zerbrechlich zu sein!"

„Ja, das sind wir von Natur", gab der Einbeinige Seemann zu. „Deshalb begnüge dich damit, Söhnchen, deine Liebe und Dankbarkeit in Worten auszudrücken. Das wird für mich weniger gefährlich sein. Jetzt aber musst du durch dieses Tor gehen“, sagte Charlie Black. „Vorwärts, marsch!“

Der Riese tat, wie ihm geheißen, doch vor dem Tor blieb er unschlüssig stehen.

„Papa Charlie, das Tor ist zu klein für mich, unter dem Bogen komme ich nicht durch …“

Charlie Black musste verwirrt zugeben, dass da etwas wirklich nicht stimme und man den Bogen werde zerbrechen müssen.

„Das nehme ich auf mich, Papachen“, sagte der Riese. „Gebt mir nur eine Spitzhacke, die schwerste, die ihr habt.“

Die Hacke in der eisernen Faust, hieb Tilli-Willi so gewaltig auf den Torbogen ein, dass die Ziegelbrocken nach allen Seiten spritzten und die Zuschauer auseinander liefen.

In wenigen Minuten war der Durchbruch fertig, und der eiserne Ritter trat auf den freien Platz. Der Wohnwagen, von Holzköpfen gezogen, folgte ihm.

Als der Riese mit dem Schwert in der Rechten und dem Schild in der Linken durch die Straßen stapfte, überragte sein Kopf die dritte Etage der Häuser. Die Leute riefen ihm aus den Fenstern begeistert zu:

„Hoch lebe unser Retter! Ruhm dem eisernen Mann, der Arachna besiegen wird!“

Tilli-Willi verbeugte sich stolz nach allen Seiten.

„Habt Vertrauen zu mir, Bürger!“, sagte er. „Tilli-Willi ist noch jung, aber ihr könnt euch auf ihn verlassen!“

Natürlich war auch das Stadttor für den Riesen zu eng, doch das hatte man vorausgesehen und ein Stück der Mauer rechtzeitig abgetragen. Da die Fähre eine so schwere Last wie den Riesen nicht tragen konnte, musste er den Kanal watend durchqueren. Ins Wasser steigend, bemerkte er nebenbei:

„Ich darf wohl annehmen, meine Nähte sind dicht genug, und ich werde nicht nass.“

Aus dem Bauch des Riesen drang Lestars Stimme:

„Sei unbesorgt, auf unsere Arbeit ist Verlass!“

Tilli-Willi entgegnete spöttisch:

„Ach, das seid Ihr, mein angeblicher Führer! Ihr heißt Lestar, wenn ich nicht irre? Aufrichtig gesagt, schaff ich es auch ohne Euch, doch bleibt schon, wo Ihr seid. Wie sagt man doch: Doppelt hält besser …“

Durch die Prahlerei verlor Tilli-Willi die Kontrolle über seine Bewegungen, glitt auf dem Schlamm des Kanalbodens aus, warf die Arme in die Luft und plumpste beinahe ins Wasser. Es hätte schlimm enden können. Wäre das geschehen, hätten Charlie Black und seine Gefährten ihn im Kanal wieder aufrichten müssen, und wer weiß, ob sie es geschafft hätten.

Zum Glück verlor Lestar nicht die Geistesgegenwart. Er drückte rechtzeitig auf die notwendigen Hebel, worauf der eiserne Gigant das Gleichgewicht wiedererlangte. Er richtete sich auf und schritt, die Eisdecke des Kanals zerbrechend, auf das andere Ufer zu.

Als er es bestieg, wies ihn Lestar sanft zurecht:

„Überheblichkeit hat schon vielen geschadet.“

„Was ist das, Überheblichkeit?“, fragte der Riese. Als man es ihm erklärte, sagte er schuldig: „Ich will nie mehr überheblich sein …“

Am Abend erzählte Lestar dem Kapitän und den anderen Teilnehmern des Feldzuges von diesem kindischen Streich Tilli-Willis, der für die Expedition schwere Folgen hätte haben können. Der Einbeinige Seemann sagte: „Ich hatte schon in Kansas beschlossen, dass unser Helfer im Kampf mit Arachna ein Junge sein muss. Ja, ja, wundert euch nicht, gerade ein eiserner Junge von dreißig Ellen. Als ich hier, auf der Smaragdeninsel, die Teile zusammensetzte, sagte ich zu ihnen, der zukünftige Tilli-Willi müsse mutig sein wie ein Knabe, der jede Gefahr verachtet und von Heldentaten träumt …“

„Onkelchen Charlie, das hast du großartig gemacht!“, rief Ann begeistert. „Würde unser Tim dreißig Ellen groß und ganz aus Eisen sein, er würde sich genauso verhalten!“

Alle Insassen des Wagens waren überzeugt, dass Charlie Black es gut gemacht hatte und dass das Leben das Übrige besorgen würde.

Die Königin der Feldmäuse

Als die Holzköpfe den Wagen vorsichtig von der Fähre gehoben und auf die gelbe Backsteinstraße gesetzt hatten, auf der sie ihn ziehen sollten, stellte Ann eine, allem Anschein nach unschuldige Frage, die jedoch, wie sich bald zeigte, niemand beantworten konnte. Diese Frage lautete:

„Was tun wir, wenn Arachna sich weigert, den Kampf mit Tilli-Willi aufzunehmen und mit ihrem Zauberteppich davonfliegt?"

„Oh, daran habe ich nicht gedacht", gestand Charlie Black.

„Die Hexe würde in einer Stunde gut zwanzig Meilen schaffen, für die wir mindestens einen ganzen Tag brauchten. Und wo sollen wir sie suchen, wenn sie davongeflogen ist?"

„Da kann uns wohl der Zauberkasten helfen", sagte, auf den polierten Kasten klopfend, der Scheuch.

„Er wird uns nicht helfen", entgegnete Charlie mürrisch. „Im Gelben Nebel funktioniert er nicht."

Alle wurden nachdenklich. Jemand klopfte an die Tür, und herein trat mit besorgtem Gesicht Lestar. Er hatte sich nicht erklären können, warum der Wagen so lange stand, und war aus dem Bauch Tilli-Willis über die Strickleiter heruntergekommen, um nach der Ursache zu fragen. Als man es ihm sagte, ließ auch er den Kopf hängen. Tim seufzte: „Wie schade, dass wir den Silberreif nicht haben. Mit ihm hätte ich Arachna bestimmt den Teppich entwendet!" Eine Zeit lang herrschte Schweigen.

„Ich weiß, wie wir es anstellen können, dass die Hexe den Teppich verliert!", rief Ann. „Die Mäuse müssen ihn zernagen!"

„Was hast du?", fragte Tim besorgt. „Bist wohl übergeschnappt?" Doch da fiel sein Blick auf die Silberpfeife an Anns Hals, und er jauchzte auf: „Ramina! Du hast an Ramina gedacht?"

„Natürlich", erwiderte das Mädchen. „Halt bitte Arto fest!"

Ann blies in die Pfeife, die ihre große Schwester einst von der Königin der Feldmäuse geschenkt bekommen hatte, und im nächsten Augenblick stand Ramina mit mehreren Hoffräulein da. Arto wollte sich auf sie stürzen, doch Tim hielt ihn fest.

„Guten Tag, Eure Majestät!“, begrüßte Ann die kleine Königin.

„Guten Tag, liebes Kind!“, erwiderte Ramina. „Ich freue mich, dich zu sehen, und auch Tim, den Riesen von jenseits der Berge und sogar das Hündchen, meinen Erzfeind. Es ist mir sehr angenehm, dass ihr alle wohlauf seid. Gerade jetzt, wo wir uns wiedersehen, befindet sich unsere Heimat in schwerer Not. Mein Volk hat viel zu leiden ...“

„Hoffentlich ist niemand von Euren Untertanen umgekommen?“, fragte das Mädchen teilnahmsvoll.

„Noch nicht. Wir haben im unterirdischen Gang, der aus dem alten Turm führt, Unterschlupf gefunden. Der Riese von jenseits der Berge hat euch von diesem Gang wahrscheinlich erzählt.“

„Ja, ja!“, rief Ann lebhaft.

Charlie Black fügte hinzu: „Ihr wart es, die uns damals diesen Weg wieset. Wir haben uns dort mit dem Sechsfüßer geschlagen!“

„Dieser unterirdische Gang ist jetzt unsere Zuflucht. Dort gibt es keinen Gelben Nebel, doch leider auch nichts zu essen.“

„Eure Majestät!“, sagte Ann, „wir sind in das Zauberland gekommen, um den Gelben Nebel zu vertreiben, und wir bitten Euch, uns beizustehen.“

„Wie sollen wir euch beistehen, wo wir doch so klein und schwach sind?“, fragte Ramina verwundert. „Wir haben die Riesin Arachna gesehen, wie sie einmal, in Gedanken versunken, über ein Feld ging, auf dem meine Untertanen zogen. Die Hexe trat unabsichtlich auf unseren Zug, und dabei sind einhundertvierzig Mäuse umgekommen, unter denen sich mehrere sehr ehrenwerte Personen befanden!“

Der Scheuch und seine Kameraden drückten der Königin ihr tiefstes Beileid aus, und dann erzählte ihr Charlie Black vom Riesen Tilli-Willi, der es mit Arachna aufnehmen werde. Er nahm Ramina und die Hoffräulein auf die Hand und zeigte ihnen durch das Fenster den automatischen Giganten. Die Mäuse erzitterten vor Schreck, als sie das grimmige Gesicht des eisernen Ritters erblickten.

„Aber wir können uns mit Arachna nicht messen, solange sie den fliegenden Teppich besitzt“, sagte der Seemann. „Unser Tilli-Willi ist zu langsam. Wenn die Hexe ihm entschlüpft und mit dem Teppich fortfliegt, wird er sie nicht einholen können, deshalb richten wir an das Mäusevolk die dringende Bitte, den Zauberteppich zu vernichten.“

„Das können wir!“, piepste Ramina erfreut. „Wir werden den Teppich so zernagen, dass nichts von ihm übrig bleibt.“

Der Scheuch und seine Kameraden klatschten begeistert in die Hände, wobei sie Arto völlig vergaßen, der sich schon duckte, um die Mäuse anzuspringen. Tim packte ihn gerade noch rechtzeitig am Nacken und verhinderte so ein Unglück.

„Der Weg von unserem Unterschlupf zu den Besitzungen der bösen Hexe ist jedoch weit“, fuhr Ramina fort, „und voller Hindernisse, darunter reißende Wildbäche, Berge und tiefe Schluchten … Wir brauchen einen Begleiter, der kräftig und flink sein soll und uns an den gefährlichen Stellen helfen kann.“

Ihr Blick blieb auf Tim O’Kelli ruhen, der sich geschmeichelt fühlte und sofort seine Dienste anbot. Aufrichtig gesagt, fürchtete der Einbeinige Seemann, den Jungen allein auf eine so weite und gefährliche Reise zu schicken, doch er sah keinen anderen Ausweg. Weder Charlie noch der Eiserne Holzfäller noch Din Gior eigneten sich als Begleiter des Mäusevolks, denn sie waren mit der Zeit schwerfällig geworden. Faramant oder den Doktor konnte der Kapitän mit dieser Aufgabe auch nicht betrauen, weil beide schwächlich und schon im fortgeschrittenen Alter waren.

„Nun denn, mein Junge“, sagte schließlich der Kapitän seufzend, „du darfst gehen, aber ich beschwöre dich bei allen Masten unseres Schiffes, sei vorsichtig! Ich wünsche dir eine glückliche Reise, Kamerad, und Hals- und Beinbruch!“

Während man Tim für die Reise ausstattete, wobei natürlich Filter aus Rafalooblättern und Schutzbrille nicht vergessen wurden, erkundigte sich die Mäusekönigin bei Ann und Charlie nach ihrer guten Freundin Elli. Sie fragte, wie sie lerne und ob sie gesund sei, auch wollte sie wissen, wie es dem ehemaligen Zauberer Goodwin gehe, nachdem er das Zauberhandwerk aufgegeben hatte und in den Ruhestand getreten war. Als man ihr sagte, Goodwin führe eine Gemischtwarenhandlung, schüttelte die Königin missbilligend den kleinen Kopf.

Tim stand bereits reisefertig vor der Tür. Sein Rucksack war bis oben gefüllt mit Proviant und was man sonst noch unterwegs brauchen kann; in seinem Gürtel stak eine kleine scharfe Axt mit festem Stiel.

„Du sollst nicht zu Fuß reisen, Tim“, sagte der Scheuch. „Die Zeit ist kostbar, wir müssen jede Stunde sparen. Faramant, gib Tim den Zauberteppich Rusheros!“

Bei der Übergabe des Teppichs, an dem eine Inventarmarke hing, schärfte Faramant, der jetzt Leiter des Versorgungsdienstes war, dem Jungen ein, auf diesen kostbaren Gegenstand gut aufzupassen. In das Inventarbuch aber trug er ein: „Teppich auf Verfügung des Weisen Scheuchs zur zeitweiligen Nutzung an Tim O’Kelli übergeben.“

Tim trat aus dem Wagen, breitete den Teppich aus, setzte sich auf ihn und steckte Ramina mit ihrem Mäusegefolge in seinen Hemdausschnitt, wo sie sich sehr wohlfühlten.

„Trag uns, kleiner Teppich, zum Eingang in den unterirdischen Flur, der bei der Farm von Lin Raub beginnt!“, befahl der Junge.

Die Adresse hatte ihm zuvor die Mäusekönigin gegeben.

Der Teppich stieg auf und schwenkte in die genannte Richtung ein. Faramant folgte ihm mit den Augen, bis er verschwand. Dann gab er den Holzköpfen ein Zeichen, und der Wagen setzte sich langsam in Bewegung.

Der tapfere Trupp bewegte sich auf den Süden zu. Bis zum Großen

Fluss sollte er dem gelben Backsteinweg folgen, diesen dann verlassen und den Unterschlupf Arachnas in den wilden Bergen suchen, der irgendwo zwischen dem Blauen Land und den Besitzungen Stellas lag.

Das Sitzen im holpernden Wagen, den die Holzköpfe langsam zogen, war recht langweilig, und deshalb wandte sich Ann mit honigsüßer Stimme an den Seemann: „Onkelchen Charlie, ich muss fortwährend an die wunderbare Geschichte von Lord Baumcharlie und Professor Vogel denken, die du uns erzählt hast."

Eine List ahnend, brummte Charlie:

„Na und? Wer hindert dich denn, daran zu denken?"

„An etwas Altes zu denken, ist natürlich gut, doch etwas Neues zu hören, ist wohl viel besser", sagte das Mädchen, verschmitzt lächelnd. Sie schmiegte sich noch enger an den Onkel und bat: „Erzähle mir bitte noch eines deiner Erlebnisse, du hast doch selbst gesagt, dass du viele Abenteuer erlebt hast."

Der Seemann ließ sich erweichen. „Du Schmeichelkätzchen", sagte er, „welches Abenteuer möchtest du denn hören?"

„Erzähl, wie du dein Bein verloren hast!", schlug Ann vor. „War es nicht bei einem Kampf mit Piraten?"

„Du hast es fast erraten", sagte Charlie Black. „Schön, also hört alle aufmerksam zu."

Charlie Black begann seine lange Geschichte zu erzählen.

Der große Feldzug der Mäusearmee

Der Flug mit dem Zauberteppich zum unterirdischen Gang, in dem sich die Mäuse aufhielten, dauerte eine Stunde – zu Fuß hätte Tim einen ganzen Tag dafür gebraucht. Beim Landen rief er begeistert: „Ein großartiger Teppich! Ich wünschte mir, so einen in Kansas zu besitzen!"

Er rollte den Teppich zusammen und nahm ihn unter den Arm.

Die Mäusekönigin, die ihr Köpfchen aus Tims Hemdausschnitt herausstreckte, wies piepsend den Weg, und bald stand der Junge vor dem unterirdischen Gang. Er zündete die Laterne an, die der vorsorgliche Faramant ihm mitgegeben hatte, und stieg den steilen Abhang hinab.

„Gebt bitte acht, Freund Tim", bat Ramina, „dass Ihr meine Untertanen nicht zertretet."

Das war keine überflüssige Mahnung. Im Schein der Laterne erblickte Tim unzählige Scharen von Mäusen, die den Gang füllten. Sie flitzten hin und her, lugten aus Ritzen, hingen wie Trauben an Wänden oder krallten sich an Felsvorsprünge. Sie piepsten und stritten um jedes freie Plätzchen, doch als sie die Königin und ihr Gefolge erblickten, verstummten sie wie auf Befehl.

Auf der Hand Tims wie auf einer Tribüne stehend, hielt Ramina eine Ansprache, in der sie kurz über die Ankunft der Rettungsexpedition von jenseits der Berge berichtete. Sie schloss mit den Worten:

„Wir müssen den Menschen helfen, der grausamen Arachna das Handwerk zu legen, nur dann werden Licht und Wärme zu uns wiederkehren. Wir müssen alles tun, damit die Hexe den Zauberteppich verliert, sonst wird sie der Vergeltung entgehen, und wir müssten dann bis ans Ende unserer Tage im Gelben Nebel leben."

„Eure Majestät, mir ist was eingefallen", wandte sich Tim an Ramina. „Wenn wir so viele Mäuse auf den Teppich nehmen, wie er tragen kann, und mit ihnen zum Schlupfwinkel Arachnas fliegen, werden sie den großen Teppich der Hexe schnell unbrauchbar machen."

„Ihr irrt, Freund Tim", entgegnete die Königin. „Mit der Zernagung des Teppichs ist es nicht getan, denn die Zwerge werden die Zauberwolle rasch wieder einsammeln, sie zwirnen und einen neuen Teppich daraus weben. Damit das nicht geschieht, muss er ganz aufgegessen werden, das aber ist nur dann möglich, wenn alle meine Untertanen im Einsatz sind."

Tim kratzte sich am Nacken, als er diese Erklärung hörte.

„Wenn dem so ist", sagte er, „brechen wir sofort auf. Aber fürchtet

Ihr nicht, dass Eure Mäuse umkommen, wenn sie so viel giftigen Nebel atmen werden?“

„Das kann passieren, wenn sie eine Woche oder anderthalb durch den Nebel marschieren, wir aber werden die Besitzungen Arachnas viel früher erreichen.“

Ramina hatte eben immer eine Antwort bereit.

Tims Befürchtungen, auf dem Marsch werde keine Ordnung herrschen, erwiesen sich als unbegründet. Die Mäusearmee war sehr gut organisiert. Sie bestand aus Divisionen, die sich in Regimenter unterteilten, diese wieder in Bataillone, welche sich in Kompanien gliederten, die aus Zügen bestanden. Jede Abteilung wurde von einer erfahrenen und verdienten Maus im Rang eines Leutnants, Hauptmanns oder Obersten geführt, deren Befehle man genau befolgte.

Der Armeestab bestimmte die Marschordnung der Divisionen und Regimenter, und Verbindungsmänner gaben die Weisungen an alle Unterabteilungen weiter.

Tim, in dessen Hemdausschnitt und Taschen die Königin und der Armeestab saßen, ging an der Spitze, ihm folgten die Adjutanten und Verbindungsmänner. Der Junge zweifelte, ob er im Nebel den Weg finden würde, doch Ramina beruhigte ihn:

„Eine Fee kann sich in den Feldern und Wäldern ihrer Heimat nicht verirren. Wenn Ihr vom richtigen Weg abkommt, werde ich es sofort merken und Euch sagen.“

Bis zum Abend bewegte sich die Armee in strenger Ordnung, Kompanie auf Kompanie, Regiment auf Regiment. Tim war zum Umfallen müde, als Ramina an einem Weizenfeld das Haltezeichen gab.

Die Mäuse verstreuten sich über das Feld und begannen mit ihren scharfen Zähnen die welken und runzligen Körner zu zermalmen. Tim verschlang sein Abendbrot und schlief, in den Zauberteppich eingerollt, sofort ein.

Am Morgen, als die feuerrote Sonne aus dem Nebel lugte, brach man auf. Der zweite Marschtag war schwerer als der erste. Oft versperrten breite Wildbäche den Weg. Dann fällte Tim mit seiner Axt ein paar

Bäume, die er so umlegte, dass sie die Ufer verbanden. Auf diese Weise überwanden die Mäuse schnell das Hindernis und ordneten sich auf dem anderen Ufer wieder in Kolonnen. In Raminas Armee herrschte eben strenge Disziplin.

Am dritten Tag brach, als alles noch schlief, ein Schneegestöber aus. Eisiger Wind fegte über das Tal und trieb weiße Flockenwirbel hoch.

Ein Schneegestöber im Zauberland! Noch vor einem Monat hätte das niemand im Reich des ewigen Sommers für möglich gehalten! Wer hätte sich auch einen so heulenden Wind vorstellen können, der die Sträucher zur Erde bog, Zweige von den Bäumen riss und Legionen von Mäusen schüttelte?

Von einem Verbleiben am Übernachtungsort konnte keine Rede sein, wenn man nicht erfrieren wollte, und Ramina gab den Befehl zum Aufbruch. Die Verbindungsmänner wateten mit erhobenen Schwänzchen durch den Schnee, um den Befehl an die Abteilungen weiterzugeben. Züge und Kompanien sammelten sich, gegen den Wind ankämpfend, zu Marschkolonnen.

Tim O'Kelli schritt an der Spitze dieser wunderbaren grauen Armee. Er hatte seinen Rücken mit dem Zauberteppich zugedeckt und die Brille aufgesetzt, an der jetzt Schnee klebte. Er dachte bei sich:

‚Würde meine Mutter nur sehen, wie ich das Versprechen halte, mich im Zauberland vor Gefahren in Acht zu nehmen …'

Ramina, mit ihrem unfehlbaren Orientierungssinn, wies dem Jungen die Richtung.

Wie viel Gepieps und Getümmel herrschte in den unübersehbaren Kolonnen der kleinen grauen Tierchen und wie viele Heldentaten wurden hier vollbracht! Da fiel eine alte Maus in ein Loch, das wegen des Schnees nicht zu sehen gewesen war. Sofort sprangen mehrere Nachbarinnen aus dem Zug und hielten ihr die Pfötchen und Schwänzchen hin, an die geklammert, sie sich wieder hervorarbeitete. An anderer Stelle stützten zwei große kräftige Mäuse von beiden Seiten eine ermattete junge Maus und munterten sie zum Weitergehen auf.

Am schwersten hatten es die Adjutanten und Verbindungsmänner. Sie flitzten hin und her zwischen den Kolonnen, sammelten Zurückgebliebene und führten sie zu ihren Einheiten zurück. Man hätte sie um ihren Opfermut und ihre Tapferkeit beneiden können! Ein Verbindungsmann rettete ein ganzes Bataillon, das vom Weg abgekommen und in eine steile Schlucht geraten war. Er fand einen Weg aus der Schlucht und geleitete das Bataillon zurück zu seinem Verband.

Ein Adjutant, sein Name war Zerrissenes Ohr, trug eine ganze Meile lang auf seinem Rücken das Mäuschen Schwarzfell, das sich an einem spitzen Ast gestochen hatte, bis er Tim einholte und ihm die Verwundete übergab.

Das war nicht die einzige Maus, die sich jetzt in der Obhut des Jungen befand. In seinen Taschen lagen unzählige verwundete, entkräftete und halb erfrorene Tierchen. Viele ruhten in seinem Hemdausschnitt, auf den Schultern, auf der Mütze und in seinen Ärmeln …

Der erbitterte Kampf gegen Frost und Sturm dauerte mehrere Stunden. Da und dort lichteten sich die Reihen der Mäusearmee, und wer weiß, was noch geschehen wäre, hätte sich der Wind nicht gelegt. Danach wurde es etwas wärmer, und am Himmel kam eine glühendrote Sonne zum Vorschein.

Die Königin befahl zu halten und ein Lager für die Nacht aufzuschlagen. Sie ließ die Bataillone zum Appell antreten, wobei sich herausstellte, dass die Armee an Erfrorenen und Vermissten siebenhundertfünfundachtzig Mann, darunter auch Kommandeure, verloren hatte. Das war eine mäßige Zahl für ein vieltausendköpfiges Heer, doch wenn sich das wiederholte, konnte es schlimme Folgen haben.

Am vierten Marschtag verschlechterte sich der Weg erheblich. Das Gelände war jetzt bergig, und die Mäuse konnten sich nicht so schnell bewegen wie in der Ebene. Sie mussten sich jedoch beeilen, denn vom Erfolg ihres Unternehmens hing das Schicksal des Landes ab.

Es galt vor allem, die Fahrgeschwindigkeit des Wohnwagens mit der Marschgeschwindigkeit der Armee abzustimmen, damit Charlie Black nicht vor den Mäusen bei der Höhle der bösen Hexe eintraf, denn in diesem Fall würde sie mit dem Teppich fortfliegen, und dann wäre es

für die Mäuse wie für den Riesen Tilli-Willi sehr schwer, sie wieder aufzuspüren.

Die Armee näherte sich einem hohen Berg mit steilen Hängen, für dessen Überwindung mehrere Stunden nötig waren. Tim beschloss, diese Zeit für einen Flug zum Einbeinigen Seemann auszunutzen, dem er Bericht erstatten wollte. Er nahm die Mäusekönigin mit.

Der Teppich beförderte die beiden schnell zum Wohnwagen, der den Großen Fluss überquert hatte und ebenfalls tief in das südliche Gebiet vorgedrungen war. Hinter dem Wagen stapfte unermüdlich Tilli-Willi, der zweimal täglich von Holzköpfen aufgezogen wurde.

Ann, Charlie Black und ihre Gefährten freuten sich, von Tim und Ramina zu hören, dass die Mäusearmee im Anmarsch sei, doch ihre Gesichter verfinsterten sich bei der Nachricht von den Verlusten, die die Armee durch das gestrige Gestöber erlitten hatte. Der Sturm hatte auch die Gegend erfasst, in der sich der Wohnwagen bewegte, doch die Insassen hatten dadurch keinen Schaden erlitten.

Der Eiserne Holzfäller, Kaggi-Karr und Ramina rechneten aus, dass die fahrbare Festung weiter vorgedrungen sein musste als die Mäusearmee, und zogen den Schluss, dass der Wagen jetzt ein, zwei Tage stillstehen müsse, damit die Hexe keinen Verdacht schöpfe und nicht das Weite suche. Tim füllte seinen Proviant auf, schärfte die kleine Axt, nahm Ramina in die Tasche und trat den Rückweg an. Als die beiden die Mäusearmee erreichten, stiegen deren letzten Züge bereits von dem Berg hinab, dessen Erklimmung so viel Mühe gekostet hatte.

Der folgende Tag war wieder voller Strapazen. Den Weg furchten Schluchten mit steilen Wänden, von denen manche sich umgehen ließen, während über andere Brücken geschlagen werden mussten, wozu Tim Bäume an den Schluchträndern fällte.

Einmal machte man vor einer Schlucht Halt, die sich nicht umgehen ließ und an deren Rand auch keine Bäume wuchsen. Was sollte man tun? Die Mäuse in kleinen Gruppen mit dem fliegenden Teppichzipfel auf die andere Seite befördern? Das war möglich, würde jedoch viel Zeit in Anspruch nehmen. Die Königin hatte einen Einfall: Sie schlug vor, eine lebendige Hängebrücke zu errichten. Der Vorschlag wurde verwirklicht, indem man mehrere Hundert der größten und kräftigsten Mäuse auswählte, von denen jede mit den Vorderpfoten das Schwänzchen der nächsten umklammerte, wodurch eine lebendige Kette entstand, die Tim durch einen geschickten Wurf über den Abgrund spannte.

Auf dieser schwankenden Brücke bewegte sich jetzt eine Kompanie nach der anderen. Die Mäuse piepsten ängstlich und wandten die Augen vom Abgrund ab, bis schließlich alle auf der anderen Seite waren. Ein Unfall wurde noch im letzten Moment vermieden, als dem verwundeten Mäuschen Schwarzfell schwindlig wurde und es strauchelte. Es wäre bestimmt in den Abgrund gestürzt, hätten zwei Kameraden es nicht rechtzeitig aufgefangen.

Nach der Schluchtüberquerung nahm Tim die lebendige Brücke zu sich auf den Teppich und flog mit ihr hinüber. Das war das letzte und schwerste Hindernis gewesen. Nun wurde das Gelände besser, und nach einem viertägigen schnellen Marsch erblickte die Armee einen herrlichen blauen Himmel über sich, worüber jeder Mann, vom General bis zum gemeinen Soldaten, in Begeisterung geriet. Hier begannen die Besitzungen Arachnas, die man noch rechtzeitig erreicht hatte, denn viele Mäuse husteten schon und bei manchen tränten die Augen.

Als die Mäuse aus dem Gelben Nebel hinauskamen, atmeten sie erleichtert auf. Allerdings musste man hier sehr vorsichtig sein, denn in der Nähe konnten sich Zwerge herumtreiben, die, wenn sie die Mäuse gewahrten, es sofort der Hexe melden würden. In diesem Fall wäre das ganze Unternehmen gescheitert. Zum Glück war der Boden hier weich, und bald hatten die Mäuse viele Löcher gegraben, in denen sie kein fremdes Auge entdecken konnte. Tim flog mittlerweile zu Charlie Black, um mit ihm die weiteren Pläne zu beraten.

Tilli-Willi, der Erfinder

Es war reiner Zufall, dass sich auf dem Weg der Armee Raminas kein einziger Zwerg befand und Arachna folglich nichts vom Anmarsch der Mäuse erfuhr, sonst hätte sie gewiss Vorkehrungen getroffen.

Die Kundschafter meldeten ihr jedoch, dass ein sonderbares Haus auf Rädern, von hölzernen Menschen gezogen, auf ihre Besitzungen zurollte, und dass dieses Haus Tag und Nacht von einem eisernen Riesen mit grimmigem Gesicht bewacht werde. Arachna beschloss nachzuspüren, wer diese Feinde seien und welche Gefahr von ihnen drohte. Sie bestieg ihren Teppich, setzte Ruf Bilan neben sich und flog davon. Eine Meile vor dem Ort, an dem sich nach Meldung der Zwerge der Wagen befand, ging die Hexe nieder, versteckte sich im Wald und schickte Bilan zur Erkundung aus.

Eine halbe Stunde später hörte Arachna trockenes Laub rascheln und erblickte Ruf Bilan, der aus den Büschen hervortrat. Der kleine Mann taumelte, sein Gesicht war kreideweiß, seine Lippen bebten. Es dauerte eine gute Weile, bis er hervorstieß:

„Oh, Herrin, es war schrecklich … dieser Anblick …“ Weiter konnte er nicht reden.

„Sprich doch, Jammerlappen!“, fuhr ihn die Hexe an.

„Ein Rie-Riese“, stammelte Ruf Bilan. „Soo groß, nn-nein, noch größer als Ihr … Das Gesicht … Oh, dieses Gesicht! Ich lag in den Büschen, von niemandem zu sehen, doch als er nach meiner Seite blickte, schie-schien mir, als durchbohrten mich ddd-ddie schrecklichen Au-Augen … Es war no-nnoch ein Mm-Mann da, den er Ppa-ppa-papa nannte! Ich wwwa-wwwa-weiß nicht mehr, wie ich mich davongeschleppt habe.“

„Trottel!“, rief Arachna verächtlich. „Lungert herum und kriegt nichts heraus! Ich gehe selbst hin.“

Die Hexe schritt zuerst aufrecht, dann bückte sie sich und schließlich begann sie zu robben. Plötzlich hörte sie ein Dröhnen und Krachen, und als sie weiterrobbte, bot sich ihr folgendes Bild: Tilli-Willi, leicht vorgebeugt, mit dem Rücken zur Hexe, wirbelte ein riesiges Schwert in seinen Händen herum mit einer Leichtigkeit, als wäre es ein dünner Spazierstock. Bei jedem Hieb fiel ein dicker Baum, den flinke Holzköpfe sofort zur Seite schafften. So entstand ein Weg für den Wagen. Arachna sah nicht das Gesicht des Riesen, doch seine Größe und seine Kraft beeindruckten sie gewaltig.

„Nein, mit diesem Kerl will ich lieber nichts zu tun haben", raunte die Hexe. „Ich werde mich mit dem Teppich aus dem Staub machen, dann mag mich das Knäblein im ganzen Land suchen."

Die Hexe wusste nicht, dass eine unbesiegbare Mäusearmee sich ihrer Höhle näherte!

Mit finsterem Gesicht kehrte Arachna zurück. Sie war sehr nachdenklich.

Unterwegs hatte sie Pläne geschmiedet, die ihr helfen sollten, den Feind möglichst lange aufzuhalten. Sie befahl ihren Zwergen, die Feinde nicht aus den Augen zu lassen und ihr jeden Abend deren Aufenthaltsort zu melden.

Der Wohnwagen blieb, wie Charlie Black mit Ramina ausgemacht hatte, zwei Tage am Rastplatz. Doch schon in der ersten Nacht gab es im Lager des Scheuchs ein Ereignis, das das ganze Unternehmen stark beeinflussen sollte.

Lestar schlief in seinem bequemen Sessel, als oben gedämpft die Stimme des eisernen Ritters ertönte: „Lestar! Fahrer Lestar, hört Ihr mich?"

Als die Antwort ausblieb, rief der Riese lauter:

„Lestar, hört doch, ich rufe Euch!"

„Mmm … Was ist los?", fragte der Mechaniker schlaftrunken. „Wer ruft?"

„Ich, Tilli-Willi! Warum habt Ihr nicht geantwortet?"

„Ach so, du bist es, Freundchen? Ich habe geschlafen, wahrscheinlich sogar sehr fest."

„Geschlafen? Das verstehe ich nicht. Was bedeutet ‚geschlafen'?", wollte der Riese wissen.

„Wie soll ich es dir sagen? Geschlafen kommt vom Wort Schlaf und ist sehr schwer zu erklären“, erwiderte Lestar. „Aber ich will es versuchen. Stell dir vor: Es liegt ein Mensch da, bis sich seine Augen schließen, und dann sieht und hört er nichts mehr. Erst Stunden später kehren die Sinne zu ihm zurück, das heißt dann, er sei erwacht.“

„Wieso, das ist doch gefährlich!“, rief der Riese entsetzt. „An einen Schlafenden können sich Feinde heranschleichen und mit ihm tun, was sie wollen, sogar töten!“

„So schlimm ist es nicht“, erwiderte Lestar schmunzelnd. „Wenn ein

Feind in der Nähe ist, schlafen die Menschen nicht oder sie stellen Wachen auf. Ohne Schlaf kann ein Mensch nicht leben, der Schlaf stellt seine Kräfte wieder her und macht ihn frisch und munter."

„Was seid ihr doch für unvollkommene Wesen", bemerkte Tilli-Willi. „So viel Zeit umsonst zu verlieren! Völlig unproduktiv! Ich bin nicht so. Nachts, wenn alles ruhig ist, kommen mir verschiedene interessante Gedanken. Heute zum Beispiel habe ich mir ein Schema ausgedacht, es ist bestimmt ein sehr nützliches Schema, ich schwöre es bei allen Masten der Welt!"

Die Reisetage waren für den eisernen Ritter nicht umsonst vergangen. Er hatte sich stundenlang mit Lestar über verschiedene Dinge unterhalten, vor allem über Technik. Er hatte dabei viel gelernt, und auch sein Wortschatz war um vieles reicher geworden.

„Was ist das für ein Schema?", fragte Lestar überrascht.

„Ich weiß jetzt, wie ich mich selbst aufladen kann", sagte Tilli-Willi. „Diese Holzköpfe, die mich ständig mit ihren Leitern umtanzen und die mit ihren Schlüsseln in mir stochern – dass sie die Flut ersäufe! – gehen mir schrecklich auf die Nerven. Da hab ich mir gedacht: Wenn man mir noch einige Federn und Hebel einsetzen und die Zugstangen zweiseitig machen würde ..."

Der Riese begann so ungeheuer komplizierte technische Gedanken darzulegen, dass es, meine ich, keinen Zweck hat, sie hier wiederzugeben, weil außer Spezialisten sie kaum jemand verstehen würde. Sein

Vorschlag bestand, um es kurz zu sagen, darin, durch Einbau zusätzlicher Hebel und Federn die Maschinerie in seinem Bauch so zu vervollkommnen, dass sich beim Heben oder Senken eines Arms der andere aufzieht und dass das linke Bein das rechte auflädt und umgekehrt.

Lestar war entzückt über diese Idee. Er öffnete die Tür und steckte den Kopf hinaus, um besser zu hören, und rief schließlich froh aus:

„Höre, Junge, du bist ein genialer Mechaniker!"

„Genial ist wohl übertrieben", wehrte Tilli-Willi ab. „Ich habe einfach viel freie Zeit, die ich nicht mit allerlei Unsinn wie Essen und Schlafen vertrödle!"

Lestar, dem die Neuigkeit fast die Brust zersprengte, lief zum Wohnwagen hinüber, weckte Charlie Black und erzählte ihm von der Idee des eisernen Ritters, worüber auch der Seemann in Begeisterung geriet.

Am nächsten Tag machte man sich in aller Frühe ans Werk. Im Gepäck des Seemanns fanden sich die notwendigen Federn und Hebel, und sogleich begann die Rekonstruktion des mechanischen Riesen, bei der Tilli-Willi sehr nützliche Anweisungen gab. Am Abend des nächsten Tages war die Arbeit beendet und Lestar sagte zum Riesen:

„Mein lieber Tilli, jetzt ist es soweit! Du brauchst meine Dienste nicht mehr, und ich nehme von dir Abschied!"

„Was bedeutet das?", fragte der Riese erstaunt.

„Das bedeutet, dass ich nicht mehr in deinem Bauch zu sitzen brauche und dass meine Nichtigkeit dich auch nicht mehr belasten wird!“

„Das will ich ja gar nicht“, entgegnete Tilli-Willi missmutig. „Für mich seid Ihr leicht wie eine Feder, und ich kann mir gar nicht vorstellen, wie ich ohne meinen Führer und, ich wage es zu sagen, meinen Lehrmeister und Freund, durch die Straßen gehen soll. Die Langeweile könnte ich nicht ertragen! Da gäbe es ja niemanden, mit dem man ein Wort wechseln könnte. Deshalb bitte ich, ehrwürdiger Lestar, Euren Platz wieder einzunehmen!“

Darauf schmunzelte der Mechaniker und stieg in seine Kabine ein.

~:~

Von diesem Tag an machte die geistige Entwicklung Tilli-Willis gute Fortschritte, doch seinem Lehrmeister bereitete das nicht wenige Schwierigkeiten. Am Tag stapfte der Riese hinter dem Wagen einher, nachts aber hatte er viel Zeit zum Nachdenken und gab dem Mechaniker keine Ruhe. Er stellte ihm unzählige Fragen, wie es gewöhnlich dreijährige Jungen tun, und das Ende dieser Fragerei war gar nicht abzusehen.

„Woraus ist die Sonne gemacht und warum zieht sie über den Himmel?“

„Woher kommen die Flüsse?“

„Warum ist es in der Nacht finster?“

„Warum weht der Wind?“

„Warum hat mein Papa nur ein Bein?“

„Wie leben die Menschen auf der anderen Seite der Berge?“, und so weiter und so fort.

Der gute Lestar gab sich die größte Mühe, die Fragen des wissbegierigen Tilli-Willi so gut er konnte zu beantworten, aber oft schlief er mitten im Satz ein …

Es gab kaum noch eine Nacht, in der Lestar ausschlafen konnte, deshalb versuchte er es am Tage, wenn der Riese ihn in Ruhe ließ. Für den kleinen Mechaniker aus dem Land der Zwinkerer war es ein schweres Amt, Lehrmeister des jungen Tilli-Willi zu sein.

Die Schliche der Hexe Arachna

Als die Rekonstruktion des eisernen Ritters beendet war, hatte sich die Kampfstärke des Trupps unter der Führung des Scheuchs und Charlie Blacks gewaltig erhöht. Jetzt, wo man sich den Besitzungen Arachnas näherte, war große Vorsicht geboten. Mit dem kleinen Teppich konnte Charlie Black keine Erkundungsflüge mehr unternehmen, doch gab es die erprobte Kämpferin Kaggi-Karr, die dem Trupp stets einige Meilen vorausflog, den Weg inspizierte, sich überall umschaute und immer mit wertvollen Auskünften zurückkehrte.

Kam man an eine Schlucht, über die eine Brücke gebaut werden musste, so war der eiserne Ritter gleich zur Stelle. Im Handumdrehen fällte er ein paar große Bäume, die er nach den Weisungen Lestars verlegte.

Bald konnten sich unsere Helden überzeugen, dass Arachna über ihren Vormarsch unterrichtet war. Der Wagen fuhr durch eine Lichtung, und als er ihre engste Stelle erreichte, stürzten die Holzköpfe und verschwanden, als hätte sie die Erde verschlungen. Die Vorderräder des Wagens versanken in einem Loch, die Achse zerbrach, die Insassen fielen kopfüber, rutschten den geneigten Wagenboden hinab, prallten gegen die Wände und gegeneinander. Die Verletzten stöhnten, und Arto, auf den der Eiserne Holzfäller gefallen war, heulte vor Schmerz.

„Wir sind in eine Falle geraten!“, rief Charlie Black. „Das hat uns Arachna beschert.“

Während die Menschen sich mühsam erhoben, traf Tilli-Willi ein. Er zog den Wagen aus der Grube, stellte ihn an einen ebenen Ort und fragte besorgt:

„Papa Charlie, wie fühlst du dich? Ist dir etwas passiert, hast du vielleicht einen Knochen gebrochen?“

„Nein, nein, mein Kindchen!“, erwiderte der Einbeinige Seemann gerührt. „Ich habe nur eine Beule, weiter nichts.“

„Was ist das, eine Beule?“

Das musste dem wissbegierigen Riesen erklärt werden. Erst dann machte er sich mit dem Mechaniker Lestar daran, eine neue Achse zu zimmern und das zerbrochene Rad zu richten. Inzwischen renkte Doktor Boril den Verletzten Arme und Beine ein und legte Salbe auf ihre Wunden.

Die Reparatur des Wagens endete erst am Abend, und deshalb beschloss man, an dieser Stelle zu übernachten.

„Wir sind noch gut davongekommen", sagte Charlie Black, „es hätte viel schlimmer ausgehen können. Die Hexe ist gefährlich, wir müssen auf der Hut sein."

„Man soll nicht in eine Grube fallen", sagte der Scheuch bedächtig. „Eine Grube ist schlimm, ein ebener Weg gut. Wenn wir immer nur auf ebenen Wegen fahren, werden wir niemals in Gruben fallen."

Alle Anwesenden gaben dem Scheuch recht, konnten aber mit seinem Rat nicht viel anfangen, denn vor getarnten Fallen bot er keinen Schutz.

Am nächsten Tag schlug man das Nachtlager am Ufer eines kleinen tiefen Flusses auf. Charlie Black, Ann, Din Gior, Faramant, Boril und Tim schliefen, vom holprigen Weg erschöpft, im Wagen. Nur der Scheuch und der Eiserne Holzfäller, die keinen Schlaf kannten, unterhielten sich. Das Gespräch, das sie seit vielen Jahren führten, drehte sich immer um die Frage, was besser sei: ein Gehirn oder ein Herz.

Während ihres hitzigen Streitgesprächs drang plötzlich dumpfer Lärm aus der Ferne, und im selben Augenblick erbebte die Erde.

„Muss wohl ein Erdsturz sein", sagte der Holzfäller und fuhr fort nachzuweisen, dass ein Mensch, der ein liebendes Herz hat, kein Gehirn brauche.

Es verging fast eine Stunde. Charlie Black träumte, er fahre auf einem Schiff und höre die See außenbords rauschen. Er erwachte, und zu seiner Verwunderung hörte er unter dem Wagenboden wirklich Wasser rauschen. Er stieß die Tür auf, schaute hinaus und gewahrte Wasser. So weit das Auge Finsternis und Nebel durchdringen konnte, war nichts als Wasser zu sehen.

„Alarm!", rief Charlie. „Überschwemmung!" Din Gior, Faramant, Boril, Tim und Ann sprangen von ihren Sitzen auf.

„Lestar schläft natürlich in seiner Kabine, und Tilli-Willi kommt von selbst nicht auf den Gedanken, dass wir seine Hilfe brauchen", sagte Din Gior. „Er versteht nicht, wie bedrohlich unsere Lage ist. Ich gehe mal schnell hin!"

Er warf seinen prächtigen Bart über die Schulter, den Ann einen Tag vorher zu einem dreisträhnigen Zopf zusammengeflochten hatte, und stieg aus dem Wagen. Er musste bis zur Brust im Wasser waten, um zum Riesen zu gelangen, und als er schließlich dessen Beine erreichte, begann er mit der Faust gegen sie zu hämmern.

„Was ist los?", rief Lestar, der nach einem wie immer sehr ermüdenden Gespräch mit seinem Zögling gerade erst eingeschlafen war.

„Schau hinaus, du wirst es sehen!", erwiderte Din Gior.

Tilli-Willi hatte bereits begriffen, dass etwas Schlimmes geschehen war. Er nahm Din Gior vorsichtig auf die Hand und setzte ihn auf seine Schulter.

Charlie Black, der die Tür hinter Din Gior zugeschlagen hatte, machte dem Scheuch, dem Eisernen Holzfäller und Lan Pirot Vorwürfe, weil sie das Alarmsignal nicht rechtzeitig gegeben hatten. Der Scheuch und der Holzfäller rechtfertigten sich damit, dass sie Landratten seien und noch niemals Wassergeräusche gehört hätten, der ehemalige General aber sagte, der Fluss sei unerwartet aus den Ufern getreten und habe seine Kumpel überrascht: Noch bevor sie an etwas denken konnten, standen sie schon im Wasser.

Es hatte jetzt wenig Sinn, nach Schuldigen zu suchen, die Ursache der Bescherung war auch so allen klar. Der dumpfe Lärm, den der Holzfäller und der Scheuch vernommen hatten, war durch einen Erdsturz verursacht worden, den die Hexe hervorgerufen hatte, um den Fluss abzuriegeln. Das steigende Wasser hatte den Wagen angehoben, der jetzt auf den Wellen schaukelte, und weil er keinen einzigen Ritz besaß, sickerte kein Wasser durch.

„Unsere Festung hat sich in ein Schiff verwandelt, und Charlie Black ist sein Kapitän, hurra!", rief Tim begeistert. „Befehlt, Kapitän, Schiffsjunge Tim O'Kelli wird immer seine Pflicht tun!"

Charlie stand jedoch der Sinn nicht nach Übermut. Die Lage war bedrohlich. Das Hochwasser konnte den Wagen in ein Gestrüpp abtreiben, das ihn vielleicht nicht freigeben würde. Die Holzköpfe konnten ihn nicht halten, weil sie aus Holz waren und wie der Wagen auf dem Wasser trieben.

Zum Glück traf Tilli-Willi rechtzeitig ein. Er ging auf die schwimmende Festung zu und fragte vor allem nach Papa Charlies Gesundheit und Wohlbefinden. Erst dann packte er mit seiner gewaltigen Faust den Wagen, der sofort wie angewurzelt stillstand.

Die Nacht war so finster, dass man den Morgen abwarten musste, bevor man irgendeinen Beschluss fasste. Die Besatzung verging fast vor Ungeduld, bis das fahle Morgenlicht den Nebel durchstieß. Charlie sagte, man müsse sich bis zu einem trockenen Plätzchen durchschlagen. Es habe wenig Sinn, den von Arachna errichteten Damm zu zerstören, denn das würde zu viel kostbare Zeit in Anspruch nehmen.

Die Krähe wurde auf Kundschaft ausgesandt. Nach einer halben Stunde kam sie mit der Meldung zurück, sie habe ein flaches Ufer erspäht, auf das man den Wagen leicht hinaufziehen könnte.

Der Kapitän hatte aus der Stadt Seile mitgenommen, die jetzt gut zustatten kamen. Er warf ein Seilende den Holzköpfen zu, die es an Deichsel und Räder anbanden. Tilli-Willi stampfte, den Wagen hinter sich ziehend, klatschend durch das Wasser. Die Krähe flog voraus und wies den Weg.

„Land, Land!“, riefen die Insassen des Wagens, wie einst die Matrosen des Christoph Kolumbus.

Die Holzköpfe mit Lan Pirot an der Spitze stiegen durchnässt, mit abgeblätterter Farbe und gar jämmerlich anzusehen aus dem Wasser, doch ihre Kraft hatten sie sich bewahrt. Als alles wieder hergerichtet war, brach man auf. Der kleine Trupp bewegte sich auf dem Weg, den die Krähe ausgekundschaftet hatte.

„Ein gefährlicher Gegner, diese Hexe, sehr schlau und erfinderisch“, sagte der Seemann kopfschüttelnd. „Würde gerne wissen, welche Überraschung sie uns noch bereitet.“

Die Überraschung ließ auch nicht lange auf sich warten. Am Abend des nächsten Tages, als die kleine Schar durch eine felsige Schlucht zog,

erbebte plötzlich die Erde, und von den Hängen wälzten sich große Steine. Felsbrocken sprangen donnernd an Unebenheiten hoch und zerbarsten, und gewaltige Splitter flogen mit Kanonenkugelgeschwindigkeit dahin.

Mit einer Wendigkeit, die man ihm nicht zugetraut hätte, schützte Tilli-Willi den Wagen. Den gewaltigen Schild vorstreckend, bog und wand er seinen mächtigen Leib nach allen Seiten, um die Schläge der fliegenden Steine aufzufangen.

Das Bombardement dauerte einige Minuten. In dieser Zeit parierte der junge eiserne Ritter gut ein Dutzend Geschosse, die den Wagen hätten zertrümmern und seine Insassen in Brei verwandeln können. Die Steine schlugen krachend gegen den Schild, und der Lärm drohte, die Insassen der fahrbaren Festung taub zu machen.

Nur dem Geschick und der Findigkeit Tilli-Willis hatte man es zu verdanken, dass man noch glimpflich davonkam. Ein Rad des Wagens war zertrümmert, ein Holzkopf namens Algen hatte einen Arm verloren, und der Schild Tilli-Willis hatte mehrere tiefe Einbeulungen.

Das Rad wurde ausgewechselt (Charlie hatte mehrere Ersatzräder mitgenommen), dem Holzkopf Algen wurde ein neuer Arm eingesetzt, und die Schar verließ eilig den gefährlichen Ort. Als der Wagen aus der Schlucht herauskam, sahen seine Insassen im Nebel hoch oben Arachna, die zitternd ihr blaues Gewand an sich presste und davonflog.

„Allem Anschein nach hat Ramina den Kampfauftrag nicht erfüllt", sagte der Scheuch. „Die Hexe fliegt auf ihrem Teppich, folglich haben die Mäuse ihn nicht aufgefressen."

„Das ist wohl nicht so einfach", seufzte Charlie Black. „Ich hoffe, sie dösen nicht und warten den passenden Augenblick ab."

Schon bei der ersten Rast kam dem Scheuch der Gedanke, Tilli-Willi für den Opfermut, den er bei der Abwehr des Überfalls von Arachna gezeigt hatte, einen Orden zu verleihen. Der weise Strohmann führte immer einen Vorrat an Orden mit, die Faramant, der Versorgungschef, aufbewahrte. Allerdings musste man dem jungen Riesen lange erklären, was ein Orden ist und wofür man ihn bekommt. Als er schließlich begriffen hatte, fragte er:

„Hat Papa Charlie auch einen Orden? Nach dem, was mir Lestar von seinen Heldentaten erzählt hat, muss er – bei allen Stürmen der südlichen Breiten! – einen Haufen Orden haben."

Verdutzt schlug sich der Scheuch mit der Hand an den Kopf. Hätte der Herrscher des Smaragdenlandes erröten können, er wäre bei dieser treuherzigen Frage bestimmt puterrot geworden.

„Oh, ich Grobian, ich Esel!“, schrie der Scheuch und zog die Stecknadeln, die beim Schlag an den Kopf in seine Hand eingedrungen waren, heraus. „Warum ist es mir nicht eingefallen? Bei seinem ersten Besuch hat der Riese von jenseits der Berge die Smaragdenstadt aus der Gewalt Urfin Juices erlöst und mich und den Eisernen Holzfäller aus der Gefangenschaft befreit … Allerdings pflegten meine Handwerker damals noch keine Orden zu machen. Aber warum hab ich jetzt nicht daran gedacht, wo der Riese von jenseits der Berge wiedergekommen ist, um uns zu helfen, wo er im Kampf gegen einen furchtbaren Feind sein kostbares Leben aufs Spiel setzt? Oh, ich Dummkopf, ich Einfaltspinsel! Wieso ist es mir nicht eingefallen, diesen hinge-bungs-vollen Mann für seine Verdienste mit dem Orden des Smaragdensterns auszuzeichnen?! Lieber Freund, verzeiht mir mein Versäumnis und nehmt diese Auszeichnungen …“

Trotz aller (nebenbei gesagt, schwacher) Proteste Charlie Blacks heftete der Herrscher an dessen Matrosenjacke die drei höchsten Orden des Landes, die aus Gold gefertigt und mit Smaragden besetzt waren. Erst danach wurde der für Tilli-Willi bestimmte Orden in seine eiserne Brust geschraubt.

„Schade, dass es keinen Spiegel gibt“, seufzte der Riese, „ich hätte gerne gewusst, wie so ein Ding auf meiner Brust aussieht …“

Das nächste Hindernis auf dem Weg war ein gewaltiger Steinhaufen, der von einem Bergrutsch herzurühren schien. Arachna hatte viel gearbeitet, bis sie diesen Berg aus riesigen Steinbrocken aufgetürmt hatte.

Das nützte ihr jedoch wenig, denn in drei Stunden räumte Tilli-Willi alles fort. Etwas später fuhr der Wagen aus den Bergen hinaus und hielt in der Ebene, wo man Nachrichten von Ramina abzuwarten beschloss.

Das Ende des Zauberteppichs

Seit einigen Tagen stand die Mäusearmee an der Grenze von Arachnas Besitzungen. Am Tag hielten sich die Mäuse in Erdlöchern verborgen, nachts marschierten sie in geschlossenen Reihen auf die vom giftigen Nebel unberührten Felder der Hexe, um ihren Hunger zu stillen.

Jeden Tag beobachteten verborgene Späher, wie die Hexe mit ihrem Teppich davonflog und erst nach Stunden zurückkehrte. Ramina war zweimal beim Riesen von jenseits der Berge gewesen und hatte von ihm erfahren, dass die Kampfhandlungen der Hexe keinen Erfolg hatten. Nachts schlichen sich Kundschafter der Mäusearmee auf geheimen Pfaden an den Schlupfwinkel Arachnas heran und kehrten mit der Meldung zurück, dass der Teppich in der Höhle versteckt und für niemanden erreichbar sei.

Es begab sich an einem regnerischen Tag, dass der Teppich sehr nass wurde und man ihn vor der Höhle zum Trocknen ausbreitete, wo er auch in der folgenden Nacht liegen blieb, wie es in der frohen Botschaft hieß, die ein Spähtrupp Ramina überbrachte.

Sofort wurden Meldegänger auf die Felder ausgeschickt, wo die Mäuse nach einem hungrigen Tag wieder etwas zu sich nahmen. Der Befehl, den sie verkündeten, lautete:

„Alle Abteilungen haben sich zu versammeln und die Stellungen einzunehmen, die in der Disposition angegeben sind!“

In weniger als einer halben Stunde waren alle Divisionen und Regimenter marschbereit. In der Finsternis hätte niemand die grauen Felle der Mäuse von der Erde unterscheiden können.

Von allen Seiten pirschten sich die Regimenter an den Teppich heran. Das Rascheln der winzigen Pfoten und die leisen Befehle, die von Zeit zu Zeit erteilt wurden, waren kaum vernehmbar. Die Teppichwache, zwei alte Zwerge, lag in festem Schlaf da, und auch Arachna schlief, erschöpft von den Anstrengungen des Tages.

Tausende und Abertausende Mäuse verteilten sich über den Zauberteppich, Hunderttausende scharfe Zähnchen bohrten sich in sein Gewebe, dass die Wolle zu knistern begann, und bald zeigten sich auch schon die ersten Löcher.

Die Königin hatte ihrem Volk streng befohlen, mit voller Hingabe zu arbeiten und sich nicht darauf zu beschränken, den Teppich zu zernagen. „Jeder Faden muss aufgegessen werden, selbst wenn es noch so widerlich schmeckt!", hieß es im Befehl. „Bis zum Morgen ist die Arbeit abzuschließen, und wo der Teppich war, darf nichts als nackte Erde zurückbleiben!"

Die Mäuse scheuten keine Mühe. Ihre Zugführer passten auf, dass kein Faden übrig blieb. Wenn eine Maus einen Faden nicht verschlingen konnte, weil er zu lang war, sprang ihr eine andere bei und biss das Stück ab, das jene nicht bewältigen konnte.

Die Wache schnarchte friedlich, während der Teppich sich nach und nach in ein Sieb verwandelte. Mit ihren Pfötchen die prallen Bäuche streichelnd, begannen sich die Mäuse zurückzuziehen, obwohl noch viel Wolle dalag.

Die kluge Ramina, die das vorausgesehen hatte, schickte sofort ihre Adjutanten aus, die bald neue Divisionen herbeiholten, welche mit frischen Kräften über die Teppichreste herfielen. Es gab auch komische Bilder, zum Beispiel, wenn zwei Mäuschen von beiden Seiten an einem langen Faden zerrten, bis dieser zerriss, und die Rivalinnen mit zuckenden Pfötchen auf den Rücken fielen.

Der Befehl Raminas wurde mit militärischer Pünktlichkeit ausgeführt: Am Morgen war vom Teppich nichts mehr da. Allerdings konnte sich die graue Armee nicht von der Stelle rühren, so sehr waren die Bäuchlein der winzigen Tiere mit Wolle vollgestopft.

An diesem Morgen erwachte Arachna früher als sonst. Ihr war, als hätte man sie in die Seite gestoßen, und sie trat aus der Höhle. Sie warf einen Blick dorthin, wo gestern noch der Teppich gelegen hatte, und das Herz stockte ihr, als sie statt der bunten Farben eine graue wogende Masse ohne deutliche Umrisse gewahrte. Vergeblich hielt die Hexe nach den Wachen Ausschau. Diese hatten das Verschwinden des Teppichs längst entdeckt und waren – weil sie nur zu gut wussten, welch schreckliche Strafe ihnen jetzt drohte – geflohen. Arachna machte ein paar Schritte, worauf das graue Tuch in Wallung geriet und seine Form zu verändern begann.

„Mäuse!“, schrie die Hexe entsetzt. „Mäuse haben den Teppich gefressen!“

Sie hätte sich auf diese wogende Masse stürzen und sie zertreten können, aber Arachna fürchtete sich, wie viele andere Frauen auch, vor Mäusen. Der Leser soll sich darüber nicht wundern, weiß er doch, dass selbst die Elefanten, die Riesen unter den Tieren, sich vor Mäusen fürchten.

‚Die Kater werden mir helfen‘, dachte Arachna, stürzte in die Höhle, nahm das Zauberbuch und stieß eine Beschwörung aus, die die Kater herbeirief. Damals hatten sich im Land Arachnas viele wilde Kater angesammelt, die aus den Nachbargebieten vor dem Gelben Nebel geflohen waren.

Braune, gestreifte und schwarze Kater, mit Rissnarben und Schrammen, die sie sich in Raufereien geholt hatten, stürzten, die Schwänze gereckt und laut miauend, auf den Ruf der Hexe von allen Seiten herbei.

Doch da geschah etwas, wovon die Chronik der Zwerge mit Staunen und Begeisterung erzählt.

Die Mäuse wünschten sehnlich, den Katern zu entrinnen, und weil die Kater von allen Seiten auf sie zukamen, gab es nur einen Rettungsweg: den Weg in die Luft. Die Bäuche der Mäuse waren mit Wolle vollgepfercht, und weil es Zauberwolle war, hatte sie auch in den Tierbäuchen ihre Auftriebskraft nicht verloren. Wie viel solcher Kraft aber braucht schon eine Maus, um in die Luft aufzusteigen?

Die Zauberwolle hörte den gedachten Befehl ihrer neuen Besitzer und hob das unübersehbare Mäuseheer mit der Königin an der Spitze in die Luft empor. So geschah es, dass die wilden Kater statt der leckeren Beute einen leeren Platz vorfanden, und, da es niemanden gab, auf den sie sich hätten stürzen können, fielen sie schreiend und fauchend übereinander her.

Die Mäuschen aber ruderten hurtig mit ihren Schwänzchen, als wären es Steuer, und während sie sich schnell von der Höhle Arachnas entfernten, piepsten sie munter darauf los und riefen sich gegenseitig ihre Eindrücke von dieser neuen Art der Vorwärtsbewegung zu.

Leider hielt dieser Zustand der Mäuse nicht lange an. Nach und nach verwandelten sie sich in einfache irdische Wesen zurück, die auf vier Beinen laufen. Doch die Zauberwolle hatte sich über das ganze Land verstreut, und jetzt konnten sogar die emsigen Zwerge sie nicht wieder einsammeln.

So verlor die Hexe ihren Zauberteppich. Nun war ihr völlig klar, dass eine Schlacht mit dem eisernen Riesen, der den Wagen begleitete, nicht mehr zu vermeiden war. Mit dem Zauberteppich hätte sie vor ihm fliehen können, wenn sie es wollte, doch jetzt war sie wie Tilli-Willi an die Erde gekettet. Und wieder musste sie, wie so oft schon, an die schlimme Prophezeiung Urfin Juices denken …

Sie versammelte etwa zwei Dutzend Zwerge, die noch nicht das Weite gesucht hatten, und schickte sie auf Kundschaft aus. Sie sollten herausfinden, sagte Arachna, wo sich die fahrbare Festung befinde und ob sie auch wirklich den Weg eingeschlagen habe, der zur Höhle führt. Unterdessen begann sie eine Waffe zu zimmern, mit der sie dem Riesen entgegentreten wollte. Es war eine gewaltige Keule aus Eichenholz, dessen Festigkeit allgemein bekannt ist.

Ein neuer Bundesgenosse

Als Tim mit der Nachricht zurückkehrte, der Teppich Arachnas sei vernichtet, brachen seine Gefährten in ein lautes Jauchzen aus, und selbst die Holzköpfe führten vor Freude einen Tanz auf, der jedoch so plump war, dass Lan Pirot, der vom Tanzen immerhin etwas verstand, sich vor Ärger krümmte.

„Jetzt wird uns die Hexe nicht entkommen!", sagte der Scheuch selbstgefällig. „Als sie fliegen konnte und wir nicht, konnten wir ihrer nicht habhaft werden. Wir können auch jetzt nicht fliegen, doch auch sie kann es nicht, folglich werden wir ihrer habhaft werden."

Alle stimmten dem Scheuch zu, nur Charlie nicht, der kopfschüttelnd sagte: „Ich fürchte, dass es nicht ganz so ist, wie du sagst. Natürlich sind unsere Siegeschancen gestiegen. Aber unser Knäblein Tilli-Willi entwickelt sich schrecklich schnell, man darf sagen, mit märchenhafter Geschwindigkeit. Ihr habt euch selbst überzeugt, wie er buchstäblich vor unseren Augen immer flinker, schneller und klüger wurde. Trotzdem fürchte ich, dass er, wenn Arachna flieht, sie nicht einholen können wird. Die Hexe hat leichte Beine, sie macht große Sprünge, sie kann die Richtung ihres Laufs blitzschnell ändern. Unser Junge aber ist schwerfällig …"

Bei diesen klugen Worten Charlies ließen alle die Köpfe hängen.

„Was fangen wir jetzt bloß an, Onkel Charlie?", fragte Ann.

„Wir müssen einen Bundesgenossen suchen, der ebenso flink wie

Arachna und so stark wie Tilli-Willi ist. Ein solcher Bundesgenosse könnte, meine ich, ein Riesenadler sein", erwiderte Charlie.

„Der Adler Karfax?", riefen Tim und Ann überrascht.

„Ja, ihn habe ich gemeint", bestätigte der Seemann. „Dem Bericht über eure Abenteuer vom vorigen Jahr habe ich entnommen, dass Karfax ein edler Vogel ist, der Lug und Trug nicht duldet. Hat er nicht Urfin Juice verlassen, als er dessen tückische Pläne erriet? Karfax mag die Menschen, er hat euch, ohne dass ihr ihn darum batet, über den Abgrund getragen, der für eure Maulesel unpassierbar war. Ich meine, Karfax wünscht, wie alle anderen Einwohner des Zauberlandes, dass der verhasste Gelbe Nebel so schnell wie möglich verschwindet."

„Das stimmt, jedes deiner Worte stimmt, Kapitän", rief Tim, „ich mache mich sofort zu Karfax auf, um seine Hilfe zu erbitten."

Über diese Worte war Ann schrecklich gekränkt.

„Nur du, überall nur du", sagte sie verdrießlich. „Die Mäusearmee hast du ins Feld geführt, auf Kundschaft bist du geflogen, wann komm denn endlich ich an die Reihe?"

„Weißt du, Ann, ein Flug nach dem Adlertal ist ein gefährliches Unternehmen", mischte sich der Seemann ein. „Mit einem Zauberteppich zu fliegen, ist was ganz anderes, als auf einem Maulesel zu reiten. Ja, übrigens, wer hat den Eltern versprochen, gefährliche Abenteuer zu meiden?"

„Hat denn Tim nicht auch versprochen?", fragte Ann, „oder irre ich mich vielleicht?" – Darauf wusste der Kapitän nichts zu erwidern.

„Ich ziehe mit Karfax, das könnt ihr mir nicht abschlagen!", fuhr Ann fort. „Er wird auf mich eher hören als auf Tim."

„Warum denn?", wunderte sich Tim.

„Weil ich eine Frau bin!", sagte Ann stolz.

Unter allgemeinem Gelächter wurde die Frage zu Anns Gunsten entschieden. Um auf dem Flug weniger Angst zu haben, nahm das Mädchen Arto mit.

Anns Herz krampfte sich zusammen, als der Teppich, ihrem Befehl folgend, in die Luft aufstieg, über Felder und Wälder zog und vor den Bergen die Flughöhe steigerte. Das Mädchen und das Hündchen sprachen sich gegenseitig Mut zu und hatten nicht einmal so große Angst, wie man hätte meinen können.

Über den Bergen schien die Sonne viel heller als im Tal, die Luft war hier reiner, und Ann und Arto fühlten sich wohl. Unter ihrem Teppich zogen viele schneebedeckte Gipfel vorüber, und dem Mädchen fiel auf, dass der Schnee in diesem Jahr viel tiefer in die Täler hinabreichte als im vergangenen. Das Mädchen erklärte sich diese Erscheinung damit, dass es in den Bergen, wie in allen anderen Gegenden des Zauberlandes, viel kälter geworden war. In der Tiefe der Täler konnte man wegen des Nebels nichts unterscheiden, doch unsere Reisenden waren fest davon überzeugt, dass der Teppich sie ans Ziel bringen werde.

Sie hatten sich auch nicht getäuscht. Als Ann vom Teppich stieg, erblickte sie unweit ein Nest, so groß wie ein zweistöckiges Haus, aus dem der gewaltige Kopf eines jungen Adlers lugte. Im nächsten Augenblick erdröhnte die Luft von gewaltigen Flügelschlägen, und auf die Erde ging ein Riesenadler nieder. Es war kein anderer als Karfax.

Überrascht musterte er zunächst den kleinen Gast, doch Karfax hatte ein gutes Gedächtnis und erkannte das Mädchen sofort.

„Guten Tag, edler Karfax“, sagte Ann knicksend.

„Willkommen, Mädchen, in unseren Bergen“, krächzte der Adler. „Ich nehme an, du bist in einer sehr wichtigen Angelegenheit zu mir gekommen, sonst hättest du diesem Lappen dein Leben gewiss nicht anvertraut.“

Gekränkt über diese Geringschätzung des Teppichs, sagte Ann, für seine Größe sei er hinreichend zuverlässig.

„Aber nicht darum handelt es sich“, fuhr sie fort. „Mich führt eine dringende Bitte zu Euch. Aber vor allem möchte ich wissen, ob auch ihr Riesenadler den Nebel, der über der Erde hängt, als sehr störend empfindet.“

„Wie soll ich's dir erklären“, erwiderte Karfax nachdenklich. „Hier oben geht es noch, aber in den Tälern ist es jetzt furchtbar schwer, Gemsen und Auerochsen aufzustöbern, und deshalb müssen wir in letzter Zeit oft hungern.“

„Dann lasst Euch erzählen, wie das alles gekommen ist!“, sagte Ann, und sie erzählte vom langen Schlaf Arachnas, von ihrem Erwachen und davon, wie die böse Hexe den Gelben Nebel heraufbeschworen hatte, um sich die Völker des Zauberlandes botmäßig zu machen.

„Mein Onkel Charlie Black, mein Freund Tim O'Kelli und ich sind in Euer Land gekommen, weil seine Einwohner uns darum gebeten haben. Wir haben den Kampf gegen Arachna aufgenommen und auch schon einige Erfolge erzielt, doch für den Sieg fehlen uns die Kräfte. Wenn Ihr uns nicht helft, wird sich der Gelbe Nebel aus dem Zauberland nicht verziehen“, schloss das Mädchen, glühend vor Überzeugung.

„Wenn ich recht verstehe, ist diese Arachna von der Art des Urfin Juice, der sich im vergangenen Jahr die Marranen unterworfen und sich zu ihrem Herrscher ausgerufen hat, stimmt's?“

„Aber nein“, wehrte Ann lachend ab. „Im Vergleich zu Arachna ist Urfin nur ein kleines Fischlein, wie mein Onkel Charlie sagt. Selbst als Urfin die Smaragdenstadt erobert hatte, strahlte die Sonne weiter am blauen Himmel. Jetzt aber hat das Zauberland weder Sonne noch Himmel, und wenn sich nichts ändert, wird es bald verkommen. Außerdem kann ich noch sagen, dass Urfin längst nicht mehr Gott und auch nicht König ist, das Volk hat ihn nämlich durchschaut und davongejagt. Ja, er hat sich sogar in einen braven Mann verwandelt, denn er ist nicht in den Dienst der Hexe getreten und hat auch ein Mittel zur Bekämpfung des Gelben Nebels erfunden.“

„Das freut mich“, sagte Karfax. „Und was Arachna betrifft, bin ich bereit, mich mit ihr zu schlagen, wenn es sein muss.“

„Ihr werdet Euch nicht allein mit ihr schlagen müssen, sondern im Bündnis mit dem mächtigen eisernen Ritter Tilli-Willi. Er ist sehr stark, aber wie soll ich's Euch sagen“, das Mädchen suchte nach den passenden Worten, „ihm fehlt noch Flinkheit und Geschicklichkeit, um Arachna zu besiegen.“

Nach dieser Erklärung sagte der Adler:

„Wir wollen keine Zeit mit Worten verlieren und lieber aufbrechen. Du brauchst nicht auf diesem Lappen zu fliegen, auf meinem Rücken ist es viel bequemer. Nur weiß ich nicht, wie du auf meinen Rücken steigst – in unserem Adlertal gibt es nämlich keine Leitern."

„Das soll Euch keine Sorge machen", lächelte Ann. Sie setzte sich auf den Teppich, nahm Arto auf die Knie und sagte leise: „Teppich, Teppich, heb mich auf den Rücken des Karfax!" Im selben Augenblick saß das Mädchen mit dem Hündchen dort, wo sie es gewünscht hatte.

„Oh, dieser Lappen scheint doch noch zu etwas gut zu sein", wunderte sich der Adler. Er befahl seinem Jungen, artig auf die Rückkehr der Mutter zu warten, die nach Beute ausgeflogen war, und erhob sich geräuschvoll in die Luft.

Die Schlacht der Riesen

Die Ankunft Karfax' im Lager Charlie Blacks bewies, dass Ann ihren wichtigen Auftrag erfüllt hatte. Als der kleine Teppich sie vom Rücken des Adlers zur Erde getragen hatte, streckte sie Tim die Zunge heraus und frohlockte:

„Jetzt staunst du, was?"

„Ich gebe mich geschlagen", brummte Tim.

Charlie Black und sein kleiner Trupp begrüßten freudig den Riesenadler. Tilli-Willi sagte höflich: „Es freut mich, Euch zu sehen, ehrwürdiger Vogel! Ich hoffe, wir beide werden der bösen Hexe den Garaus machen!"

Karfax war überrascht über das grimmige Gesicht des eisernen Riesen, doch als kluger und höflicher Vogel ließ er's sich nicht anmerken und lobte sogar dessen große schräge Augen.

„Die sehen wahrscheinlich ausgezeichnet", sagte der Adler, worüber Tilli-Willi sehr stolz war.

„Ich bin eine außergewöhnliche Schönheit, bei allen Eisbergen!", rief er strahlend. „Das weiß jedermann im Zauberland."

Jetzt, wo die ganze Streitmacht beisammen war, konnte man die

Kampfhandlungen aufnehmen. Doch bevor der Zug zur Höhle Arachnas aufbrach, musste man sich vergewissern, ob die Hexe noch dort war. Den letzen Kundschafterauftrag erhielt Tim, obwohl Ann ihm diesen strittig machte. Doch da sie von niemandem, Arto nicht ausgenommen, unterstützt wurde, musste sie sich dareinfinden.

Tim und Arto flogen mit dem kleinen Zauberteppich davon und kehrten nach zwei Stunden enttäuscht zurück. Die Hexe sei verschwunden, meldete der Junge. Er hatte versucht, berichtete er, wenigstens einen der Zwerge aufzustöbern, um ihn auszufragen, doch es war, als hätte der Erdboden sie alle verschlungen. Nichtsdestoweniger war das Unternehmen nicht ganz nutzlos gewesen, denn Arto sagte, wenn man ihm gestatte, die Spur aufzunehmen, würde er die Hexe bestimmt ausfindig machen, wo immer sie sich auch versteckt haben mochte.

Der Scheuch bemerkte: „Du hast wahrscheinlich ein sehr scharfes Auge, wenn du so sicher bist, die Spur der Hexe zu erspähen. Wie aber, wenn auf den Steinen nichts zu sehen sein wird?“

Arto musste lachen.

„Wir Hunde haben einen Sinn, der es uns ermöglicht, selbst in stockfinsterer Nacht Spuren zu verfolgen. Das ist unser Spürsinn.“

Der Scheuch schüttelte ungläubig den Kopf.

Weil das Hündchen die Spur nur dort aufnehmen konnte, wo sie begann, beschlossen die Gefährten, sich gemeinsam zur Höhle zu begeben. Tim, der das Gelände mehrmals mit dem Teppich überflogen hatte, sagte, es sei schwer passierbar, da komme der Wagen einfach nicht durch. Wie sehr es unseren Freunden auch leid tat, sie mussten ihre fahrbare Festung zurücklassen. Also zogen sie den Wagen in die Büsche und deckten ihn zur Tarnung mit Zweigen zu.

Schon bei den ersten Schritten auf dem felsigen Steg zeigte es sich, dass ein Verfolgungsmarsch mit Rafalooblättern vor dem Mund viel schwerer ist, als eine Fahrt im bequemen Wohnwagen. Charlie Black war jetzt sehr zufrieden, die Kanone mit dem Vorrat an Pulver und Kugeln nicht mitgenommen zu haben – ein solcher Gedanke war ihm nämlich gekommen, und er hatte ihn verworfen. Wie hätte man auch mit so schwerem Gerät die wendige Hexe über Engpässe und Schluchten verfolgen können? Flinten hätten gleichfalls nichts genutzt, selbst wenn sie noch so groß wären, denn gegen Arachna konnte man damit ebenso wenig ausrichten wie mit Knallfröschen.

Der Marsch war auch ohne Kanone nicht leicht. Noch ein Glück, dass mehr als zwei Dutzend Holzköpfe mit Lan Pirot an der Spitze mit dabei waren. Die kräftigen Holzkerle hatten den ganzen Wageninhalt – Bettzeug, Proviant und Werkzeuge – auf ihre Schultern geladen, und jetzt schritten sie dem Zug voran, hielten Ausschau, suchten das Gelände nach Hinterhalten und Fallen ab und räumten große Steine aus dem Weg.

In der zweiten Reihe schritten Charlie Black und Tim, der Arto auf dem Arm hielt (das Hündchen musste seine Kräfte für den kommenden Kampf mit Arachna schonen). Ihnen folgte der Eiserne Holzfäller, der den Scheuch stützte, weil der Ärmste fortwährend taumelte und oft hinfiel, was den ganzen Zug aufhielt. Din Gior und Faramant schritten an der Seite des dicken Doktor Boril, dem die Arzneitasche wie gewöhnlich an

der Hüfte baumelte. Din Gior trug den Zauberfernseher, den man den Holzköpfen nicht anvertraute, und auf der Schulter Faramants hockte die Krähe Kaggi-Karr. Das Ende des Zuges und seine Rückendeckung bildete der majestätisch stampfende eiserne Ritter Tilli-Willi.

Die Luftstreitkraft der kleinen Armee repräsentierte Karfax. Er trug Ann auf dem Rücken und hielt nach allen Seiten Ausschau.

Unsere Helden freuten sich ungemein, als sie die Grenze der Besitzungen Arachnas überschritten. Über ihnen spannte sich ein blauer Himmel, den kein einziges Wölkchen trübte, ein Himmel, wie sie ihn schon lange nicht gesehen hatten. Die Sonne sandte freigebig ihre Strahlen auf sie herab, und belebende frische Luft strömte in ihre Lungen, die schon lange nicht so frei geatmet hatten. Die Menschen nahmen die Rafaloo-blätter, die sie längst satt hatten, vom Mund und beglückwünschten sich gegenseitig. Selbst die Holzköpfe jauchzten vor Freude, denn sie fühlten, dass ihre nassen Körper, die so viele Tage die Sonne entbehren mussten, schnell trocken wurden. Nur Tilli-Willi blickte verständnislos zum Himmel – er hatte in seinem kurzen Leben eine solch herrlich strahlende Sonne noch nicht gesehen.

Nach mehreren Wegstunden, als es auf den Abend zuging, beschloss man, Rast zu machen und den Morgen abzuwarten, weil man nicht im Dunkeln bei der Höhle Arachnas ankommen wollte, wo vielleicht Fallen vorhanden waren.

Wie herrlich war diese Nacht in der frischen warmen Luft unter den großen funkelnden Sternen am tiefblauen Himmel!

Auf seinem harten Lager ausgestreckt, betrachtete Charlie Black den Himmel.

„Diese Pracht hat die verdammte Hexe dem Zauberland geraubt! Schon allein deswegen verdient sie den Tod!“, sagte er.

Ann, Tim und Arto verbrachten unter den flauschigen Schwingen Karfax’ eine sehr angenehme Nacht.

Als der Morgen graute, machte sich der bunte Zug wieder auf die Beine, und in drei Stunden erreichte er die Höhle Arachnas. Sie war leer, und auch die Zwerge waren spurlos verschwunden.

Bevor man in den letzten, entscheidenden Kampf zog, wollte der Scheuch sich noch einmal die Hexe im Fernseher angucken.

Man stellte den Zauberkasten auf einen flachen Stein, und alle drängten sich vor den Bildschirm. Der Scheuch sprach die Zauberworte, der Schirm leuchtete auf, und bald war auf ihm auch Arachna zu sehen. Sie stand, in ihr blaues Gewand gehüllt, geduckt zwischen wilden Felsen. Das Gesicht der Hexe war vor Wut und Angst verzerrt. Sie hielt nach allen Seiten Ausschau, und man konnte erkennen, dass sie sich fürchtete, in ihrem Schlupfwinkel entdeckt zu werden. Neben ihr lag griffbereit eine gewaltige Keule.

„Oho, die liebe Person hat sich aber schwer bewaffnet!", sagte Faramant.

Tilli-Willi rief: „Gegen mein Schwert ist dieses Holzstück eine Nichtigkeit, das kann ich bei allen Fockmasten schwören!"

Nachdem sie ergebnislos nach dem Zauberbuch Arachnas gesucht hatte, machte sich die Schar wieder auf den Weg. Das ganze schwere Gepäck blieb auf dem Platz vor der Höhle liegen.

Arto lief schnuppernd voran. Er hatte die Spur der Hexe aufgenommen und folgte ihr so sicher wie ein Mensch, der sich frei auf der Straße einer Stadt bewegt. Lestar und Tilli-Willi hatten es nicht leicht, dem zottigen schwarzen Tier zu folgen, das wie ein Knäuel durch Büsche, mannshohes Gras und Geröll rollte. Deshalb flog Kaggi-Karr über ihren Köpfen und wies ihnen den Weg. In der hintersten Reihe schritten die Holzköpfe und die Menschen, und über ihnen schwang Karfax gleichmäßig seine gewaltigen Flügel. Er trug jetzt niemanden auf dem Rücken, denn es stand ein schwerer Kampf bevor, und er wäre glatt überfordert gewesen, wenn er sich noch um einen Reiter zu kümmern und auf ihn acht zu geben hätte.

Nach Ablauf einer jeden halben Stunde prüfte der Scheuch im Fernseher, ob die Hexe noch in ihrem Schlupfwinkel steckte. Arachna war noch da, doch ihr Verhalten wurde immer unruhiger. Sie hielt ihre Augen so stur auf den Himmel gerichtet, dass man befürchten musste, sie werde den Adler entdecken. Charlie Black gab Karfax durch ein Zeichen zu verstehen, er solle niedriger fliegen, worauf dieser in Tiefflug überging.

„Die Spur Arachnas ist jetzt frischer und deutlicher zu erkennen“, meldete Arto. „Wir nähern uns ihrem Schlupfwinkel.“

Der Weg wurde inzwischen immer schlechter. Viele Schluchten, schmale und breite, unterbrachen ihn. Über die schmalen trugen die Holzköpfe Brücken aus den mitgenommenen Stämmen, die breiten mussten umgangen werden. Tilli-Willi, der an der Spitze des Zuges schritt, musste größte Vorsicht walten lassen, denn ein winziger Fehltritt hätte genügt, damit er abstürzte und sich schwere Verletzungen zuzog, was den ganzen Feldzug gefährden konnte.

„Wie weit sich diese verdammte Hexe verzogen hat!“, ächzte der kurzbeinige Boril, der seinen Gefährten kaum noch folgen konnte.

„Bleibt doch zurück, Doktor!“, schlug ihm Charlie Black mehrmals vor.

„Um nichts in der Welt! Die Medizin muss immer auf ihrem Posten sein!“, erwiderte jedes Mal der tapfere kleine Doktor und setzte keuchend und schwitzend den Weg fort.

Plötzlich tauchte auf einem Berggipfel die riesige schwarze Figur Arachnas auf, die das Nahen ihrer Feinde entdeckt hatte.

Der Zug Charlie Blacks war jetzt Zielscheibe eines schweren Steinbombardements, das die Hexe eröffnete. Mit ihren gewaltigen Händen hob sie riesige Steine auf und schleuderte sie auf weite Entfernung. Beim Aufschlag zerbrachen die Steine, und mächtige Brocken flogen nach allen Seiten. Einer hatte bereits einen Holzkopf getroffen und zerfetzt. Die Steine, die auf Tilli-Willi zuflogen, wurden von ihm geschickt mit dem Schild pariert.

Kapitän Black hatte in der Nähe zwei große gegeneinander gelehnte Steinplatten entdeckt, die eine Art Dach bildeten, unter dem er und seine Gefährten Deckung vor dem Steinhagel fanden.

Der Seemann sagte:

„Wenn Giganten kämpfen, sollen sich Zwerge lieber fernhalten. Unsere Schläge sind für die Riesen nicht mehr als Mückenstiche."

Um das Bild der Schlacht besser verfolgen zu können, hatte sich der Seemann dicht am Ausgang postiert. Er sah, wie Tilli-Willi zäh den Hang erklomm, während die Hexe gewaltige Steine auf ihn hinabwarf. Bangen Herzens beobachtete er, wie die Felsbrocken mit schrecklichem Gedröhn hinabrollten. Sie waren so groß, dass kein Schild sie hätte abwehren können. Wenn ein Brocken auf Tilli-Willi zuflog, wich er geschickt aus, und das Geschoss flog sausend an ihm vorbei.

„Potzdonnerwetter!", schrie plötzlich der Seemann Hände fuchtelnd. „Endlich ist der Adler in den Kampf getreten!"

Karfax hatte lange auf den richtigen Augenblick gewartet, um wie ein Pfeil niederzugehen und seinen riesigen Schnabel in den Rücken Arachnas zu stoßen, was mit solcher Wucht geschah, dass die Hexe fast umfiel und den Stein fallen ließ, den sie gerade werfen wollte. Mit wutverzerrtem Gesicht drehte sie sich zum neuen Angreifer um, packte die Keule und schwang sie hoch.

Trotz seiner gewaltigen Größe war der Adler sehr flink und wich geschickt den Hieben Arachnas aus. Während die Hexe sich des Adlers erwehrte, stapfte Tilli-Willi mit riesigen Schritten den Hang immer höher. Seine mechanischen Muskeln, die Stahlfedern, ächzten und knarrten vor Anspannung, während Lestar mit seinen kleinen Füßen auf den Kabinenboden trommelte und dem eisernen Ritter Ermunterungen zurief:

„Bitte noch ein Schrittchen. Oh, das war großartig! Bitte noch eins! Das ist famos. Streng dich noch ein kleines bisschen an, mein Kind, bald ist's geschafft."

Der Riese stieg, Drohungen ausstoßend, immer höher.

„Blitz und Donner!", grölte er. „Du sollst mich kennenlernen, verdammte Hexe, warte, bald hab ich den Berg bestiegen!"

Die Unerbittlichkeit im Gesicht Tilli-Willis und der Zorn, der in seinen schrägen Augen flackerte, flößten Arachna Entsetzen ein. Der eiserne Ritter beschleunigte seinen Schritt.

Durch den Einsatz von Karfax in den Kampf gegen Arachna hatte Charlie Black bewiesen, dass er ein hervorragender Kenner der militärischen Kunst war: Für die mächtige Hexe war der Kampf an zwei Fronten kein Honiglecken. Wenn sie sich nach Tilli-Willi umwandte, um ihm einen Felsbrocken zu verpassen, fiel der Adler sie mit Schnabel, Krallen und Flügeln von hinten an. Wandte sie sich wieder Karfax zu, brachte der eiserne Riese unangefochten ein weiteres Stück des Hanges hinter sich.

Die Hexe begriff die Aussichtslosigkeit ihrer Lage. „Oh, hätte ich nur den Zauberteppich!", flüsterten ihre Lippen. Mit dem Zauberteppich hätte sie dem eisernen Riesen entrinnen können und hätte den Luftkampf nur mit dem Riesenadler allein auszutragen brauchen. In einem solchen Zweikampf hätte sie vielleicht einen Sieg errungen. Doch die Überreste des Teppichs waren jetzt längst über das ganze Land verstreut, und sie musste den schweren Kampf ohne Teppich ausfechten.

Es blieb Arachna nichts übrig, als ihr Heil in der Flucht zu suchen. Durch einen geschickten Keulenhieb betäubte sie Karfax einen Augenblick lang und stürmte in gewaltigen Sätzen den Hang hinab – fort vom unerbittlich nahenden Tilli-Willi.

Die Riesenfigur der Hexe verschwand aus dem Blickfeld Charlie Blacks und seiner Gefährten, die die Schlacht aufmerksam verfolgt hatten. Der Seemann packte den kleinen Teppich, den Tim in den Händen hielt, stellte sich auf ihn und befahl ihm, zum Schlachtfeld zu fliegen.

Der Zauberteppich zuckte und erhob sich nur wenige Zentimeter über die Erde – der Seemann war eben zu schwer für ihn. Tim, der den Vorgang gespannt beobachtete, sprang auf Charlie Black zu.

„Verzeihung, Kapitän", rief er, „den Flug werde wohl ich machen müssen!"

„Ja, Junge, du hast eben Schwein!", sagte Black mürrisch und trat Tim den Platz auf dem Teppich ab.

Der Teppich stieg in die Luft und trug den strahlenden Tim O'Kelli auf den Gipfel des Bergs, wo sich ihm ein erschütterndes, unvergessliches Bild darbot. Mit zerfetztem blauem Gewand stürmte die Hexe über die Hänge, sprang, auf ihre mächtige Keule gestützt, über Schluchten, schlug Haken und lief in Schlaufen, um ihren Verfolger abzuschütteln.

Das wäre ihr vielleicht gelungen, hätte Karfax nicht scharf aufgepasst.

Er flatterte ständig über der Hexe, stieß ihr den Schnabel ins Gesicht, schlug mit den Flügeln auf ihren Rücken ein und krallte sich in ihre Schultern fest.

Hinter ihr lief, die mechanischen Muskeln aufs Äußerste angespannt, der eiserne Ritter mit entsetzlich funkelnden Augen und vor Jugend glühendem Herzen.

Der Adler ließ sein Auge über das Labyrinth der Kämme und Schluchten schweifen und gewahrte in der Ferne eine gewaltige Klippe, die von drei Seiten tiefe Abgründe säumten. Karfax kannte schon lange diesen Felsen, den man Todesklippe nannte. Wie oft hatten er und seine Brüder dort Gemsen und Auerochsen in den Tod gehetzt!

‚Dorthin, dorthin muss ich die Hexe treiben', entschied der Adler. ‚Sie darf keinen anderen Weg nehmen!'

Wie sehr Arachna sich auch anstrengte, vom gefährlichen Weg abzuschwenken, es half ihr nichts. Sie durfte weder rechts noch links abbiegen, musste geradeaus weiterrennen, und mit jedem Schritt und jedem Sprung kam sie der Stelle näher, wo die Vergeltung sie ereilen sollte.

Da war schon die Todesklippe!

Als sie die Falle sah, in die die furchtbaren Gegner sie trieben, stieß Arachna einen Schrei der Wut und des Entsetzens aus.

Mit dem Mut der Verzweiflung wandte sie sich zu Tilli-Willi um, hob die Keule und drang auf ihn ein.

Es begann ein ungewöhnlicher Kampf. Tim O'Kelli, der ihn verfolgte, quietschte vor Entzücken und hüpfte so ungestüm auf dem kleinen Teppich, dass er zehnmal fast abgestürzt wäre, hätte der Teppich nicht vorsorglich bald den einen, bald den anderen Rand angehoben.

Die zwei Riesen fochten mit ihren Waffen – Arachna mit der schweren Keule, Tilli-Willi mit dem gewaltigen Schwert –, als wären es leichte Spazierstöcke. Ob der eiserne Ritter ohne die Hilfe Karfax' gesiegt hätte oder ob er gefallen wäre, ist völlig ungewiss. Was wir wissen, ist, dass der Adler mit furchtbarem Ingrimm und Todesverachtung kämpfte, der Hexe mit seinen Krallen schrecklich zusetzte und ihr Gesicht mit den Flügeln peitschte, wodurch sie den Feind fast nicht sehen konnte.

Dann war es soweit. Durch einen geschickten Hieb zerbrach Tilli-Willi die Keule der Hexe. Arachna schleuderte das Stück Holz, das sie noch in der Hand hielt und das ihr jetzt nichts mehr nutzte, gegen den Adler, stieß einen gellenden Schrei: „Urfin hat recht gehabt!", aus und stürzte in den Abgrund, aus dem sofort weißer Dampf aufstieg.

„Sieg! Sieg!", rief der Adler mit gewaltiger Stimme.

„Sieg!", dröhnte Tilli-Willi. „Sieg!", rief aus seiner Kabine mit schwacher Stimme Lestar, der noch nie in seinem Leben so glücklich, aber auch nie so erschöpft gewesen war wie jetzt. Die Erschütterungen, die er im Bauch des Riesen während der Jagd und des erbitterten Kampfes erdulden musste, hatten ihn tüchtig mitgenommen.

Wer könnte die Freude beschreiben, die Charlie Black und seine Gefährten empfanden, als Tim O'Kelli mit dem Zauberteppich herangeflogen kam und ihnen über den Ausgang des Kampfes berichtete. Bald kehrten auch die Sieger – der zerschundene und staubbedeckte Adler und der eiserne Ritter Tilli-Willi, mit tiefen Beulen an Brust und Hüf-

ten – zurück. Beim Anblick seines grimmigen Gesichtes hätte niemand geglaubt, wie sanft das Herz dieses Riesen sein konnte.

Die Menschen überschütteten den tapferen Karfax mit Lob und guten Wünschen.

Der Adler wehrte jedoch schlicht ab: „Ihr braucht mir nicht zu danken, Freunde! Der Gelbe Nebel hat mich ebenso wie euch mit dem Tod bedroht, folglich kämpfte ich nicht nur für euch, sondern auch für mich, für meinen ganzen Stamm. Jetzt aber kehre ich heim, meine Stammesgenossen erwarten mich schon mit Ungeduld und Besorgnis. Wenn ihr wollt, nehme ich Ann bis zur Höhle der Arachna mit, das wird dem Mädchen die Strapazen einer Wagenreise ersparen!"

Bevor sie den Rücken des Adlers bestieg, blies Ann in die kleine Trillerpfeife, worauf sofort Ramina erschien.

„Teilt unsere Freude, Majestät!", sagte Ann. „Die tückische Arachna ist tot, um ihre Niederlage aber hat sich auch das Mäusevolk verdient gemacht!"

Das Mädchen nahm die erfreute Königin auf die Hand, und der Teppich hob beide auf den Rücken von Karfax. Beim Abflug sah das Mädchen noch, wie die frohe Schar ihrer Gefährten den Rückweg antrat.

Das Ende des Gelben Nebels

Ann blickte Karfax so lange nach, bis er sich in einen kleinen Punkt verwandelte und am fernen Himmel verschwand. Ramina nahm Abschied von dem Mädchen, bevor sie die Rückreise zu ihrem Volk antrat, das sie in das seit alters bewohnte Smaragdenland zurückführen wollte.

Bebenden Herzens betrat Ann die Höhle Arachnas und blieb wie versteinert stehen, als sie eine Menge winziger Menschlein gewahrte.

Da waren Greise mit grauen Bärten, die zu ihr hinaufschauten, säuberlich gekleidete alte Frauen mit weißen Hauben und gestickten Schürzen, Mädchen und Jungen und ganz kleine Kinder mit schönen, aber für sie viel zu großen Spielsachen in den Händen.

Die Zwerge traten zurück, und aus ihrer Schar löste sich ein ehrwürdiger Greis mit roter Zipfelmütze. Es war Kastaglio, der Chronist und Älteste des Zwergenvolkes.

„Guten Tag, liebe Ann!", sagte er, sich verbeugend.

„Ihr kennt meinen Namen?", wunderte sich das Mädchen.

„Wir wissen über alles Bescheid, was euch angeht, Boten von der Smaragdeninsel und Gäste von jenseits der Berge", erwiderte Kastaglio bedächtig. „Wir haben viele Nächte lauschend unter eurem Wohnwagen verbracht, um die Pläne eures Feldzuges zu erfahren."

„Und die habt ihr natürlich Arachna mitgeteilt!", schrie das Mädchen zornig.

„Mitnichten", entgegnete ruhig der Zwerg. „Wir haben Neu-tra-li-tät bewahrt, wie Euer Freund, der Weise Scheuch, sich auszudrücken beliebt. Ich will es Euch erklären: In uralten Zeiten war über unser Volk ein Bann verhängt worden, Arachna zu dienen, uns ihr in allem zu unterwerfen und nichts zu tun, was ihr hätte schaden können. Doch dieser Bann enthielt nicht die Verpflichtung, gegen ihre Feinde zu kämpfen", lächelte der Alte verschmitzt, „und deshalb haben wir gegen euch auch nicht gekämpft."

Überrascht über die Schlauheit der Zwerge, fragte Ann:

„Warum habt ihr euch aber so lange vor uns verborgen?"

„Weil ihr verlangt hättet, dass wir euch unterstützen, was wir nicht durften. Jetzt aber, wo Arachna tot und der Bann gebrochen ist, stehen wir ganz zu eurer Verfügung."

„Wie, ihr wisst schon, dass die Hexe tot ist?", staunte Ann wiederum.

„Sind euch in den Bergen auf dem Weg zu Arachnas Höhle die grauen kleinen Pfähle nicht aufgefallen?", fragte lächelnd Kastaglio.

„Ich habe sie gesehen, ihnen aber keine Beachtung geschenkt, weil ich dachte, es seien gewöhnliche Steine."

„Nein, das waren Zwerge, die sich von Kopf bis Fuß in graue Decken gehüllt hatten. Oh, wir sind Meister der Tarnkunst!"

„Ja, das muss man wohl sagen", sagte das Mädchen.

„Und als Arachna im Kampf fiel, ging die freudige Nachricht von Posten zu Posten, schneller als über die Vogelstafette."

„Wer hätte das geahnt? Nun, ich kann mich nur freuen, dass ihr im Kampf der Hexe gegen uns Neutra…lität", Ann konnte das Wort kaum aussprechen, „bewahrt habt. Ich kann mir vorstellen, wie viele Scherereien ihr uns hättet bereiten können!"

„Nicht der Rede wert!", sagte Kastaglio stolz. „Aber lasst uns zur Sache kommen. Ich nehme an, dass ihr nach dem Sieg über Arachna ihr Zauberbuch suchen werdet, um ihren bösen Hexenkünsten ein Ende zu machen, stimmt's?"

„Ihr habt recht, liebes Großväterchen!"

„Schön, dann will ich euch gleich das Versteck zeigen, in dem die Herrin das Buch aufbewahrte."

Das Versteck befand sich im entfernten und dunkelsten Winkel der Höhle. Es bestand aus einem Gelass in der Wand, das ein flacher Stein bedeckte, den man vom Felsen nicht unterscheiden konnte. Die Knöpfe, welche die geheimen Federn des Verschlusses in Bewegung setzten, hätte ohne Hilfe des Zwergs niemand gefunden.

Als der Deckstein sich auftat, ergriff Ann hastig das dicke pergamentene Buch, dessen Deckel von der Zeit rostfarben geworden waren.

„Habt Dank, herzlichen Dank, liebes Großväterchen!", rief Ann stürmisch. „Woher wusstet ihr, wo die Hexe das Buch aufbewahrte?"

„Hab ich euch nicht gesagt, dass unseren Augen nichts verborgen bleibt? Das Komischste an der Sache war, dass die Herrin in der unerschütterlichen Überzeugung lebte, nur sie kenne das Versteck."

Der Alte kicherte und mit ihm alle anderen Zwerge.

„Ich danke euch, Freunde, aber aufrichtig gesagt, möchte ich nicht häusliche Spione haben, wie ihr es seid", sagte Ann lachend.

Darauf lachten die Zwerge noch stärker.

Wenige Stunden später traf Charlie Blacks Trupp aus den Bergen ein. Man kann sich vorstellen, wie groß die Freude der Ankömmlinge war, als sie in den Händen des Mädchens das Buch sahen, um das sie so

schwer hatten kämpfen müssen. Hätte man das Buch nicht gefunden, wären alle ihre Mühen umsonst gewesen und das Zauberland hätte daran glauben müssen.

Mitten in dieser allgemeinen Freude, als man sich gegenseitig die Hände schüttelte und auf die Schultern klopfte, kroch aus einem unbemerkten Versteck Ruf Bilan hervor.

Das Gesicht des Verräters war grau vor Scham und Entsetzen. Er verbeugte sich unterwürfig vor dem Scheuch und dem Riesen von jenseits der Berge und bat sie, ihn für seinen neuen Verrat nicht allzu hart zu bestrafen.

„Ich bin unschuldig", stammelte er. „Als ich aus dem langen Schlaf in der Höhle erwachte, begann mich einer der unterirdischen Erzgräber zu erziehen, doch ehe ich etwas lernte …"

„Haben dich die Zwerge geholt, die Arachna nach dir geschickt hatte", fiel ihm der Scheuch ins Wort. „Das alles ist uns bekannt, wir wissen, dass du in die Hände der Hexe fielst, als man aus dir noch etwas Ordentliches machen konnte. Das mildert deine Schuld", fügte der gerechte Herrscher hinzu.

Bilan warf sich vor ihm auf die Knie. „Ihr schenkt mir also das Leben?", jauchzte er. „Oh, ich werde Eure Barmherzigkeit nie vergessen ...!"

„Ja, aber in deiner heutigen Art bist du eine Schande für deinen Stamm. Man wird dich wieder einschläfern müssen ..." Das Entsetzen im Gesicht Bilans gewahrend, fuhr der Scheuch beruhigend fort: „Allerdings sollst du nicht für lange Zeit eingeschläfert werden, ein Monat oder zwei werden wohl genügen. Danach wird man dich erst richtig umerziehen. Jetzt geh in die Smaragdenstadt und teile Rushero mit, ich habe gebeten, einen anständigen Menschen aus dir zu machen."

„Bei allen Masten und Segeln!", rief Charlie Black, „das ist ein guter Einfall, Bruder Scheuch!"

Ruf Bilan verneigte sich bis zur Erde, stammelte unzählige Dankesworte und machte sich auf den Weg. Als er hinter einem Hügel verschwand, trat aus der Schar der Zwerge Kastaglio hervor und wandte sich ehrerbietig an den Scheuch:

„Dreimalweiser Herrscher der Smaragdeninsel! Wir haben schon lange von Euren hervorragenden Eigenschaften gehört, und wir bitten Euch jetzt, uns Zwerge unter Eure hohe Schirmherrschaft zu nehmen!"

„Was heißt das?", fragte der Scheuch verwundert.

„Das heißt, dass wir Eure Untertanen sein möchten. Wir wissen natürlich, dass wir eine solche Ehre nicht verdient haben, doch sind wir bereit, Euch jeden Tribut zu zahlen, den Ihr uns aufzuerlegen geruhet."

Der Scheuch stützte sich bedächtig auf seinen prächtigen Stock, den er während des ganzen Feldzugs zu bewahren verstanden hatte. Die Bitte der Zwerge schmeichelte ihm sehr.

„Hm … hm", räusperte er sich. „Eure Bitte kommt mir etwas überraschend, doch meine ich, ihrer Erfüllung stehen keine erschwerenden Umstände im Wege."

Dieser nebelhafte Satz flößte den Zwergen große Achtung ein. Sie bewunderten die Gelehrsamkeit des Scheuchs umso mehr, als ihre frühere Herrin niemals solche gelehrten Ausdrücke verwendet hatte.

„Dürfen wir das, Euer Wohlgeboren, so verstehen, dass Ihr unseren Wunsch zu erfüllen bereit seid?", fragte Kastaglio zaghaft.

„Ja, gewiss", sagte der Scheuch herablassend. „Und was den Tribut angeht … Ich habe gehört, ihr habt hier eine genaue Chronik eures Landes geführt, stimmt das?"

„Ja, Euer Wohlgeboren, wir führen sie bereits seit fünftausend Jahren!", erwiderte Kastaglio stolz.

„Schön, ihr sollt sie weiterführen, und das wird der Tribut sein, den ich euch auferlege!"

„Hurra!! Es lebe der Dreimalweise Scheuch!", riefen die Zwerge im Chor.

„Natürlich werdet ihr uns die Früchte eurer Arbeit zeigen", schloss der Scheuch milde.

„Gestattet uns, Euch alle Rollen unserer Chronik darzubringen, wir haben sie fünftausend Jahre lang aufbewahrt. Bei uns liegen sie nutzlos da, in der Smaragdenstadt aber werden Geschichtsforscher sie studieren und lange wissenschaftliche Traktate schreiben …"

Die Chroniken wurden eingepackt und auf die kräftigen Rücken der Holzköpfe geladen.

Die Zwerge haben ihr Versprechen gehalten: Sie setzen noch heute ihre Chronik fort. Die Bücherei der Smaragdenstadt hat bereits den 579. Band der „Allgemeinen Chronik des Zauberlandes“ erhalten, in der ein jeder die Beschreibung der seltsamen und ungewöhnlichen Ereignisse unter dem Titel „Das Geheimnis des verlassenen Schlosses“ nachlesen kann.

Mit allgemeiner Zustimmung wurde Charlie Black die Ehre zuerkannt, den Bann Arachnas zu brechen und den Gelben Nebel aufzulösen. Hatte doch er, der Riese von jenseits der Berge, den mächtigen eisernen Ritter Tilli-Willi geschaffen, und kein anderer als er hatte den Einfall gehabt, Karfax’ Hilfe anzurufen! Es war augenfällig, dass man ohne diese beiden Riesen die Hexe nicht hätte besiegen können.

Man beschloss, die feierliche Zeremonie des Bannbruchs an der Grenze der ehemaligen Besitzungen Arachnas zu veranstalten, dort, wo der Gelbe Nebel begann. Dort würde sich sofort zeigen, ob die magischen Worte wirkten.

Nach einigen Reisestunden hielt der Zug an der Grenze zwischen dem Sonnen- und dem Nebelgebiet. Vorne, wo der Gelbe Nebel lag, war alles in Dunst gehüllt, wehten Feuchtigkeit und Kälte herüber. Während hüben Vögel zwitschernd in den Bäumen hüpften, üppige Blumen die Köpfe aus dem Gras streckten und bunte Falter umherflatterten, war drüben die Erde mit Schnee bedeckt, standen die Bäume ohne Laub da, war der Wald wie ausgestorben.

Aller Herzen klopften, als Charlie Black das Buch aufschlug und laut die Zauberworte sprach:

„Uburru-kuruburru, tandarra-andabarra, faradon-garabadon, schabarra-scharabarra, es weiche für alle Zeiten der Gelbe Nebel aus dem Zauberland!“

Das Wunder geschah! Es war, als hätte eine Riesenhand den Nebelvorhang aufgehoben, und dort, wo eben noch eisige Leere geherrscht hatte, zeigte sich ein schöner blauer Himmel und die Sonne strahlte in ihrer herrlichen Pracht.

Das Entzücken unserer Helden war unbeschreiblich. Ann und Tim umarmten sich, Charlie Black warf seine Pfeife hoch in die Luft und fing sie geschickt wieder auf, Doktor Boril schwenkte seine Arzneitasche, und Lan Pirot führte anmutig den „Tanz des Hirsches“ auf, für den er beim Wettstreit der Stadttänzer den ersten Preis erhalten hatte. Arto, der plötzlich vergessen hatte, dass er sprechen konnte, bellte ohrenbetäubend, Kaggi-Karr schlug wilde Purzelbäume in der Luft, die Holzköpfe stampften vor Vergnügen mit den Füßen, und der riesige Knabe Tilli-Willi stimmte zum ersten Mal in seinem Leben ein Lied an, dessen Worte und Melodie er aus dem Stegreif gedichtet hatte.

Das Zauberland war gerettet. Nun würde ewig die heiße Sonne darüber strahlen, würden die Bäume das ganze Jahr saftige Früchte tragen und die Menschen unbeschwert die Felder bestellen und reiche Ernten einbringen.

Charlie Black zündete ein Feuer an, in das er das Zauberbuch Arachnas warf.

„Mögen die furchtbaren Beschwörungen, die in diesem verfluchten Buch stehen, für alle Zeiten verschwinden!“, sagte der Seemann. „Wer weiß, in welche Hände es geraten und welchen Schaden es noch anrichten könnte, wenn wir es nicht vernichten!“

Das Feuer leckte die Blätter, die in den vielen Jahrtausenden ganz steif geworden waren, dann blähte sich das Buch, brannte lichterloh und ließ stinkenden Rauch in die Luft aufsteigen. Die alten Zauberblätter verwandelten sich in Asche, die ein Windstoß erfasste und in die Ferne trug.

„Möge alles Böse wie dieses Buch im Zauberland und in der ganzen Welt untergehen!“, sprach Charlie Black feierlich.

Die Rückkehr

Unsere Freunde brachen in bester Stimmung auf, den Wagen zu holen, den sie in der Nähe zurückgelassen hatten.

„Kapitän, ich will vorausfliegen und zu eurer Ankunft alles vorbereiten“, schlug Tim vor.

Doch als der Junge sich auf den Teppich setzte und ihm zu fliegen befahl, rührte sich dieser nicht von der Stelle. Tim wiederholte mehrmals den Befehl, doch es nützte nichts.

„Was ist mit dem Ding nur los?“, schrie Tim wütend.

„Nichts Besonderes“, erklärte ihm der Scheuch. „Arachna ist tot, ihr Zauberbuch verbrannt, und damit haben alle ihre Hexereien aufgehört.“

„Meinetwegen kannst du hierbleiben, nutzloser Lappen!“, rief der Junge, den Teppich mit dem Fuß von sich stoßend.

„Du sollst dich schämen“, sagte Ann vorwurfsvoll. „Dieser liebliche kleine Teppich hat uns so viele Dienste erwiesen, und das ist nun dein Dank dafür!“ Ann rollte den Teppich zusammen und nahm ihn unter

den Arm. „Ich will ihn als Andenken an unsere Abenteuer aufbewahren!“, sagte sie.

„Gib ihn her, ich will ihn schon tragen“, sagte Tim errötend und nahm dem Mädchen die Last ab.

Unterdessen nahm Faramant das Inventarverzeichnis aus der Tasche, schlug ein bestimmtes Blatt darin auf, feuchtete die Spitze seines Bleistifts an und strich die Eintragung aus:

„Gebrauchter fliegender Teppich, Größe vier mal drei Ellen …“

An den Rand schrieb er noch die Bemerkung:

„Abgeschrieben wegen Verlust der Zauberkraft.“

Faramant faltete das Verzeichnis wieder zusammen, steckte es in die Tasche und sagte: „Alles will seine Ordnung haben. Wen wird die Kontrolle bei einer Bestandsaufnahme nach dem Teppich fragen? Natürlich mich, den Chef des Versorgungsdienstes.“

~:~

Die Schar marschierte über verschneites Gelände. Ringsum geschahen wunderbare Dinge: Von der Erde stieg Dunst auf, von den Hügeln plätscherte Wasser herab, an den Zweigen der Bäume schwollen die Knospen, und da und dort, wo der Schnee geschmolzen war, kam grünes Gras zum Vorschein.

Unter den Wunder wirkenden Strahlen der heißen Sonne zog im Zauberland der Frühling ein!

Scharen von Vögeln – Nachtigallen, Rotkehlchen, Stieglitze und Zeisige – holten die Wanderer ein und zogen über ihren Köpfen dahin. Die unfreiwilligen Gäste Arachnas kehrten zu ihren heimatlichen Nestern zurück, aus denen sie der Gelbe Nebel vertrieben hatte. In den Bäumen hüpften Eichhörnchen und Beutelratten, und etwas weiter weg trottete ein Bär, der furchtsam nach dem schrecklichen Gesicht Tilli-Willis schielte.

Der aufmerksame Riese gewahrte die Angst von Meister Petz und erinnerte sich plötzlich, dass auch andere Tiere bei seinem Anblick ängstlich in die Büsche huschten.

Tilli-Willi blieb stehen und winkte den Bären heran. Zögernd kam Meister Petz näher.

Die Augen des eisernen Riesen flößten ihm Entsetzen ein, und er senkte den Blick zu Boden.

„Hör mal, Freund“, sagte Tilli-Willi sanft, „du scheinst Angst vor mir zu haben?“

„N-n-n-ein, ich ha-ha-be k-k-eine Angst“, blubberte der Bär, „w-w-wo-vor sollte ich auch A-A-Angst haben?“

„Ganz deiner Meinung“, sagte der Riese. „Ich habe immerhin einiges für dieses Land getan. Aber warum willst du mir denn nicht in die Augen schauen?“

„B-b-bitte, quält m-mich nicht …“, stotterte Meister Petz und rannte wie gehetzt in das nächste Gebüsch.

Kopfschüttelnd blickte Tilli-Willi ihm nach. „Das ist ihr Dank …“, flüsterte er gekränkt.

Der Scheuch bemerkte den Ärger Tilli-Willis und beschloss, ihn zu trösten.

„Du sollst dich nicht ärgern, lieber Freund!“, sagte er sanft, „sondern vielmehr stolz sein, dass deine Augen eine mag-ne-ti-sche Kraft ausstrahlen …“

„Man-ge-schi… Wie hast du gesagt?“

Der Scheuch wiederholte das Wort.

„Diese Kraft wird nicht jedem gegeben“, erklärte er. „Hast du vielleicht einen Menschen gesehen mit solchen Augen wie du?“

„Nein“, erwiderte der eiserne Riese.

„Na also. In deinem Gesicht, besonders in den Augen, liegt eine einmalige In-di-vi-du-a-li-tät, und darin besteht deine Ü-ber-le-gen-heit über alle Lebewesen und alle unbelebten Dinge!“

Bezaubert von diesen langen und klingenden Worten, vergaß der sanftmütige Riese sein Leid und rief freudig aus:

„Von jetzt an werde ich der Angst dieser Käuze keine Beachtung mehr schenken!“

„Das ist genau das Richtige!“, stimmte der Scheuch zu.

Kaggi-Karr, die auf der Schulter des eisernen Ritters saß, flatterte plötzlich auf und schrie erregt:

„Nein, so halte ich es nicht länger aus! Ich darf die Erfüllung meiner Obliegenheiten nicht länger aufschieben!“

„Was sind denn das für Obliegenheiten?“, fragte Tim verdutzt.

„Weißt du denn nicht, dass ich Generaldirektor des Post- und Fernmeldewesens des Zauberlandes bin?“, erwiderte die Krähe gereizt. „Für meine Verdienste habe ich sogar einen Orden bekommen, den ich nur deshalb nicht trage, weil ich das Prahlen nicht mag.“

Bei diesen Worten warf die Krähe einen ironischen Blick auf die Brust Borils, die zwei Orden schmückte.

„Verzeiht, Exzellenz, ich bin hier fremd und hatte von Eurem hohen Rang keine Ahnung“, sagte der Junge verlegen.

Kaggi-Karr, die von dieser Anrede sehr geschmeichelt war, erklärte ihre Absichten:

„Ich werde jetzt Boten nach allen Richtungen ausschicken, damit die Menschen und Tiere so schnell wie möglich erfahren, dass der Gelbe Nebel für immer verschwunden ist und sie heimkehren können. Meine Eilboten werden ins Unterirdische Land zu den Käuern und den Erzgräbern gehen. Ich werde alle zurückrufen, die sich vor dem Gelben Nebel in die Besitzungen der guten Feen Willina und Stella gerettet haben. Die Ordnung im Zauberland muss so schnell wie nur möglich wiederhergestellt werden!“

Ann und Tim schauten achtungsvoll auf den aufgeplusterten Vogel, von dem so viel abhing und der alles tat, um den Einwohnern des Zauberlandes recht viel Nutzen zu bringen.

Unterdessen war Kaggi-Karr bereits weit weg von diesem Ort. Sie erteilte den Schwalben und Spatzen, die auf ihren Ruf herbeigeeilt waren, Befehle.

Jeder weitere Tag brachte neue wunderbare Veränderungen. Schnee und Eis waren längst verschwunden, das Gras wuchs schnell, und die Bäume, die sich mit dichtem Laub bedeckt hatten, trugen schon üppige Blüten, deren Duft die Bienen herbeilockte.

Ann, Tim und Charlie Black erkannten mit Freude die schönen Wiesen und Haine des Zauberlandes wieder. Sie waren es gewesen, die diesen

TILLI WILLI

Zauber wiedererstehen ließen, und deshalb war ihre Freude doppelt so groß.

Herden von Antilopen, Bisons und Hirschen überholten unsere Wanderer, Rotfüchse stöberten in den Büschen nach unvorsichtigen Kaninchen und Waldechsen krochen aus tiefen Erdlöchern hervor, in denen sie sich vor dem Frost verborgen hatten.

Kaggi-Karr wurde von ihren Untergebenen alle paar Stunden über die Vorgänge im Land unterrichtet. Die Nachrichten waren gut: Die Marranen hatten das Land der Schwätzer verlassen, waren in ihr Tal zurückgekehrt und bestellten jetzt die Felder. Beim Abschied hatten die Marranen die gastfreundlichen Untertanen Stellas ihrer ewigen Freundschaft versichert und gesagt, nunmehr könne nichts mehr in der Welt auch nur einen Schatten des Unbehagens auf ihre Beziehungen werfen.

Die Käuer und Erzgräber hatten ebenfalls die düstere Höhle verlassen und waren in ihre lieblichen Häuser zurückgekehrt, die die heiße Sonne so freigebig wärmte. Ihnen waren natürlich die Tiere gefolgt, die im Unterirdischen Land ein Obdach gefunden hatten. Wankend vor Hunger und blinzelnd von dem ungewohnten Licht, trabten Elche, Büffel, Antilopen, Hasen und Waschbären durch die Wälder ihren Heimatorten zu. Der Scheuch, der über das Schicksal Urfin Juices besorgt war, wollte wissen, wie dieser die schweren Wochen des Schnees und der Kälte in seiner trostlosen Einsamkeit überstanden hatte. Vor allem war er um die Gesundheit des ehemaligen Königs besorgt. Die Antwort gab der Zauberkasten. Er zeigte dem Herrscher der Smaragdenstadt und seinen Freunden ein schönes Tal am Fuß der Weltumspannenden Berge, das Häuschen von Urfin Juice mit erneuertem Anstrich und den wieder grünenden Rasen.

Den Spaten in der kraftvollen Hand, grub Urfin Beete um. Sein Gesicht hatte einen sanften, zufriedenen Ausdruck, den man an ihm früher nicht gekannt hatte. Niemand hätte sich jetzt vorstellen können, wie finster und mürrisch dieser selbe Urfin einmal gewesen war.

Daneben auf einem Baumstumpf hatte sich die Eule Guamoko breit gemacht, die nach dem langen Hunger jetzt wieder dicker geworden war.

„… Wie du siehst, Freundin Guamokolatokint“, setzte Urfin das Gespräch mit der Eule fort, „habe ich mit meiner Prophezeiung recht gehabt. Das musst du jetzt zugeben. Arachna ist längst tot …“

„Wie willst du das beweisen, Herr?“, entgegnete die Eule, die sich sehr geschmeichelt fühlte, dass Urfin sie beim vollen Namen nannte, was sehr selten vorkam. „Vielleicht hat die Hexe Vernunft angenommen und den Menschen die Sonne gutwillig zurückgegeben?“

„Gutwillig? Dass ich nicht lache!“, kicherte Urfin. „Bei der müsstest du lange nach gutem Willen suchen. Nein, für mich ist es völlig klar, dass der Weise Scheuch ein ganz ungewöhnliches Mittel erfunden haben muss, um dieser Bestie das Handwerk zu legen!“

Als der Scheuch das hörte, kamen ihm so viele Lobesworte für Urfin in den Sinn, dass sein Kopf mächtig anschwoll. Juice fuhr fort:

„Freilich würde ich gerne wissen, was das für ein Mittel ist. Vielleicht schicke ich dich auf Kundschaft aus, Guamokolatokint?“

„Dazu bin ich gerne bereit, Herr, ich werde schon alles auskundschaften“, sagte die Eule, die sich über die harmlose Schmeichelei Urfins ungeheuer freute.

Zufrieden mit dem Gehörten schaltete der Scheuch den Fernseher aus.

„Wie ich sehe, hat sich der ehemalige U-sur-pa-tor völlig verändert“, sagte er. „Ich meine, wir sollten Urfin wieder in die Smaragdenstadt einladen. Er ist für seine früheren Verbrechen hinreichend bestraft worden, mag er nun wieder unter Menschen leben. Wie er sich während der Geschichte mit Arachna verhalten hat, ist wahrhaftig lobenswert!“

Der Zug setzte seinen Weg fort und erreichte schließlich die Grenze des Smaragdenlandes. Der Scheuch und seine Gefährten hatten den Wagen verlassen, um den sich jetzt die Holzköpfe kümmerten. Sie gingen jetzt zu Fuß und freuten sich über das Wiedererwachen der Natur.

Es zeigten sich die ersten Farmen. Ihre Einwohner waren aus der Stadt zurückgekehrt, in die sie vor dem Frost und dem Gelben Nebel geflohen waren. Sie arbeiteten wieder in den Gärten und auf den Feldern, waren wieder froh und glücklich, und nur an ihren eingefallenen Wangen konnte man noch erkennen, welche schweren Zeiten sie überstanden hatten. Sie begrüßten stürmisch ihre Befreier: den Riesen von jenseits der Berge, Ann, Tim, den Scheuch, den Holzfäller und ganz besonders den sanftmütigen Giganten Tilli-Willi. Niemand ängstigte sich jetzt vor seinem grimmigen Gesicht, wussten doch alle, dass es nur als Maske zur Einschüchterung der Hexe notwendig gewesen war.

Als schließlich die Türme der Smaragdenstadt auftauchten, gingen die Herzen unserer Freunde vor Glück über.

Die Smaragdenstadt war schon immer herrlich gewesen, doch unseren Helden schien es, als wäre sie jetzt noch prächtiger, obwohl das kaum möglich war. Die Smaragde in den Mauern, auf den Türmen, an den Toren und auf den Dächern funkelten, als hätte man sie gerade blitzblank geputzt. Grüne und rote Dachziegel wechselten in malerischer Unordnung, und die ganze Stadt glich einem wunderbaren Spielzeug, wie es nur große Meister zu schaffen vermögen.

Die Schar bestieg die Fähre, die längst wieder funktionierte, und fuhr über den Kanal. Nur der eiserne Knabe durchquerte ihn watend. Diesmal strauchelte er nicht und glitt auch nicht aus, denn seine Bewegungen waren sicher, der Schritt fest.

Tilli-Willi wohnte in dem großen Stadtpark, weil sich in der ganzen

Stadt kein Haus fand, das für ihn groß genug gewesen wäre. Von früh bis spät war jetzt dieser Park von den Stimmen der Kinder erfüllt, die in Scharen zum sanftmütigen Riesen strömten. Jungen und Mädchen staunten über seine Größe, doch sein Gesicht ängstigte sie nicht. Der eiserne Knabe nahm immer gern an ihren Spielen teil, denn in seinem Alter kann es nichts Ernsteres und Notwendigeres geben als Spiel.

Als die Schar das Tor erreichte, war die Pforte wie immer geschlossen. Ann zog dreimal die Glocke, das kleine Fenster des Pförtnerhauses ging auf, und wer sich da zeigte, war Faramant mit einer grünen Brille auf der Nase! Der Hüter des Tores hatte eine Stunde zuvor den Zug verlassen, war vorausgeeilt und hatte seinen alten Platz im Pförtnerhaus eingenommen.

„Wer seid ihr und was wollt ihr in unserer Stadt?“, fragte er streng, obwohl seine Augen lächelten.

„Ich bin der Dreimalweise Scheuch, der Herrscher des Smaragdenlandes. Ich bin gekommen, um den Platz wieder einzunehmen, der mir von Rechts wegen zusteht.“

„Ich bin der Eiserne Holzfäller, Herrscher der Zwinkerer. Ich bin auf Einladung meines Freundes, des Scheuchs, gekommen, um eine Zeit lang als Gast in eurer herrlichen Stadt zu wohnen!“

„Ich bin der Riese von jenseits der Berge, ein Seemann. Ich will mich nach dem schweren Kampf mit der mächtigen Hexe in eurer schönen Stadt ausruhen."

Nachdem sich auch die anderen vorschriftsmäßig vorgestellt hatten, tat sich die Pforte auf, und Faramant ging mit einem Korb voller Brillen auf sie zu.

„Die Smaragdenstadt begrüßt euch, Wanderer", sagte würdevoll der

Hüter des Tores. „Doch vor dem Betreten der Stadt müsst ihr diese grünen Brillen aufsetzen. So lautet der Befehl Goodwins, des Großen und Schrecklichen, und sein Befehl ist hier Gesetz!"

Unsere Freunde setzten augenzwinkernd die Brillen auf, und als sie es getan hatten, begannen die Gegenstände im Umkreis in allen Tönen der grünen Farbe – vom zartesten bis zum tiefsten – zu schillern.

Doch als der Scheuch, der Holzfäller, der Seemann und ihre Gefährten in die Stadt eintraten, bot sich ihnen ein Bild, wie man es sich nicht einmal im Traum vorstellen kann.

Vor den Haustüren und auf den Balkons drängten sich unzählige Menschen, Kinder hingen wie Trauben auf den Dächern und hielten sich an Traufen, Wetterhähnen und Schornsteinen fest, aus weit geöffneten Fenstern schauten Greise und alte Frauen. Jauchzen erfüllte die Luft, und von allen Seiten flogen Blumen und ganze Sträuße …

In diesem fröhlichen Getümmel flatterte, zerzaust und heiser vom vielen Schreien, Kaggi-Karr, die das Amt des Obersten Festordners versah. Sie war schon am Vortag eingetroffen, hatte den Einwohnern der Stadt und ihrer Umgebung die Ankunft des Scheuchs und seiner Gefährten angekündigt und dann den ganzen stürmischen Empfang vorbereitet.

Von Tausenden jauchzenden Menschen umgeben, schritt die Schar über den Blumenteppich, der die Straßen bedeckte, und betrat den Palastplatz, in dessen Mitte, wie in alten glücklichen Zeiten, der Hauptspringbrunnen der Stadt in allen Farben des Regenbogens strahlte, Gold- und Silberfischlein aus seiner Schale hochsprangen, durch die Luft zuckten und schillernd zurück ins Wasser fielen.

Der Palast des Scheuchs erwartete mit weit geöffneten Toren und glänzenden Spiegelscheiben den Herrn und seine Gäste. Die Palastdienerschaft hatte die Parkettböden auf Hochglanz poliert und Wände und Decken blitzblank geputzt. Frisch gebürstete Seiden- und Samtvorhänge hingen an vergoldeten Gardinenstangen, und überall glitzerten herrliche Smaragde.

Von ihrem Gefunkel taten die Augen weh, und der vorsorgliche Faramant hatte dreimal recht, als er unseren Helden die grünen Brillen aufnötigte. Vor der Tür des Thronsaals wartete der Koch Baluol mit weißer Schürze und weißer Haube, eine riesige Torte auf goldenem Teller präsentierend. Die Tische im Saal waren mit unzähligen auserlesenen Gerichten gedeckt.

Im Thronsaal saß der tapfere Löwe in Erwartung seiner Freunde. Der ehrwürdige König der Tiere hatte wegen seines fortgeschrittenen Alters an den gefährlichen Abenteuern nicht teilnehmen können. Er war überglücklich, Ann, den Seemann Charlie und alle anderen Gefährten lebendig und wohlauf wiederzusehen. Aus seinen Augen rannen Freudentränen, die er mit der Schwanzquaste trocknete.

Ann traute ihren Augen nicht, als der hagere Doktor Robil in seinem Galakleid mit den Orden an der Brust auf sie zukam, sich höflich verbeugte und ihr den Silberreif hinhielt. Das konnte sie nicht fassen, hatte der Holzfäller doch gesagt, dass der Reif zusammen mit der zahmen Hindin Auna verschwunden war.

Die Erklärung war sehr einfach. Als der Gelbe Nebel sich über das Land ausbreitete, war Auna schutzsuchend zu ihrer Herrin Fregosa in den Violetten Palast zurückgekehrt, und die Köchin hatte ihr natürlich den Reif wieder abgenommen. Leider geschah das, als der Eiserne Holzfäller bereits unterwegs in die Smaragdenstadt war, und deshalb war der Talisman im Land der Zwinkerer geblieben.

Freudestrahlend setzte Ann den schönen Schmuck auf, drückte jedoch nicht auf den Rubinknopf, um sich unsichtbar zu machen, denn im Freundeskreis gehört sich das nicht.

Tim sagte: „Wie schade, dass wir den Reif nicht früher bekamen, als wir gegen Arachna in den Kampf zogen. Ich hätte mich unsichtbar in ihre Höhle geschlichen und ihr das Zauberbuch entwendet."

„Das wäre dir nicht gelungen", widersprach Ann. „Das Buch lag in einem sicheren Versteck, und ohne die Hilfe der Zwerge hättest du es nicht gefunden. Ja, selbst wenn du es gefunden hättest und wir das Land entzaubert und vom Gelben Nebel befreit hätten, ist ungewiss, was später geschehen wäre. Vielleicht kannte die Hexe noch andere schreckliche Sprüche, mit denen sie ein noch größeres Übel als den Gelben Nebel hätte heraufbeschwören können."

Alle fanden, dass Ann recht hatte und dass alles sehr gut ausgegangen sei. Auch ohne den Silberreif hatte sich das Zauberland von Arachna befreit, und jetzt hatte es von ihr nichts mehr zu befürchten.

„Trotzdem werde ich den Silberreif nicht mehr bei euch lassen", sagte Ann lachend. „Ihr habt ihn nachlässig aufbewahrt. Aber", sie schlug sich mit der Hand vor die Stirn, „wo ist denn Ramina? Wo ist die hochherzige Ramina, unsere erste Bundesgenossin im Kampf gegen Arachna?"

Verlegen sagte Kaggi-Karr, das sei ihre Schuld, sie habe im Tumult an die Königin der Feldmäuse nicht gedacht.

„Das werden wir wiedergutmachen", lächelte das Mädchen und blies in ihre Zauberpfeife.

Auf ihrer ausgestreckten Hand erschien Ramina mit funkelnder Goldkrone auf dem Köpfchen. Das Mädchen und die Königin begrüßten einander sehr herzlich.

Als die Gäste sich an die Festtafel setzten, gewahrten sie im offenen Fenster, hinter dem die Schneegipfel funkelten, den klug dreinschauenden hässlichen Kopf Oichos. Der treue Drache wartete geduldig auf die Retter des Smaragdenlandes, die er in ihre schöne ferne Heimat zurückfliegen sollte.

Ende

Inhaltsverzeichnis

DAS ZAU